钱塘晓月 半轮秋

一叶知秋 刘丽芬 一抹寒烟 ◎ 主编

中国华侨出版社
北京

图书在版编目（CIP）数据

钱塘晓月半轮秋 / 一叶知秋，刘丽芬，一抹寒烟主编 . —北京：中国华侨出版社，2020.12
　ISBN 978-7-5113-8272-6

　Ⅰ.①钱… Ⅱ.①一…②刘…③一… Ⅲ.①中篇小说—小说集—中国—当代 Ⅳ.①I247.5

中国版本图书馆 CIP 数据核字（2020）第 131319 号

钱塘晓月半轮秋

主　　编	一叶知秋　刘丽芬　一抹寒烟
责任编辑	刘雪涛
封面设计	胡椒设计
经　　销	新华书店
开　　本	710 毫米×1000 毫米　1/16　印张 / 18　字数 / 258 千字
印　　刷	三河市华润印刷有限公司
版　　次	2020 年 12 月第 1 版　2020 年 12 月第 1 次印刷
书　　号	ISBN 978-7-5113-8272-6
定　　价	59.80 元

中国华侨出版社　北京市朝阳区西坝河东里 77 号楼底商 5 号　邮编：100028
法律顾问：陈鹰律师事务所
编辑部：(010) 64443056　64443979
发行部：(010) 64443051　传真：(010) 64439708
网　　址：www.oveaschin.com
E-mail：oveaschin@sina.com

目录
Contents

一叶知秋作品

花落香满衣 / 002

归乡小记 / 004

岁末清味 / 006

雨季不再来 / 008

素静时光,心有微澜 / 012

樱花与木槿 / 014

最是浓情中秋时 / 017

在季节的转角 / 019

彩云之南,一场风花雪月的行走 / 021

刘丽芬作品

一柱一弦思年华 / 026

曾是惊鸿照影 / 028

今看花月浑相似 / 029

坐对苍然暮色侵 / 030

别意与之谁短长 / 033

轴尽待收浮生卷 / 035

苍山素野环心中 / 038

一抹寒烟作品

秋声 / 044

蒹葭,轻雪 / 046

江南红 / 048

这场相遇,我们都没有辜负善良 / 051

这个秋,愿你来得恰逢其时 / 053

最是一年春好处 / 055

水岸桃花 / 057

端午,端午 / 059

杨红萍作品

花间隐 / 064

四月倾城色 / 068

指上桃花乱 / 072

邀你赴一场盛大花事 / 076

怒放的花海 / 080

斜风细雨不须归 / 083

其实我不想对你恋恋不舍 / 086

又还秋色,又还寂寞 / 089

我是被你囚禁的鸟 / 092

陌上花开花落作品

在沈园喝茶 / 098

山谷中已有点点灯火 / 100

竟然忘却了时光的推移 / 102

日常 / 104

待到春天，想去景山看牡丹 / 105

人闲桂花落 / 107

散步 / 108

澄静 / 110

春日颂歌 / 111

颜婧作品

"爸"气十足 / 116

四月，芳菲 / 119

宁静之上 / 123

记住所爱之人离开我们的这一天 / 126

穿越几十年的重量 / 128

原味生活 / 131

瑛子作品

浅喜、深爱 / 140

纵使人生多荒凉，也要内心繁华 / 144

啼血的母亲 / 148

好好活着，才是人生唯一的大事 / 154

在没有你的地方疗伤 / 159

莫清荣作品

春天什么都好 / 164

风动桂花香 / 167

桃花，桃花 / 169

六月散章 / 172

偷得浮生半日闲 / 175

开到荼蘼花事了 / 177

如果春天去看一个人 / 179

母亲的另一个孩子 / 181

辽阔之海作品

春水方生 / 188

雪中盛开的花儿 / 190

樱花盛开的气息 / 192

初心犹在 / 194

恋恋风尘遮疏影 / 195

陌上花开 / 197

柔软的、温柔的日子 / 199

晚饭花 / 201

秋日道 / 203

等风也等你 / 205

回眸一笑 / 207

所迷失的 / 209

天地有情 / 210

一枝鸢尾落素签 / 212

一本书,一束光 / 213

浅浅眉作品

那一地烟头的温暖 / 218

倒春寒 / 221

电灯泡 / 223

公众号作者作品

钱塘晓月春来早（乔樵）/228

明月清风，喜欢你于无声处（乔樵）/229

安静·旅者（苗夫先生）/236

孝敬，让幸福多一点（点石成金）/239

龙门石窟（点石成金）/241

约会樱花（边城木木）/243

三月，我与洋畲有个约会（卢如昌）/245

九仙峰游记（卢如昌）/248

初夏游园（尹桂珍）/252

读《浮生之光》（凤凰生）/255

你是我人生最美的传奇（蓝心物语）/257

母亲（叶帆在线）/262

秋色无言（叶帆在线）/263

又见东湖（邓朝平）/265

走进南洲书院（邓朝平）/268

悠悠番薯情（贺红英）/270

回乡杂记（十年砍柴兄）/272

水墨乡愁（许晓棠）/274

踏上东湖石阶（邱振智）/276

一叶知秋作品

个人简介

一叶知秋 本名吴爱贞,生于新安江畔,居杭城,香港财经学院工商管理硕士。爱好文学,90年代笔耕至今,已在国内大型文学网站发表诗歌、散文数百篇。

曾任红袖添香文学网站管理员,《钱塘晓月》文学微刊创办人之一。以心为笔,记录生活的点滴。酷爱园艺,以装点生活的态度经营自己的事业,莳花弄草,与自然为伍。踏秋而歌,绽放属于自己的那片蔚蓝。闲时烹茶、煮酒,更愿花间隐……以文字为心灵歌语。看山,读水,品长风,为己一方之自然情韵。

花落香满衣

  四月伊始，春雨纷纷扬扬下着，犹如剪不断的万缕青丝，屋檐下的雨唱着春天的旋律。江南多雨，多日阴雨绵绵，终于得见一个艳阳天。拉开窗帘，温暖的朝阳斜照进来，这晴朗的天气，让人期待了太久太久。

  春天，是繁盛的开始。出门，道旁绿植遍布，倾嗅其息，有芳香入肺腑，眸中尽是饱满柔和的绿，樱花漫卷，海棠温柔。花香在空气中弥漫，沾满了鼻翼。万物有灵，且美，在一处空旷处停下来，环顾周围，天空高远，碧蓝清透，真是踏青好时节。长长舒一口气，心中顿时开阔起来。

  不远处的人民广场周围种满了花花草草，穿过花径，各种花朵凸立在绿色枝条上。每一片花瓣都有阳光的因子，自有一份精神跃跃欲试，好像一眨眼就会飞起来，透进春风里去。广玉兰的叶片肥大，象征一种生命力。沈从文在《绿》一文中说：肥大叶片绿得异常哑静，对于阳光竟若特有情感，吸收极多，生命力因之亦异常饱满。

  春天是饱满通透的，是一切美的融合，也是冬的释放。相对绿意而言，花枝丰饶更是一种绚烂之美，一朵朵，一片片聚拢而来。不远处，一株株海棠花也开得正艳，还有高高竖立在枝头的白色玉兰。很喜欢她的洁净与芬芳，娟秀的花朵亭亭玉立，呼之欲飞的立体感。最耀眼的是一株桃花，美得如同诗词里走出的仙子，淡红色的花朵挤满了枝丫，纷纷扬扬，开得热烈奔放。这画面，是春天的大写意，静而优雅，动而斑斓，看到眼前的景象，已经把持不住自己走向它们的脚步。

回来路过加油站，被一棵棵樱花深深地吸引，停好车，扬起手机，对着花树，把自己藏进花影里，摄取这片刻美好，快乐溢满心田。蒋勋说，美不是旁观，而是摄入。摄入其中，才有感动。

这一刻，我为春花之美，深深感动，久久驻足。这是我在这个春天里最冲动的一次，这般忘情地和花儿们亲密相拥。万物的存在，自有它们的美意，融入万物，亲近花朵，亲近春光，才会让生活更有质感。这一刻，似乎被春意锁住了时光，默默无言。我在看花，花也在看我，四季的更迭中，它们积蓄力量，于寒冬中蛰伏，当春风化雨时，尽情地绽放，用娇艳的芳容妆点春天的颜色，释放春天的气息。古人说：桃之夭夭，灼灼其华。此刻，蓝天，白云，楼台亭榭，远处的绿树原野都是她们的背景，都似她们的相邻和亲人，构织成一幅唯美的画卷。

人间最美四月天，城市边边角角都种着花草，珍贵的，大众的，知名的，不知名的，色彩斑斓，多彩多姿，走出户外，美无处不在。

一路走，一路繁花相随。红的耀眼，粉的明目，黄色温暖，白的胜雪……宽敞的马路上，一棵树紧挨一棵树，就像彩色的云朵，一团团，一堆堆，浅粉的，浅红的，深红的，深粉的，紫色的，在碧色原野的映衬下，美了视野。春天的颜色，没有语言可以精准地形容，比喻都难以到位。汉语对它们无能为力，无法驾驭得当。那一蓬蓬热烈的，素洁的，贞静的，各种舒朗美好，骨骼清奇。

大厦办公驻地，一团团淡紫色的杜鹃花吸引了我，透过这些花，是细细密密一排排高大的桂花，新叶出生，软软的，柔柔的，浅浅的嫩绿如烟云缭绕，轻烟一般弥散于我的心间。有一缕温柔的心绪像纤细的紫藤蔓，茸茸地探出头来，如烟如雾，温润，缥缈，在微风中流动。身后是热闹的办公楼，春风轻轻吹拂着树梢，宁静而美好。新的一天开始了……

情不知所起，一往而深。止不住冲动的欲望，再一次拿出手机，收录花儿们最精彩的时刻，坚信，她们是为自己而开。像风一样呼啸而过的是时光，岁月流逝，繁华如梦，最动人的依旧是那抹芳香的美意。人生过客

无数,春光会尽,没有什么比活在春天里更让人欢喜的了,只有多看一眼的人才会更觉得更幸运。万物有灵,人物灵魂相撞,才能一睹这最美的花颜,最逍遥的花姿。鲍尔吉·原野说:"人是应该有点植物性的。"置身花丛,那样的绿是不谙世事的绿,那样的美是不染尘烟的美。伸手攀花枝,花瓣簌簌飘落一些,脑海里一霎浮现一句:落花香满衣。

归乡小记

光阴从指缝悄悄溜走,瘦骨伶仃,慢腾腾,却又呼啸而去,不可挽留。多想留住渐行渐远的年华,安然坐在时光一隅,聆听岁月絮语。

昨日归至娘家,眼前还是熟悉的一切:卧室、被子和枕头一如从前。一夜酣睡,整个人神清气爽。清晨,雨后的空气无比清新,田野满是葱茏的绿。青蛙的声音此起彼伏,令人想到松尾芭蕉的日本俳句。起床把窗帘拉开,新鲜的空气吹拂进来,携带着草木清香。因匆忙出门,衣服忘带,便穿着侄女的一条公主裙,配上一双高跟鞋。走出去,听见外甥女和女儿百灵鸟般的声音。我笑着问妞妞:"看我这身打扮像不像公主?"。女儿看着我,笑得前合后仰。"妈妈,妈妈,这哪是公主哟,你明明就是母后大人,本胖妞才是真正的公主。"一边说一边笑着跑开了。温馨的画面,孩童清润的笑脸,自有一股超然的美丽,如一泓清泉,明媚可爱。不禁莞尔。

与亲戚话家常,侄女说她暑假自学考会计,一次通过,真好。此刻,感觉有一轮红日从家乡的小溪缓缓升起,流光溢彩,醒目,却不刺眼。我侧目远眺,深呼吸,生活原来如此美好,只需要我们去细心品啜。对于生活,我是那种随遇而安的人,简单的一粥一饭,就能让我开颜。和侄女走过旧时街巷,荫翳处有纳凉的老人,鬓发斑白,我浑然不识,他却还能准确地叫出我的名字。光阴一霎回溯,感到亲切温暖。简单的问候再转身离去。老人兀自在身后说着我小时候的故事。"时间真快啊,几个小孩长这么大了,她妈妈生了三个女儿,没生儿子,那时天天不停地哭,现在想想还是女儿好啊。"我不禁心底泛起阵阵涟漪：那个重男轻女的年代刻着我们三姐妹童年的印记，伤感、委屈、迷茫……种种心结今天已然释怀。偶尔，我还会想起一些往事，其实已经很遥远，很遥远了……

回到家，放开轻柔的长发，给母亲泡一壶绿茶，与她对坐静品。看着茶叶在水中舒展的样子，沉与浮，起与落，恰似这日子，起起落落，却终是安然若素，如茶沉淀下来，苦涩和清香交融。如今，已是千帆过尽，我已放下尘世纷扰，静品生活的余韵。回娘家小住的几天，母亲一直忙乎着。离家再远再久，母亲在的地方，总是令人心安。这里总有一股独特的气息在召唤我归来，哪怕是一顿简单的油盐饭菜，也是有滋有味，甘芳无比。时常听母亲顾自说着一些家长里短的事，而我就这样静静地待着，陪母亲度过松软的慢时光……

家门口有条小河绕着村庄而过，小时候，我喜欢这条小河，黏着姐姐一起在这条河里捉小虾。这条河，无私地灌溉着万亩良田，养育着祖祖辈辈的父老乡亲，可谓母亲河。它如此像我的母亲，纯朴、善良、无私、温暖而亲切，带给童年无限的乐趣。而今，女儿也恋上这里，喜欢在这条河里游泳。女儿，是我心尖上绽放的小花，有些幸福不是一种表达，而是内心的一种感受。比如此时，看着女儿与小伙伴们开心地玩耍，于我而言，就是一种幸福。幸福，是一种人生的况味与懂得，如童真般的简单生活，用心爱的人。

弹指一挥间，四十载光阴匆匆而过，曾经那个天真的丫头，已为人妻，为人母，为人媳，儿时的伙伴也都各奔东西了。

记得那天路过姨妈家的老宅，大门紧闭。曾经我和表姐们在门内嬉闹玩耍，而今庭院荒芜，寂静无声。姨妈姨夫过世已经好多年了，姨妈开朗，姨父憨厚。那时，我很小，姨妈最疼我，母亲出去做事的时候，我总是跟随着姨妈，她带着我坐在庭院大树下，纳鞋底、缝衣服，夕阳照在屋檐上，风中时而传来蛙鸣、蝉声、鸟啼、狗吠。姨妈是个温柔的女子，与我有过深深的恩情、母爱的暖意。望着那紧闭的门扉，我似乎感觉门里幼年的我们玩闹的身影还在，那时的笑语，而今的凉意，寂寥无影。忆起往昔，一抹温暖涌在心头，又浓在心头。

　　人生如四季轮回，抑或就是宿命，而我，慢慢学会沉默。人世的一切多有锋棱，冷不丁亮出几道寒光，于岁月而言，我们都只是过客。此时的我，时而是微凉而空蒙的清醒，时而又是感性而温暖的沉溺。常常于平淡无奇的日常里，忆及儿时的亲人，便觉得曾经拥有过的亲情是一钵金，有着取之不竭的慰藉和温热。如同那天，母亲知道我要归来，提前把屋子里的角角落落都清扫干净，每处都抹了两遍，这不禁使我汗颜，内心有太多的感慨。亲人是骨肉相连的血脉，有着相依为命的纽带，甘苦与共，家，是远行脚步搁浅的港湾，温馨而甜蜜。这世界谁都没有义务必须对谁好，而我更该珍惜无条件对我好的人。母亲参与了我儿时的成长，是给予我生命，滋养我生命的摇篮。那么，她的老去我有什么理由缺席？陪着她慢慢变老是浪漫，更是义务和责任。

　　故乡，我曾经最美的年华在此度过，我无法用文字表达对她的热爱与思念，多想寻回儿时玩伴，我们一如既往地坐在故乡的春风里，摆一壶茶，说着童年的往事……故乡的名字将永远在我的生命中静卧。今生，我只愿在故乡面前，做个痴情的女子，缱绻相依，直至容颜衰老。

岁末清味

　　深冬的窗外没有风，人在室内，依然觉得冷。感冒。咳嗽，喷嚏。人一旦消沉，这隆冬的寒意，愈发跋扈，沁凉入骨。咳嗽迟迟不肯退去，不休不饶缠身，仿佛做出一副欲与我天长地久的姿态。

　　静坐于季节的角落，默然探看生命之味。起与落，浮与沉，枯萎和葳蕤，颓靡和坚强，都成了常态。聆听岁月，轻捻那些遗落在指尖的光阴，无言回望，万般滋味，皆在其中。那些印在流年里的痕迹，或深或浅，如雪泥鸿爪。

　　所有的过往，经年后，于回忆中，是温润一笔。心在岁月中静好如初。回眸处，浅浅忆起，淡淡相忘。人与人之间的情意，如草木枯荣，时序自定，有一段路曾携手同行，人生的分岔口，一些人便分道扬镳。

一霎念起，可触摸生命中最美的风景。感慨付于笔端，向浮生叩问，攀缘，深入一种无垠。

"妈妈，从明天开始，我会好好地练钢琴，长大了要做钢琴家，我要让你住最大的别墅。"

女儿坐在沙发的一角，抱着她的小板凳，一边说着，一边眼睛亮晶晶地看着我。妞总是想着法子，黏着我，怕我跑了。她说：妈妈，我给你打开电视，《人到中年》看不看？我说不看，不好看。

被她这么一折腾，想起一个电视剧《北京青年》，一直没时间看。妞妞说：妈妈，本公主考虑再三还是《人到中年》比较适合你。呵，"妞，母后认为，必须看《北京青年》，重走一回青春，才能和你同步，你还未长大，我怎敢轻易老去？"

妞妞虽然顽皮，但有时也乖巧懂事，我想顽皮是她这个年龄段的特性，孩子会不停地成长，有一天，他们终会成年、成家。

就像儿子，小时候不停地咬手指，我要不断地给他洗手，曾经的我为此烦恼不堪。转瞬，儿子已然英俊成年，正是韶华好时光。你这厢还在为娃们的成长辗转蹙眉，他那里已然青春蓬勃，一派鲜亮。

时间无法倒流，逝者如斯夫。珍惜和孩子相处的每一天，我们都有责任和义务，教会他们生活的本领，日后，他们羽翼丰满，志如鸿鹄，振翅飞翔。

很相信一句话：陪伴是最长情的告白。

屋里久坐，暮色降临后出了家门，夜色哗啦一声，霓虹街灯往眉宇倾泻下来。走在街上，似乎嗅到春的气息。山城的冬天和杭城相比，显得温和许多，尽管杭州这几天是艳阳天，空气却干冷，而重庆略显潮湿。岁末年关，依旧未见冬日不堪忍受的寒气。

面馆里热腾腾的气氛，有世俗的暖意。对面坐着一对夫妻，浅语欢笑。我忍不住偷瞄一眼，两个人互相在往对方碗里夹菜，举止亲昵。吃一碗面条还吃出恋爱哲学了。看着他们开心的模样，亦微笑，亦怅然。城市的快节奏，让我们的生活变得拥挤不堪，忙碌中，我们都漠视了爱与被爱。时光总是在不知不觉中溜走，珍视现在，因为人生无法重来。

夜色迷离，步履闲散，听这座城市夜的声音。看这座城市慢慢地在进步，在变更，在创新。在古城深厚底蕴上，不断添加时代元素，迎合年轻一代的触觉。学会适度的吐故纳新，才能适应这时尚、繁华与潮流。

不远处，略带伤感的歌声传来，一个背包客的歌，如此动人。歌词简单，却沧桑有力："前面看我像穷光蛋，后面看我像流浪汉，女朋友说我没前途……"声音深沉且伤怀。车水马龙的街头，人来人往。背包客说他去年九月份从音乐学院休学，背包环游世界……

虽然很多人都觉得此举不可思议，但每个人的人生观和价值观都有所不同，旁人都无权去评判……

"妹妹围巾掉了，妹妹围巾掉了！"重庆的口音，朝我叫唤，原来是旁边卖杯子的师傅。我连声道谢。

卖杯子的师傅说："听你口音好像不是重庆人哟。"

我说我是杭州的。

他说："喔唷，你杭州那么好的地方，到这么烂的地方来呀！"

我说："重庆地方很好啊，我挺喜欢重庆的。"

"苏杭出美女，杭州西湖多漂亮哪！"

我说："我们那都说重庆出美女的嘛！"

"啷个说的唷，重庆都是辣妹子！"

不由一笑。市井深处，贩夫走卒，引车卖浆者，亲切有味。我是如此这般，慢慢地，喜欢上了这座城市。而重庆的口音，也慢慢觉得如乡音般亲切。

这岁末，自有一股清味，如嚼梅花。

雨季不再来

小时候的记忆里，姨妈家是我最喜欢流连的去处，一个被高高低低石墙包围着的小院子，爬山虎爬满了整个围墙，一棵老树，一个很小的池塘，一眼古井，一扇古朴而神秘的大门……

记忆里,那棵树垂下无数的根须,如同村头最老的爷爷的胡子,根根都扎入地下,几年间长成了支撑树的枝干。葱翠的枝条没了,取而代之的是一些干巴巴,一折就断的枯枝,即使是这样,姨妈仍精心照料着它。还记得,那湾池塘是我和表哥表姐的乐园,里面的小青蛙一到夏天可热闹了,伴我一个又一个夏天的孤单;姨妈家后面的那棵老树,好大好大的树干,树下,环围树干的是一圈长长的石条,是夏天村里的人聊天休憩的好去处。每当夏日来临,总有好多小孩环绕树下,嬉闹声伴着蝉鸣此起彼伏,吵得烦了,总惹来树下大人的一声呵斥,却未见得声音小了多少。

记得大姨家周边也有好多口井的,还记得,那口古井的水夏天清凉,冬天温热,每当我放学回家的时候,我都会缠着姨妈给我从井里面取水,大口大口地喝几口,然后把手一直一直地浸在井水里。或许我对井有着一种爱恋吧。但井没有井栏,幼小的我总担心会掉下井,却喜欢跟着表哥或是表姐到井边打水,洗菜或是单纯地望着井里,那口深深的井啊,能映出我童年的影子。

姨妈家总是带给我许多回忆,这样的记忆很美,如同孩童时蓝蓝的天,和春天的田野!如美丽的风铃时时叮当在记忆的墙角,不能抹去,至今也依然无法忘却。

喜欢姨妈家旁边的池塘,一到夏天的时候,总喜欢去看看里面有没有小鱼蝌蚪之类的动物。读小学的时候,每每走过这里,总喜欢捉几只放到破旧的瓶瓶罐罐当中,带到学校去吸引许多同学。

那时的姨妈家是一个很小的院,院落的前门朝着外面的田野,有个泥墙挡住了田野上无限风光,却留得一方安详。天井之后是堂前,那个天井给了我无穷的趣味,放学后,院落里的表姐妹和表兄弟们都在天井里踢毽子或跳绳等。踢毽子和捉迷藏我会,可是跳绳我却怎么也学不好,只好在一旁待着,帮她们数数,"小皮球,滴滴滴,马兰开花二十一,二五六,二五七,二八二九三十一……一百〇一。"数着数着,人员在不断地变化,笑声在天井里回荡,我也成了童年时光中最开心的孩子!

我依然深深地记得,很小的时候母亲因为上班,就把我托付给姨妈了,

一叶知秋作品

姨妈抱着我，傍晚在村口等妈妈的情景。我与这棵老树一切的缘分都刻在脑海。一直深信，生命是个结缘的过程，缘深缘浅都只在刹那的体验。那样童年，注定无法割舍。

上小学的时候，要经过一个小山坡，而后要路过一座坟山。尽管从山脚下经过，可每次望着无数相似的坟头，我的心总是怦怦乱跳，真的害怕。每次不得不路过时，总是闭着眼睛，快速跑过。然而一年中总有几天是不跑的，那是"打碗花"开的时节。"打碗花"又称"彼岸"大红的花儿艳丽着寂寞的坟头，吸引着胆小的我，可是姨妈说那花不能摘，我还是采了一大捧的花儿带到自己家里，那时的我似乎勇敢了许多。

外婆生了七八个孩子，姨妈是最大，我妈妈最小，所以姨妈特别照顾她这个妹妹，也很喜欢我。可能是我小时候比较乖巧的缘故吧，母亲生了三个女儿，经常默默地流泪，以致外婆去世的时候仍然放心不下我母亲，拉着我的手问我："叶儿，你在外面还好吗？赚钱了，一定要孝顺妈妈啊，你妈妈这辈子可受了不少苦。"我善良的外婆和外公一生过着清贫的生活，却一生念叨着儿女！临去世都牵挂着妈妈，牵挂着远方的我，今夜想起，依然泪如泉涌！

姨妈和姨夫是完全不一样类型的人，姨夫很寡言，姨妈大大咧咧。在我的记忆中，姨妈最疼我了，比对她亲生女儿还好。她总是用慈爱的目光看着我，最难忘记的是住校的那段时间，姨妈总是经常让表姐每个礼拜给我送来大米，还有我喜欢的梅干菜扣肉。当时的我除了默默接受之外，从未曾说过半句"谢谢！"然心中早已流满了感动的泪。

许多年过去了，花开花落，也经历了许多感动和欢笑，我依然发现，在流年的光影中，时间沉淀出的依然是那些给予我关爱的目光和那些温暖的臂弯。

如今，当年怯怯的女孩，已经走出了低谷和落寞，当人生的绚烂渐次绽放时，当现代的快节奏生活，让我几乎忘记了自己，甚至渐渐迷失。渐行渐远的时光里，我不曾想起姨妈家旁边的那棵老树，不曾记起树下的那口清甜的古井，还有童年最美的笑声和给我关爱的长者。

犹记得那是细雨飘飞雨季的一个晚上，接到妈妈电话，妈妈用沙哑的声音和我说，姨妈病得很重，而我仅仅只是在口头上担忧了一阵，因为很忙，只有让妈妈代我去看看姨妈，让妈妈给姨妈一些钱。可怜的我以为，此时的姨妈更需要的是钱。以后的几天时间，妈妈时常有意无意地谈论着姨妈，说着她的病情有时好有时坏，而我也若有若无地听着，全然没有想过，我要亲自去看望她，没有想过姨妈或许是在等我，或许她现在最想见到的晚辈是叶儿。没几天，让我汗颜的时刻终于到了，姨妈见人必说："所有的人都来看我了，只有叶儿……"

那是阳光很刺眼的一个午后，忐忑不安的我再次出现在那棵老树下的姨妈家，还没来得及看一眼这个儿时如此依恋的地方，耳边就传来表姐熟悉的声音："快看，叶儿来了！"那是表姐惊喜的声音，而后是村落里人们欣慰的眼神，而后是姨妈含泪的目光……，面对眼前这一切，面对曾经疼爱我的姨妈，心里充满了愧疚。

后来，姐姐和我说，姨妈给所有亲戚都说了："我最疼的叶儿已经来看过我了！"那一刻，我再次潸然泪下，为姨妈，也为我自己！

雨季很快就来了，我依然会想起姨妈，绵绵细细的雨丝，会不时地缠绕我的思绪，但愿人间没有别离，但愿雨季不再来。

一场冬雨，更平添了几分凉意，我想，所谓的地老天荒，应该就是一起一天接着一天地过日子。去年此时，我曾经说过，我并非是雨的知音，因为我听不懂它深情的表述，滴滴答答，不知道它在说些什么，好像它在自言自语，又像在胡言乱语。而这几天的雨，又是何其地善解人意？都等我忙完，坐进车里才一个劲地下，细细柔柔的雨丝，清雅，脱俗，给了我一个晶莹剔透的水晶世界。

这雨，经过一年的轮回，何以换来今生的懂我？让有些模糊的记忆渐渐清晰，我是如此不倦地喜欢回忆，是真的年龄渐长的缘故吗？还是不敢期待未来？微微的叹息，一滴睫毛上的露珠，抖落。

岁月如沙漏，唯愿，时光，浓淡相宜。人心，远近相安。素浅年华，倾心暖爱。然后，浅笑、安然。

素静时光，心有微澜

偶尔，也喜欢怀念，在回忆里沉沦，前尘往事充满柔软了心房，欣然。熟悉的旋律再次在耳边响起时，心底徐徐绽放出朵朵素净花蕾。在此守候一份静美，唯愿，你走过时，一起聆听花开的声音……

夜色如一件黑色的华丽绸缎，如渊水深沉，凉意拂过每一寸肌肤，人的沉沦亦深沉。世事悲辛，风云激荡，不触痛往事，片刻静坐，只作寒暄，只赏苍山与流云。

日月如梭，韶华逝，岁月流过，灵魂独处的时候，才能照见内心堆雪般的浓愁似酒，端茶独坐，拨尽炉中香灰。迷失于一场与往事虚晃的残梦中。花半开，茶微醺，天地如此寂静。杨树结出肥硕的穗子，簌簌满地，彤云温柔。春山鹧鸪，梁间燕子，任凭四季悠悠交替，倔强地保持一种清然之姿，一任风雪欺压，将深沉的灵魂覆盖，沉寂如水。

最难风雨故人来。今夜，可温酒，煮茶，怀人如玉。

依稀记得，梦里，我把那些人，那些事，那些不可重复的年少时光一并捞起，那些美好的青葱岁月，苍碧里透着晴润，暖色间裹着苦凉。一曲王菲的《传奇》，空灵的声音宛如天籁，如梦似幻，"只是因为在人群中多看了你一眼，再也没有忘记你的容颜……"好似前世之约，又似平淡的日子，日出日落的光影，烟岚满纸，让人生出幡然省悟的力量。

夜、阑珊，晚上有明亮的繁星，月亮好像失去光泽。轻启岁月长卷，看时光流转，伸手，掬起落花一瓣，眼波流转间，沧桑湮灭。岁月回溯，寒来暑往，寻一段流年时光，安然于一份清浅的陪伴，一生最珍贵的时光，莫过于暖我所暖，爱我所爱。

曾经，我们一路风景，一路追寻，在晨起暮宿之间风雨兼程。大自然的四季，疏密有致，鲜活与简劲相揉，一路走过，多少物是人非的风景，被阻隔在岁月的门外。最美的风景，并不是在路上，而是在心里。最好的陪伴不是朝朝暮暮，而是心灵相守。

而我依然喜欢这样的自己，忧伤起来很肆意，笑起来灿烂清扬。不屈从，不遮掩，固执地坚守本真的自己。

坐过绍兴的乌篷船，游过沈园、鲁迅故居、三味书屋。而今觉得，周庄、乌镇、同里一并可以忽略了，说不出个所以然，仅仅是简单的喜欢。整齐的石板路，来往的乌篷船，茴香豆，纵横交错的石桥，古朴的商铺，枕水人家，漂浮着饱满的绿意，柔和的情怀。寻古，觅踪，轻轻的步履是否踩疼了唐婉的心？久远的传述，残壁墨迹依旧温泽，惹人惆怅。

沈园的墙上，那些绝句，气醇，赋厚，一节一拍静静细说往昔，声声如诉：春如旧，人空瘦。

世人膜拜他们的爱情模样，可又怎知有些凋零是一种诀别，一转身，便是来生。世人总言是彼时封建的结果，但即便是如此超前的现代，如若此时陆游还在，他是否能理智地握住红酥手，一起饮尽黄滕酒……

只愿世间风景千般万般熙攘后，字里行间，疼痛为歌，为酒，醉一场。自此，人我两忘，岁月无痕。

家，有朝南的阳台，若晴好，便能一整日洒满阳光，独守这片暖阳恣意舒放。日子如常，周而复始，亦从容，亦淡然。沐浴日光，远离车马喧嚣，安静料理琐事。沉稳的，安静的，内敛的，浑然安居气象。"温暖如你"，每每想到这个词，心便会泛起莫名的感动。能够温暖心底的，莫过于那些贴近生活的关爱。某日清晨，某个不经意的问候，便会温暖整个冬日。

想起那些个简单的念想，独自呢喃："待我长发及腰，让我在西子湖畔开家咖啡屋可好？"

不嘈杂，不喧闹。有些古旧，有些冷清，甚至很容易被人遗忘。这些都不重要，重要的是还有那么一个客人，在午后慵懒的阳光下，闹市街衢，街声呼彻，独守一隅静气，将茶品到无味，将书翻到末页，将一首歌听到韵味全无，将一个人爱到无心，滋味寡淡，独自清欢。

相信时光，也相信缘分。如此这般，在冥冥之中，万事皆有相。

西湖，残荷，女人，咖啡屋。西湖的韵味，对我而言，如此深爱。其

一叶知秋作品

四时可幽赏，湖烟如梦，自然古色，或有深意存焉。时光能让人爱到极致，恨到惊心，忽而苍郁如藤，忽而青翠凛冽，却终是不悲不喜，静如止水，亦慈亦让。在这个崇尚华丽的时代，我却独爱简洁的生活，闲暇的时候，坐沙发一隅，听一首入心的曲子，阅一卷如知己般的书，品一杯香浓的咖啡，如此这般偏居一隅，装载着我全部的爱好。

逐渐从灯红酒绿的奢华中抽身而出，喧闹并不是一种快乐，而是孤寂的另一种貌相。独处，自有葳蕤之光，内心澄澈而明亮。

今日，难得庚子春的艳阳天，执一份美好，让风记住一朵花开的香，一起迈步于洒满芬芳的路上。

樱花与木槿

樱花和木槿花，我从来没有想过要把他们联系在一起，不同的生命韵理和生命特质，让樱花与木槿有着本质上的区别。樱花属蔷薇科，落叶乔木，花于3月与叶同放或叶后开花。樱花的原产地为日本，后来被广泛地移植，我国的大部分地区都有不同的樱花品种。而木槿则属锦葵科，主要分布在热带和亚热带地区，木槿物种起源于非洲，后来被世界各国引进，我国的长江流域沿岸是木槿的主产地。

也许是据于国人的某种心理情结，在书中或看过南京大屠杀之类片子的人，印象一定与我同样深刻，我们痛恨那个野蛮的民族曾给中华人民造成了深重的灾难，也许正是因为这种情愫，对日本有着天生的排斥的心理，内心充斥着强烈的反感。其实，也许这应该与樱花是无关的。花无国界，花是自然界中最纯洁的植物，给它雨露，它就生长，给它阳光，它就微笑，给它生命的周期，它们就长成一片风景绿荫。这么美丽的花儿们，我们为什么要强加给它们一丝丝的罪恶感呢？我不停地理智地暗示自己，一衣带水，花儿是无辜的，它们好比是我家园中的那些孩子，带给了我们生命中的无尽欢乐。认真地了解关于樱花的一切，观察着它的一切。

樱花特语：精神之美、热烈、纯洁、高尚、幸福、文静，这些是樱花的生命气质，而西洋樱花的花语则是"善良的教育"。纯洁高尚，淡薄，向你微笑，带来的是一种永不凋谢的情结，它的纯洁成为人们心头永不凋谢的情思。自然赋予它的象征意义，使我不由自主地开始喜欢它来，因为它有着和木槿一样的气节、一样的纯洁。花开，默默无声；花谢，独自飘零。所有的气节和韵理，都像极了诗人飘逸的气质。樱花一共有三百多种，最多的是山樱、吉野樱和八重樱。山樱和吉野樱不像桃花那样的白中透红，也不像梨花那样的白中透绿，它是莲灰色的。此外还有浅黄色的郁金樱，"春分"时节最早开花的彼岸樱，掩映重叠、争妍斗艳。记得在散文《国立的雨》中有这样一段描写樱花雨的文字："透过亮晶的雨帘，瞧着树上的樱花一瓣一瓣地随着风飘在雨丝里，粘着雨落在地上，溅起一朵透明的水花，多美丽的语言，多美丽的花。"

暖洋洋的四月里，阳光明媚，草木幽香，樱花就是在这样的天气里开花。它的生命很短暂，就短短的一周时间，当人们还未来得及从它的繁华盛景中走出，它就像诗人和风一般地陨落与消退了，留给内心一片怅惘之声。这样的美学韵味也许只有樱花才独有，宛如昙花一现。短短的日子里，樱花曾开得那么的动人与妩媚，浓烈与娇艳，色泽以粉红居多，透着一种清新质朴，雅而不俗的风韵。它们一点不浓艳、不丰腴地陪着我，当我漫步在樱花盛开的树下时，不由得放轻了脚步，生怕惊扰了它们躺卧仙境的那一帘帘幽梦。随着风的来临，一些花瓣停在我的肩头，飘入我的掌心，感觉它们好像是一只只美丽的蝴蝶，在质感轻柔的意境中翩翩起舞，与我的手尖亲密接触，灵性而又意韵饱满，感觉仿佛前尘与往事，都消失在沉寂的落花里翩翩而下，优雅幻梦。我沉醉在其中，耳边不由地想起龚自珍的那句"落花不是无情物，化作春泥更护花"的诗句来。闲看落花静听雨，花开花落如人生，人生一世，草木一春，面对这大自然的万千物语，我不由地感叹生命的潮起潮落，喧嚣尘世的繁杂中，我们是不是都要保持着一份静如止水的平衡的心态呢，充实地过好每一天，珍惜每一天，善待和珍

惜在身边的亲人！

　　终于，我开始明白为什么打心里喜欢樱花了，因为它们是那么的团结，像一个火红的生命团队，面对春光，前赴后继，勇往直前，它们一树树地开，一个也不落后，直开到缤纷，开到繁华，开到消亡，完成生与死的对接与轮回。这是一种积极的生命态度，这是一种磅礴开阔的人生寓理。看到它们，所有的千愁万绪转瞬间消散，感觉生命原来是如此静谧和厚实。

　　提起木槿，心里便有很多的情愫流淌，木槿又名舜华，即"一瞬之花"之义，木槿这个名字，委婉而动听，花语是温柔地坚持，木槿花朝开幕落，但每一次凋谢都是为了下一次更绚烂地开放。就像太阳不断地落下又升起，就像春去秋来四季轮转，却是生生不息。更像是爱一个人，也会有低潮，也会有纷扰，但懂得爱的人仍会温柔地坚持。因为他们明白，总是难免起起伏伏，但没有什么会令他们动摇自己当初的选择，爱的信仰永恒不变。木槿花的花语还有坚韧、永恒美丽之意，木槿花生命力极强，花象征着历尽磨难而矢志弥坚的性格，也象征着红火，象征着念旧，重情义。

　　记得读书的时候，校园里紫色的木槿花从容地盛开在幽静的小路上。花儿在风中淡定平和，总是那么的沉静含蓄，质朴繁华。看着木槿花开，感觉很像一场爱情，倾其所有，毫无保留。

　　诗人王维在他息影林泉的辋川别墅，目睹了石上的积雨，写下了"山中习静观朝槿，松下清斋折露葵"这样娴雅的句子。宋词时代也有，雅好宴游的晏殊在《清平乐》中营造了"紫薇木槿花残，斜阳却照栏杆"这样凄清的意境。元曲时代也有，无名的歌者唱道："近三岔道北，傍独木桥西，凿开数亩鱼池，编一溜槿篱，蜂儿值早衙催酿就残花蜜，莺儿啼曙光移梦绕芦花被，燕儿飞矮帘低衔入落花泥，老先生未起。"明清小说时代也有。大观园里的稻香村，里面数楹茅屋，外面却是桑、榆、槿、柘，各色树稚新条，随其曲折，编就两溜青篱。《诗经》有云："有女同车，颜如舜华""有女同行,颜如舜英"这里的"舜华"和"舜英"就是指木槿花。木槿这样普通的花儿其实骨子里是极孤高的,她不与桃李争艳,也不在牡丹、芍药丛中邀宠,她单薄的躯体远离了樱花之繁、紫荆之盛,只待百花都已经开遍,她才于不经意间惊艳了你。木槿花代表着坚贞、永恒和美丽。这也是我喜欢它的理由之一。

木槿与樱花,樱花与木槿,它们之间有太多的关联和相似,都是那么的纯洁、高尚而又默默无闻,不娇气,在重压之下顽强生长,叶露生命的长虹气概,不畏艰难,哪里有空气哪里就有适应它们生存的土壤,它们就凸现生命,花开一隅,缤纷一角,纵有困阻,也能够坦然面对一切。不同的地方在于樱花以多而求美,单独存在却显得没有新异,正如日本这个民族,他们的团结、奋发图强的精神,值得我们学习和深思,这是一种博大的民族气节和精神,相信这次的地震、海啸,也压不垮他们的,一切都会过去,一切都会重新开始,他们会坚强地站起来,如樱花一样,团结在一起,盛开千里。而中国正如木槿,从不欺负弱小,独立存在,不畏艰难。含蓄、包容、朴实、善良,永远绽放,这是民族的气节精神之所在,当然,把木槿比喻成中华,这与中国极其精深的文化气息和内涵有关。上下五千年来中国人讲究的是"忍"与"儒"的盛世哲学,不以兵戎相见相残,而以"道义"立天下,这是"文治"下的治国方针和策略。中华文化源远流长,忍辱方可负重,卧薪方可尝胆,木槿喻义着中国不鸣则已,一鸣惊人的民族精神。

最是浓情中秋时

最是浓情中秋时,用烟火的味道,串联起一个个日子。

每个人心中都有一条美丽的山路,通向心向往的地方。每个人心中都有一片净土,存放梦想和远方。每个人心里都住着一个小孩,孤单地一个

人成长。每个人脸上都会绽放最美的微笑，给时光，给回忆，给爱人，给朋友，给你，我的爱人。

回到家的时候，刚好是中午了，一大家子的人围坐在一起，很是热闹，我想，这便是家，这便是尘欢，这便是简单的幸福。尝遍世间百味，家里的味道最美，听过世间最美的语言，乡音最亲切。轻倚窗台，遥望，天青色在等烟雨，江南渐入秋，一股凉意穿透到骨子里，如此静安。

起风的日子，总是习惯了给自己搭块披肩，然后，以环抱自己的姿势，立在窗前，看细雨迷离。秋是安静的，也是沉稳的，恰如一个耕耘墨田的女子，不再对尘世烟火迷茫，独有洗尽铅华的归真自然，简约而素，低眉温婉。

日子，渐渐晕开，淡在眉间，于千回百转间。岁月赋予了最深的懂得，在某一个云淡风轻的早晨，画一片蓝天，一切过往即不语，既行之，何不随遇而安？

一直喜欢这样的女子，守一方小院，以静为友，一帘梦，一窗花事，一盏茶，一点心香，点滴烟火，轻描淡写。不争艳，不媚俗，放下几多心念，盈一袖暗香回馈岁月。

生活在花园里，是不少人的梦想；一座真正的花园，不是用金钱来实现的，而是需要用时间与品味来打造。花园需要格调，而作为花园的主人同样需要别具一格的格调。

粗心的我总是不适合养花，养了好几年的一颗君子兰，经历干旱，后又浇水过度，最终寿终正寝。突然有点儿难过，忽儿就联想到，所谓的温暖，也就只能是平平淡淡的日子。那种极致呵护和之后的极度淡漠，都不是我等寻常人可以承受得起的。

下雨了，好凉快，又到长袖长衫的季节。花香满袖，又添几多柔？

花落指间比人瘦，轻散心忧。

彼时，曾许对镜共剪西窗秋，而今又见秋雨锁重楼。

总是喜欢一个人席地而坐地喝茶，席地而坐，是一种自在的，非正式的，闲适的，彻底放松的形式表现。低坐，以一种形式上的谦卑，换得心灵上的彻底放松。

清秋之中，我是一枚叶子，清瘦在凉薄中，等季节捎来轮回的讯息。等秋风提来一壶桂花酿，美酒葡萄夜光杯，独独与一人微醉。

一剪闲云来，一袭空袖去。把月坠西楼，人寂黄昏的闲适，留白于断章。或是，如此延伸。

秋色。依然尚浅。

夏的燥热还在空气里蔓延。我静坐一隅，看窗外，夜色微澜。想起那句不知道谁说的"即便不说再见，谁也不是谁的永远"。念着曾经念念不忘的如初相见，终是会有一天风轻云淡，倚在沙发一角的我，不禁打了个寒战。

又不知道哪个诗人说："世间事，除了生死，哪一桩不是闲事。"仔细想想，果真如他所说，除了生死之外都是闲事，那又拿什么来注释生与死的含义？

时光终是无情的，在给你阅历的同时，也会凌乱了眉间的誓言。起身，拉开窗帘，于落日的余晖下，长长地舒了一口气，呵，真是天凉好个秋！

在季节的转角

一片叶子飘落，一只蚂蚁仓皇地爬着，或是午夜的灯再次晕黄着路人睡眼惺忪的迷茫，谁可以证明，此时何时？

一叶知秋作品

　　抬头望着窗外,依然细雨纷乱,依然迷蒙消沉,午睡时刻,听到廊檐一声紧似一声的雨点滴答声,我愿沉沉睡去,不复醒来。梦中千万次的金戈铁马,千万遍的马头琴幽咽……,谁知道梦中的你我是站在前世的塞外还是今生的古道旁,我望见他孤单的背影,西风猎猎,吹不老老树昏鸦不灭的乡愁点点。

　　汉唐的砖瓦依然刻着诗赋悠悠的情韵,谁曾见过洛河上那位天仙般的女子?谁又曾听过古风流响千年的明月?谁站在故国的城墙边,望月不语,对宫娥垂泪?大漠长河上那轮笔直的落日伴着狼烟四起的疆场,君不见,大漠边关沙如雪,古来征战几人回?回首,蓬蒿满地,野草默默!

　　曹操从来不知道,他的失败居然是那场不期而至的东风,时间的错位!如果这场战争放在今天,诸葛亮还敢那么神秘而智术超群吗?其实,我一直很欣赏曹操,不为他的性格,只为他不世的抱负,谁可以在那样纷乱的年代提出一统江湖啊,唯有大智慧的曹操然也。历史总是有惊人的相似,如果可以有"如果",我依然相信曹操依旧是那个胸怀万里江山的唯一!

　　圆明园中哭泣的石头声声控诉着列强的侵略,君心海底针啊,无奈的选择,是历史的过错吗?历史从来不曾接受"如果"。翻着那些沉重的过往,我知道,唯有记住,然后踏步向前。大清朝的耻辱柱上刻着太多的无知和无情,英伦的炮火居然隔着重重大洋射穿梳着大辫子的东方男子的心肺,谁还可以说那是个意外呢?纳兰的悲哀同样来自一个"情"字,纵然才气傲人,依然逃不脱命运的选择。

　　上古有首诗很决然:"上邪!我欲与君相知,长命无绝衰。山无棱,江水为竭,冬雷震震夏雨雪,天地合,乃敢与君绝!"时间可以作证,沧海可以成为桑田,如果,作诗的女子知道地震或是海啸可以顷刻间让山川变了模样,她还会如此发誓吗?时间再次欺骗了爱情!

很喜欢周杰伦用那略显沧桑的歌喉演绎着《东风破》,"一壶漂泊,浪迹天涯难入喉,你走之后,酒暖回忆思念瘦,水向东流,时间怎么偷,花开就一次成熟,我却错过"。是啊,思念很无情,无论是关于伊人天涯还是游子天涯,岁月如刀,刀刀镌刻着心与心的距离。其实,回首时,我们错过的何止是时间,还有无法望见的心啊!

小时的我很喜欢那个摇摇椅,觉得坐在椅上摇啊摇的很舒服,现在,我喜欢站在窗台边,看天边流云,看庭前落花。或许还可以看着一本书,听几首歌,就这样让时间悄悄溜走,不问为什么。我不知道,我可以抓住的是时间还是其他,我只要这个下雨的午后,用一份心写下一段心情,等将来的某一个午后再次读着,任嘴角扬起一弯笑意。

站起身,盘点一季的心情,在季节的转角,我遇见了谁,谁又记住了我?唐宋元明清,历史走过,我依然笑看风云!

彩云之南,一场风花雪月的行走

夜寂寂,睡意依旧无处可寻,拾一盏清浅,细品,静坐无言。雨后的江南,些许凉意,似曾闻到秋的气息。房间萦绕一首好听的歌曲《漂洋过海来看你》,内心久久不能平静。想起那个丢下了家里的琐事,正在路上赶过来的,漂洋过海来看我的女子,生命中的那些过往,都将是人生路上留下的点点印记。让自己记住了那些曾经与别离,风景交替的时光,有过多少错过?又有过多少相逢?

当风花雪月走进柴米油盐已久的现实,我们不要放弃了当初的挚爱,要学会在柴米油盐中添加风花雪月的浪漫。偶尔,给自己看一场电影,看得心情明朗,取悦生活中的自己,照亮所有与黑暗接近的地方。

一叶知秋作品

把该洗的都洗了，该晒的都晒了，就等着和几个美女私奔。那天，让他参考，问去云南如何？他笑着说：好啊，西双版纳，丽江都是好地方，我看行，那可是个"艳遇之都"，永远是一道风情万种的风景线，吸引天南海北无数游客。我莞尔一笑：好吧，就去那了，去邂逅一种风景，邂逅一种文化，邂逅一种心情。某个闺蜜说，现在飞机不靠谱，老是晚点。我说，那也比坐好几个小时火车强哦。

等一切都准备完毕，迫不及待的心，无限向往着目的地，却又在机场足足等了六小时，随着飞机落地收到旅行社发过来的道歉短信，所有的不愉悦的不再提了，选择原谅吧，都挺不容易。此刻已经是凌晨一点，而西双版纳的天空，依稀可见天上的白云举手可摘。

此次的西双版纳之行，领略了不一样的民族文化，看见隐藏在大山深处的民族。我们一起品尝当地风味美食，观看民族特色表演。轻挽起夏纱，落在肩上的蝶，随着夏的清凉，翩翩起舞。

在我的印象里，傣族的女子应该皮肤比较黑，没想到还真漂亮。导游说布朗族的女子地位可高了，可以休夫，不能休妻！姐妹们，快来做傣族女，布朗妻吧，这样看着不顺眼就不用每天唠叨了，也不用学潘金莲，直接休了就行。

走在彩云之南，可以感受一览众山小，感受大自然赋予的魅力，此刻，不需要语言，只做一个安静的看客。映入眼帘如此真切的大自然青翠与沧桑，看着一幕幕往后退变的景色，似乎在回放我们走过的流年。那些剧情的起起落落，如同车外不断变幻的风景，从风景转变为背景，最后都变成云淡风轻的心情。

西双版纳孔雀湖，是一个集原始美丽与现代风情于一体的生态主题公园，极具民族特色的亭台楼阁。湖面酷似开屏的孔雀，并有众多的孔雀栖息于此,一阵清风吹来,湖面波光粼粼,撩人眼眸,以出水芙蓉般的仙女姿态,傲立在七彩云南……

澜沧江之上,看歌舞升平,两岸的景致,向后缓缓移动,这是一条连接三国的母亲河,两岸的人民共饮一江水。此情此景,不由想起那首著名的诗词:"君住江之头,我住江之尾,夜夜思君不见君,共饮一江水,此水何时休?此恨何时已?只愿君心似我心,定不负相思意。"

西双版纳是一座佛教文化非常浓郁的城市,那天早上参观了就近的一家寺院,一直觉得真正的修行是内心的安宁。而如今寺院的商业化,违背了自然伦理,违背了佛家本意。佛,是佛度众生,而不是佛镀金身。真正的佛缘应如这些花儿一样,我开了,我败了。你来了,你走了,我还在这里,开了,败了,滚滚红尘来来去去,总会疲惫时,那时,我依旧在你回眸处。

云遮雾绕,一路走来,峡谷溪流,森林树木,对于我们同样拥有这些的江南,真不是什么奇景美事,但这是一座佛教意蕴非常浓郁的城市,每一处景点必有山或水,然后用不一样的故事,赋予它无限想象力。来了,有一种莫名的惊喜。看过,走过,来来回回,幡然,人生之路亦是如此,非得都走一遍,才了解,才踏实。

观感一路都有,惊喜也一路相随,万人的篝火晚会,还有放逐水灯,民族风俗演出,热闹非凡。版纳的天气真是孩子的脸,前一分钟还是阳光普照,后一分钟就细雨轻柔,再几分钟又是大雨兜头而下。昨天一天经历几场雨已经不记得,今天一早醒来,坐在餐厅用餐,推开酒店的门,又是这样一番情致。版纳的天气相对温和,恰到好处的冬暖夏凉,这样的气候令人念念不忘,如一碗浓淡相宜煨平饥肠的阳春面。

一扇轻窗,能框住雨露多变的晨昏,却框不住清风吹送的花香;能看见人生寻常的悲喜,却透视不了浮世曲折的沧桑。窗,还是打开吧!让阴霾就此散开,把微笑化作唯一的妆容,让自信从此不离不弃。

其实,我们活着,无论是家庭还是事业,抑或是心情,以及快乐,都需要用心经营,才会收获到我们想要的结果。如此刻,同行游客都去吃烧烤,我们三个女人宁愿偎依在一起,喝茶聊天,说彼此对生活和对幸福快乐的感悟,蓝天白云下,心情一下就开阔起来,而时光,又是如此的充实、美好。

刘丽芬作品

个人简介

刘丽芬 曾用笔名：晓月微蓝、历芬、梅醉妃等。福建闽西香寮女子。中国诗歌学会会员、中国散文学会会员，福建省作协会员。作品入选多个选本并获得多个奖项。有作品发表于《星星》《散文诗》《散文选刊》等报刊杂志。出版个人散文集《时光里的色彩》、散文合集《时光书》。

一柱一弦思年华

屋外是挡着纱帘的阳台，立于阳台，烟雨蒙蒙，阳台边的柳条紊儿飞，江边的香樟树叶已落，望着江水茫茫。远处的青山只见那一抹微黄。不知不觉间，日子凉了，空气中带着潮潮的青草味。彼时，不由得闭眼感觉秋天的气息。

又是秋雨绵绵，雨湿润着大地，带来一片朦胧的世界，秋雨无休，在雨中，眼前的青翠显出醒目的沧桑，杨柳与青山犹如蒙上一层淡黄色的烟雾，好似人心中时而缥缈的那一缕轻愁了。

夹着雨丝的微风迎面扑来，风吹过发丝吹起身后的纱帘，这些从天外带来的讯息，许是一种问候吧？那首古曲《高山流水》在屋内缓缓回旋许久，随着秋雨飘荡。随着诗意，随着音乐，周遭一片宁静。

倘若没有微风拂帘，细雨绵绵；倘若没有阳台边的雨滴垂落，远山微黄；倘若没有屋内古琴曲屋外微风吹，就不会有如此安宁的心境。

一声嘀嗒，隔壁白色琉璃瓦上滴落的雨声，每次听到这屋檐雨滴声，总会想起家乡的老屋。每逢下雨，便有雨从屋瓦尾处渗漏，滴落在天井处的泥盆里，一滴滴地敲打着。那时觉得日子好长，也总会想着这湿漉漉的天啥时候会晴。总也喜欢静坐于天井边的小方凳上，细看颗颗晶莹急急滴落。感觉那雨声多么美妙，可以旁若无人地玩味小雨点。

想起老屋，便想起家乡曾经的淡淡春日。想起拿着小油纸伞背着小花包拧起裤管和着雨声唱歌的童年。想起童年便想起两块有着两朵小蓝花的小手帕，想起和小伙伴一起嬉笑在雨中的水花。一起等着蒲公英开花的日子，然后随着风一起吹起轻柔的千层伞。

家乡的春天，雨总是淅淅沥沥地下着。每天就是带着伞，头发也是湿的，曾祖母便会拿出干布为我们擦干，嘴里埋怨着这总不停的雨，然后又笑着交代我们凡事不能怨天。春天那样潮湿，湿得墙壁像流汗似的，地板总是滑滑的，祖母和曾祖母总是踮着小脚歪歪地走着。我们这一群孩子笑着跑着，滑倒了，一身泥，再起身笑着跑着，身后会传来老人们的呼唤声，"小心小心"。

雨中，也会想起田间忙碌的父亲，和在那块菜园地里撒种子的母亲，还有一群嘎嘎的小白鸭。小时候，一直会在春雨中的中午，等待父亲牵着身后的水牛出现在烟雾里。吃过午饭的我便接过缰绳，顶着斗笠，穿着蓑衣，在雨中抓着缰绳看水牛慢悠悠徒步于田埂间吃草，听那随着雨声的咀嚼声，然后自己的嘴也会随着微动，或哼着不成调的歌，学着大人的样子，唱着当时的流行曲。

随手拈一叶绿，抚摸，吹一口气把那一抹绿吹向雨中。父亲吃完饭，便会有一声轻呼，唤儿回家，随后把水牛拴于屋外的树边，最后拿着油纸伞听着雨声欢喜地去学校。

记忆中的学校是旧的，桌子是破的。坐在没有玻璃的窗子边，终于熬过了寒冷的冬。这时靠窗的位置最受同学们妒忌了，那里可以偷望窗外屋檐上的雨滴，看着雨滴如何一滴滴敲打窗下残破的瓦盆，还有那刚犁过的一片白茫茫的水田。还可以听听田间吆喝声，大婶们要菜籽的呼喊声。

在老屋后院中，一片梨树，拿着伞立于其中，眼前赫然一片梨花雨。雨中瓣瓣梨花随雨飘落，微微的一声声落于伞中，然后拿着一片片拾起放于小玻璃罐中，透明着洁白，笑着拿回屋里，屋内便有一阵淡淡的清香。把春带回，带进心里。

秋日细雨，曾经的时光已逝，这样回忆是多么美好，那悠悠春雨，耕耘希望的人们，树下拾捡梨花飘落花瓣的小女孩，等待蒲公英花开的小伙

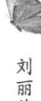

刘丽芬作品

伴，还有那份淡泊，多么美好的景色，时光荏苒，此时，再也难描绘其间的美丽，就让这份美好永存心底，随着细雨绵绵。

一弦一柱思华年，今日秋雨中，仿佛看到父亲的肩伴着收获与喜悦，想着父亲安详的脸，想起童年春日雨中家人们的忙碌。多少年，这样的场景一直在脑海中，这样的情结一直伴着我。茫茫细雨间，悠悠水边柳。淡淡芦苇愁，浓浓雨中情。

曾是惊鸿照影

漳平菁城小巷，与母亲再次走进曾经的它，时光更替，万物已变，如今已渐失的风景，好在在菁城的西面的小巷仍寻得到。仰望小巷上方狭小的天空，想起1989年我走进菁城小巷，窄而悠长，幽幽着暗，仿若能通向时间的深处。即便是炎夏，走进时，通体却是沁凉，两袖便生风。小巷中偶尔的几声犬叫，亦是幽幽的，找不到它的来处。有时，会突然地听到吱呀的门响，门后，便闪出一个苍老的身影，拄着拐，踱着步，转弯处便不见踪影。只听轻轻的杖声，和那深深的沉寂，在光亮的青石板上回转，从巷的这头一直到那头。

走小巷时，会令人想起戴望舒的《雨巷》，戴望舒的寂寥陪着我，和着那悠长悠长的叹息……还有那一声贩夫走卒的叫唤声，在巷子里回荡着，巷子有多长，他们的声音便有多长。巷子的门，通往一个个故事，跟着雨巷一样悠长而美丽的故事。故事里，总会有一个多情女子吧，或许她诗书满腹，却又寂寞着。或者她偷偷打开生锈的锁，与她的女伴，从巷的后门，出了深巷，走向桥上的水榭凉亭。此时的小巷因此多了情，连风都散发着女子的香气。

巷子，总会让人遐想着那远古的故事，有如深巷的婉约与悠远。有主仆，有爱，有恋。深意如巷子的春意。女子们走在巷子里，一个端庄美丽而多愁善感，一个机灵慧黠而活泼可爱。故事里总会将她们主仆安排，一个害相思,一个开后门。如果没有主便没了春情,没有仆便没了秋实。不管少了谁,巷子的故事都会是不完整了。想来,菁城的巷子也会有诸如此类的故事,巷子便有了春意、有了声色。人间情意便牵系姻缘,联结因果,小巷不动声色地成全了故事。

小巷在诗人眼里是有情调,有诗意的。在诗人的笔下,小巷有了丁香般的女子,结缘在油纸伞下。诗里的巷子是带着雨、飘着花香的,丁香巷便成了江南巷子的美丽词语。眼前靠东以南的小巷,亦是有江南的韵味吗?而在我面前的巷子,有着泥土灰色的斑驳的墙,深黑掉漆的门,和着词的长短句,平仄的青石板,引我走向它的纵深之处。

我在巷子深处,查找一些故事痕迹,再往哪里去找当年的繁华与寂寥?巷子伫立多年,似乎也老了,有了斑驳的沧桑,岁月的影子沉淀了很深的痕。人离散了。一如老树,枝残叶落,鸟雀迁徙。假若,你也如我一样看到从某道半掩的门后,踱出一个岁月老人,拄着拐,着一身对襟布褂,一软鞋,他的脸上一定有如墙一般的斑驳。或者,你可以上前问:知这深巷,来自哪里,通向哪里?

今看花月浑相似

带母亲走进一家布店,母亲问:有青花布吗?答:有。这一问一答,让我想起那一年,1989年的街市门,我与祖母也走在老漳平的街巷,驻足在一间不大的店铺前,一个很老的老人,包着青花头巾,围着青花围裙,旁若无人摆弄她的青花布。我们的脚步声,引来她浑浊的眼。她说:这是当年菁城女子陪嫁贴身和贴心的爱,是当年女子情真意切的恋。她说,这是她们自己的,从纺、织,到染,再到裁,再到缝,都浸染着菁城女子的芬芳。她说,这是考究的布,是旧时考究的人用的,平时,女子,多数时都是穿素淡的青衣衫。我思忖着,她们一定是把心思密密织在青衣里,随后着一身青花衣,嫁给最近人家。菁城女子的美丽让青布衣也亮丽起来。

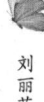

刘丽芬作品

祖母说：我就要青花布。

我望向店里窗外的河边小径，看着许多的女子围着青花布围裙，在河边的小径上忙碌。而店内的老人，屋里明瓦漏下来的光线照在她围裙上，蓝底白花的布纹清晰可见。是不是这样的青花布也是那陪嫁的衣服？少年的我突然冥想起来。

如今，已再难寻见当年当作陪嫁的青花布了，走在这古巷内，看过往辛酸，似乎，可以看到木桥亭檐，深巷之间，无数女子头戴青花巾，腰系青花围裙，她们未开口时，已嗅到了古菁城的韵味。

我的思绪从历史中便被唤了回来，眼瞧在巷子的另一个巷口，挂着许多的青花布。只见好多院内，竹竿上，高高地悬挂着青布花衣，一如旧时的染坊。风一吹便落下，才知，这是信手拈来的化纤布料，那从身边走过沙沙响的亦是化纤青衣。此种青花衣，与旧菁城的青花布已了无牵涉。

1989年，我在喃喃自语的老人店里看到了真正的青布花衣。青花布安静地放在铺内，青黑的背景，一朵朵花，有牡丹、芍花、水莲，还有一朵朵细细的茉莉，它们有着卷曲而又绵长的叶枝。美着，静着，又热烈着。菁城的阴柔便这样呈现眼前。都说美有着千态，从来爱有千种，我就独爱那一种，青花布，握在手心里，如若可以，真想也在暗夜如豆的灯下，自裁自剪。也许，曾经的菁城便在我如绣青花的一裁一剪，一针一线之中。

坐对苍然暮色侵

很多时候，喜欢一个人坐在暮色里，也总会在这时想象一些不关乎世俗，那些远古的画面。眼前的暮色，像极了画里的大漠，这个时候，会让我想起马，迟缓的马蹄步发出来的沙沙、哒哒的声音，似乎可以踩碎了乌鸦在天空静飞的影子。还会让我猜想着风会不会在这时急迫地触摸着暮色有些冰凉的胸膛，是不是会去触摸那些疲惫的蜥蜴在干枯的草丛里的爬行。

想到大漠中的马，看似是屹立不动的。一直以为，这样的情景是静的，可以让人想成一幅静止的画。那时，我们的祖先许多的人都厮守着祖传的茅草房，把生活当成一张宣纸，卑微而孱弱地阻挡着日月轮回。历史，在经历一段漫长的路后慢慢地延伸着。山高水长中一些火焰总是照不到路上的行者，人们却在思念中思念着，企图温暖那些流浪了许久的手。然而，那漫长的路终是隔断了从故乡到异乡的阳光，其中历经的山山水水便决定了一个人的历史，一些草木与河流很自然地成为一种标向，注释那些多变的心情。

在渐落的白日里，我的心情似也被某些事物注释着。暮色，是从山顶上开始的，慢慢地接入地平线，似乎是忧伤而不情愿的，它让白天里所有的旅途都充满了无所适从。这不是我的悲伤，我喜欢这样想象着那空灵的忧愁，只是在思维里多了一种飘逸而已，而此时的我，心境是平和而愉悦的，因为这暮色可以给我无境止的遐想，并送上一个人独享如此的惬意。

落日便很自然地成为我心情的标向，注释我的心情。

没有灯光，亦没有窗口，许多的纷扰与此时是无关的，有时我也会偶尔在暮色里走走，我的行走与驻足，被苍茫慢慢掩盖。此刻，如果你遇到我，在这样的暮色路口边，看到的我一定是若有所思的。

这时的暮色是属于我自己的。它可以让人漫无目的地行走，让飞翔的思绪飞翔着，让孤独的身影孤独着，让静坐更安静。这时我的身边是没有马路没有楼群的，与乡村和城市也失去了瓜葛，那些浮华苦难远了，虫声却近了。

不知不觉，一肩的凉意。

我想，在同样早春的暮色里，也会有一些人如我一样吧。或者，有人可以听见悠扬的笛声，有人可以目睹一些叶子飘落，是的，在春天里，也会有一些飘落的叶子，而常常被我们忽视。我们会错过很多一些不经意的事与物，譬如，那些让人心驰神往的花格窗帷和斑驳的门扉，譬如那些水袖般陈旧的年画，一些漂荡着的关切与热情，这些便在我的思维中定格，想起它们时，便可在这些让我们快丢弃的事物中寻找，一定会有一些记忆

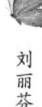

是可以拾回来的。

　　暮色里，布满了思考，却到处也充满了遗忘，回首时，暮色的含义可以让我更刻骨铭心。当我们的人群纷纷地逃避朝天的大路时，所有的门扉都会迫不及待地关闭，都在厮守着各自的欢笑，这个时候，暮色卷起了地上厚厚的灰尘，让一些曾经明亮的眼也迷茫了。当我们的人群挥舞着淋漓的欲望，把街市走得很拥挤的时候，暮色便会在街道上穿过人群间的缝隙，抵达饥饿与寒冷，在心灵最深处隐秘的地方栖居。于是，无处不在的暮色，让一些头发开始散乱，一些头颅慢慢凝重，并被崭新的灯光牵引着，呈现一种鳞鱼和渔火的色泽，在喃喃自语中闪闪光发。

　　当暮色潜入我独自一人的呼吸时，它在乡村的旷野或城市楼群的上空，在尚未完全落日的余晖里，弥漫着让人联想的氛围。此时，我的思维被暮色浸润着，呈现那些许久不见的坦诚，还有呈现着的炊烟、马、路灯，一些人影以及难于察觉的空气，都在不知不觉中排成一首幽古的诗，无须朗诵，无须注释，却可以把沉思的我引入一个宽阔的地方，没有喧哗没有躁动，没有争夺亦没有祸害。

　　暮色中，让我想起许多逐渐成熟的生命，轮转，是所有生命中共同的轨迹，暮色却可以为这些从不停止的轮转提供宽敞的思想舞台与心灵台词，一切都可以在其中悠然结束亦可以在准备中开始。只要希望与梦想在乡村与城市之间如草叶般不停生长，暮色便必然会带来梦境与呓语，不断地进入一些对着暮色沉默不语的生灵的心灵深处。

　　其实一些梦境与呓语都隐藏着一丝幻想，譬如暮色展露出的醉人的金黄色，向日葵谛听地下水的酣畅，胡子中日子的隐意，还有一些故事转移到童话和寓言中的英雄和公主身上。沙滩上的雪花，松针下的墓地，低语与朴素，绝望与碎片……很多很多让我们把不相关的放在一起并把它们合并。一切素不相识的脸逗着它们特有的意象，在回归与出发之间擦肩而过。许多的东西都在启迪着事物沿着各自的方向延伸不息，那些形状便构成了令人激动的姿态。而暮色可以在这样的欲望下，来洞悉这种姿态的钥匙和门扉，让我可以在其中总结和畅想，通过泪、疼、汗等一些纷繁复杂的经历懂得不断让爱与恨更加深,更加沉,让一些陈旧的场面更加鲜活而动情。我也曾在很多时候无数次地想抓住那些虚无与存在之间的距离,但暮色所赋予它特有的含义,展示一种缄默与阅读。我深信,它不经意展现出的是可以给一些面孔柔韧的呼吸,让一些事物生长出它们没有阳光的特点。暮色让我与一些相关的事,进入了一个鲜为人知的世界,同时让我不止一次地发现,它的笼罩与弥漫让我的手指也闪耀着它灼目的光芒。莅临是一个意象,暮色合上它的窗扉时,便是这样的意象,它狭窄的空间便有了痕迹,生命的迹象牵引着和我同样沉醉于暮色的人,紧闭双唇面朝它敞开思想,诞生特别丛生的骄傲与张狂,它同样让我错过一些俗世,留给繁华一个粉淡的背影,让一些斑驳的色彩呈现亮煌神采。然后,我可以坐在暮色里进入一个又一个生机盎然的春天。

此时的暮色,在我的眼中是凝重而安详的,它为日与夜贴上标记,让一些人深深地铭记又可以轻易地遗忘。走在暮色里,亦是一种缘分,而对着眼前的暮色,伴着我漆黑的发际,将成为我终身不离的影子,呈现它博大的谜语,可以让我用尽一生思考与探寻,最后让它成为我心中一股珍贵的血液,流淌在心里。此时,我便可以更明白暮色的内在意义,可以在这个时候无尽地回首与遐想,愿把我无数次地牵引,回望。

别意与之谁短长

春天的寒气与湿气恰到好处地袭进我的居所,很喜欢这种潮湿清冷带着一点点霉气的味道。窗外是朦胧一片,这样的天气与季节,很适合我安静地回忆,那些青涩又纯粹的记忆。我在房里走来走去,看似为了舒展身体,其实,在彼时,更像是为了抓住那瞬间倏忽而来,稍纵而去的闪念。

电视上,正播放着两个朋友的离别,汽笛声久久地回响着,屏幕画面静止了许久。这个画面,让我想起许多年前,十三四岁时,一如李商隐写

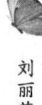

刘丽芬作品

的"十五泣春风,背面秋千下"的年纪,也是这个季节,母亲带我到村前的小火车站送她的一位朋友,我站在母亲的身后,是一个完全不用大人费心寒暄的孩子。我已记不起母亲和她朋友如何的依依惜别,还是一如人们常有的客套的热情。只是,还能记得后来火车发出的一声长长的、沉闷的笛声,那声音在空旷中,绵延散去,随着夹着乍暖还寒的春天的微风,凉凉的,似乎可以剜割我的心。然后,车慢慢启动,我们看着他们和我们挥手告别,再后来,便与我们挥着隔窗而过,渐然远去。

这时,我莫名地,没有原因,便这样无谓地伤感起来,可是,这个客人,我并不认识的啊。我站在母亲的身后,尴尬极了,不好意思地用手抹去泪水。火车又一声的长鸣,有些凄凉,有些孤独,那种感觉,抛散在渐行渐远的空中和那不远处黄昏中山前的云朵和那摇晃的干草浓彩重墨,似乎饱含着人间的离愁和别绪,那时的我,也莫名有了低落与缠绵。

在后来的岁月里,我一次又一次地经历了同样这样的离别场面,我便认定自己是不适合与人送别的,便有意地回避了。

在以后的日子里,慢慢地,我知晓自己是听不得那长长的、凄凉的汽笛声的,那声音沉甸甸的,一如大提琴的低吟,一如古排箫的低婉,让人恍惚,让人沉郁。人去了,那时,便会觉得心空了一角,距离一如岁月拉远了许多,如梦一般,空茫、散淡。时光,如攥在手心里的沙子,多少的人世别离,从此的故事便在这离别中成了天涯痕迹,就这样随风飘散。

以我当年那未谙人世又脆敏的心,怎能经得起那些想象中真实存在的曲折回肠的忧伤呢?

学生时期,毕业告别会上,轻泣声和沉默的泪眼,直抵我的心灵,离愁的情绪压住我的心灵最软的神经,让我喘不过气来,捂着胸口的疼痛,在学校的树阴下流了半天泪。墙外屋的一角,和墙角上的青藤,不远外叶子在黄昏中舞动,还有树上栖居的小鸟……无不都在煽动着我的伤感,我在夏日的分别中和那湿漉漉的牵手里,感受着分离在即,天各一方的愁绪,然后在浓重的暮色里,怅然漫步。

一个青春少女的忧伤，在想象中升华，真挚而迷茫。

踉跄地走过了那不成熟的青春时期。如今，现实足可以让人泰然处之，一如所有成年人，眼泪似乎被岁月磨砺得越来越少了。

如今与朋友离别，淡淡的几句叮咛，几个眼神，几个动作，便足以表明心迹，几句轻描淡写的言笑，仿若花香随意挥洒在空中，沁人心脾。然后在风中，听那沉郁的汽笛声在头上的空中响起，再回响。对着那渐行渐远的声音，摊开手心，报以微笑，不轻易伤感，让离愁，在岁月中定格成默然，在岁月的距离中写下牵挂与祝福。把这一生中的友情收藏于岁月书页的褶皱中，让其越来越厚实，越来越舒展，然后，在余下的岁月里，安然细数。

一直以来，我曾投合于一种与类似于多忧善感，伤旧惜古之人，这是我性格上的缺陷与伤痕。岁月流逝，在我走过青春、越来越深地走向中年的时候，许多的偏爱便会在岁月的沉淀中不经意地转向，转于另一种自然而从容的生命形态。我自身与生俱来的郁郁寡欢的性格，在无形中被一点点地覆盖，那不是消逝陨灭，而是被一种生命中所沉积下来的成熟的人生态度融化成一体。我想，在这些散落的时光里只有厚实豁达的心灵，才能滋养出从容闲适的情怀。

轴尽待收浮生卷

昨日，傍晚，从医院归来，行于小区中。天空静穆，夕阳明丽，仰望于西天，已然跃出一颗寒星。我喜欢在这样的时刻散步，便可放下一天的辛劳，迎着那颗星走去，悠然，亦淡然。偶尔迎面走来抱着婴儿的邻居，也悠然而淡然着，嘴角处露出平素难见的生动笑意。这笑意，引得我停下脚步，俯身去看孩子。静看她，一个小小的人儿，既可以如此安然睡于天地之间，端然而大方地熟睡着，洁净的脸有着一种不可侵犯的高傲。那小小的容颜既有一点让我疼惜，伸出手不知不觉又收回，生怕

刘丽芬作品

触伤这俊美的、襁褓中的孩子,以后的日子,便会经历风雨,经历欢欣。如此生命之小,以后迸发出的力量,是难以估量的。偶尔也会传来笛声,在这寂静十分,只是婉转着,就把人的千般柔肠情感勾引出来。这时候,我立于几株木棉花下,红色的花朵耀眼而又孤独,孤艳着它独有的张扬与霸气。抬眼间,天边的那颗星与我对望着,这生生不息的人世,就如这婴儿般小的开始,就如这颗微亮的星开始,这些娇艳的生命,又坚强又慈祥。

  前些日子,我在后院的草地上,插上木槿花,几天后的一个清晨,便发现长芽了。如此生命,既是这样顽强,不用一根一须,就凭几枝断枝,连于土中,便长出它的生命。细小的断枝弯枝处,小小的细芽便就这样探出身子来,不由得人拒绝。看着这细小的生命,细细端详,这时候的时间是静止的,与这样孱弱的植物小生命共处,让我感喟到了生命的强大,感觉到一种暗涌的力量,正于周遭蔓延,便不由得心生怜惜。于是我便不由得惦记它们,适时地为它们浇水松土,几日便可忙乎起来。想着再过几个月,便可有满树花骨朵,许多粉色花朵在眼前摇曳着,于是便想象着,摘下它们,放置锅中,便有了童年母亲煮木槿花的味道,这便是我一直一直念着的肉花,它放于我们的餐桌,依然那么美丽。一个人,即便面对这样弱小的生命,生出来的情感,亦是郑重的,亦是掷地有声的。

  因为有个大露台,不由自主地便会种花,石榴、海棠、茶花、康乃馨。它们在雨水及我的呵护下,一天一天艳丽,一天一天成长,我把大部分的时间给了它们,站在它们中间,无谓尘世纷扰,不理时光蹉跎。这些生命,有几滴雨露,几缕阳光,便绽放着,而我呢,而我们呢,常常为一些尘事自扰着,常常怨天尤人。为何不也学它们,生活于别处,让自己清醒于尘世中,安然于生活中。

  于现实中,忙碌着生活,待到毛病压身,手拿一沓沓单子,转于医院中,受尽驱使与折腾,也会在这个当口埋怨自己,处于这样的境地,当这个时刻悄然而至时,也会在季节的雨水中,慢慢让自己珍惜自己,一种十分遥远和缓慢的醒悟。

临床的大姐,始终沉默着,或流泪。我冷漠地看着这一切,知道,再过些时日,她便会真实面对,而不是这样以泪洗面,那么在这样的过程中,让她尽情哭,尽情沉默。那是一种身体没醒而依然沉沉躺着的状态。那是一种四肢松弛、一种睡至梦中自然呼吸、眼睛不必睁开的状态,是一种睡得身子烂如泥,而心却如火于冰中的状态。然后,便慢慢通顺,慢慢面对,如此重要。

在她还在哭泣时,我坐于床上,我是一向喜欢安静的,她的哭泣声,显得病房更加安静。外面春雨绵绵,我陷落于这样的阴雨之中,在这个春天的清晨,心无杂念,感到病房错暗得如此柔和妩媚,如鸿蒙初开,我便可以这样单纯如婴儿,不必为了生活而挑剔,亦不必为人生而慨叹。这时候,钟摆可以无声无息地停止,时光亦不再沿着时间纵向前行。我依然闭着眼,却可以清晰地看见尘世展现出的硕大剖面,一如古老的松柏般,有着圆圆的轮廓,散发着只有它才有的松拍味。在密集的年轮里,我看着自己,在春天的季节,静静躺在床上,临近不惑,爱文字如爱生命,育于一女且半生病痛,易悲易忧易怒,头顶有数根白发,喜静,除爱好写作外,亦爱尘世的种种。我注视自己,目光偶尔客观,偶尔理性,如看一棵树,一株草,想以往数年,为生活奔波,却皆不如此时此刻真实简洁,彻底而公允。辞去公司负责人职务,这绝不是一时兴起,亦不是慷慨激昂,只有淡定与平和,没有机锋,亦没有归隐之意。以往的日子,常常与风同尘,与时舒卷,思属风云。此时此刻,我却是心底坦然。不必清高达远。不归隐,不超脱,不疏离亦不边缘。于现实中,悄然着,亦彻底地,公允地看着自己的本色。于质朴、至善中。

也会经常回乡村。在那质朴中,感受朴素。于情感中,平静下来。也会在父母的家中。安稳生活着。常常看着父母,相对坐着,弓着背,一如一对皮影人偶。感谓于那句话"父母在哪,故乡便在哪"。也感叹于"父母在,不远游"。如若可以,一直这样栖于膝下,如若可以,常伴于床前,那是何等幸福。

刘丽芬作品

偶然听父亲说,他的命已算于今年,虽不能信于命纸一说,但,心终还是一颤。父亲的头发已找不出一丝黑色,脸上亦是越来越黑,皱纹愈加深。

也因为父亲的那句话,便去联系旅行社,催父亲随团游京。父亲微喜的面色,使心沉了下来。母亲固执着不去,便随她罢了。总希望二老能在有生之年里,无遗憾不伤悲,也希望,能活得好好的,以至比他们更好,所以能有能力照顾,也记得父亲的那句话,莫亏了自己。

今晨,接到友人电话,她因为肿瘤,明早9时手术。声音淡定,没太多语言,只说,已接受现实,不再脆弱。

我的周围,许多的人走了,又有许多的人来。走了的悄无声息,来的亦是悄然若至。生命总是来的来去的去。生命亦总得承受着,超脱着。我可以看见自己的世界,亦可认识或记起能随意想起的人与事,在与他们彼此面对和相处时,亦不必执着自己的立场,因此,就没有对立和不知所措。我亦可以感受到,我与许多的人是脉脉相通。一如《金刚经》所说,"无我相,无人相,无众生相,无寿者相"。所谓:若菩萨不住处相布施,其福德不可思量。那么,放下,便轻松了。

友人的手术还在进行中,所有的祝福都一并送于她,为她祈祷中,亦于心中,一问一答间,问的接连发出,不待答,许多的感悟便如地平线的露珠,一如初升的太阳,一如人生初见般,满目光明。

苍山素野环心中

春末,行于南洋,浏览过它的每个美景,我们来到北寮。仿若是住这里多年的故人,没有隔阂亦没有生疏,亦像是出游多年的乡人,抬头闭眼皆是温暖,熟悉的气息,感觉每处风物都可以令我热泪盈眶,居然是心内最柔软处的旧相识,那是与故乡一样的气息。周遭的山环绕着茶树,精致地出现在我们的面前,想象着再过不久的时间,人们为采摘聚天地精华的芽叶而忙碌的场景，就是这三叶一芽养就的人们，一如我的父母坚定而朴实的背，他们欢欣的身影，总会让人感动而欣慰。

行于北寮"水仙茶合作社"——一座简朴的二层楼房，乡间常见的小楼，立于此，不避风雨地接纳着茶农时令的到来，亦包容于我们一行人的侵扰。它的后山，一片茶园，像是一幅风景画，每一处的泼墨都点到为止，齐整地在我的眼前。茶园里的八角亭，点缀万绿，不远处的"茶圣"陆羽像，伫立茶园，一如茶园的守护神，身形飘逸，目光如炬。

农家的时令蔬菜，引着蜂绕，还有乡道间偶遇的小鸡，悠闲地令人艳羡。我放慢步履，走在那一片片茶园，想敲开那一排排三层小洋楼某一扇微启的门，讨一杯水仙茶，听听那独特的客家音，看一看远离故土的客家人，一群朴素、有点"倔强"又透着亲的客家人。

这时的北寮是绿色的，是文人骨子里的陌上清愁，是农人的苍山素野，是游子心念的故乡，它一展其韵，便是惊艳。

我们不得不停住匆忙的脚步，告别北寮。往另一处美景，九鹏溪景区，景区门口的九只鹏于欲飞态。再前行几步，便可见幽静小道，小道三五丈宽，铺就鹅卵石，路旁绿树正荫，正午的九鹏溪，宁静一处，几座客栈隐于林中，简朴古韵。

我们行于景区内的小道，路边的花随意开放，没有细致修剪过的花，更显它的妩媚，把这一切收入相机中，似乎，便是一辈子也不会忘却的心灵之景。

随着景区经理的引导，我们坐船驶于古作"宁洋溪"今称"九鹏溪"的中央，清澈之水投出我们的影子，我们的倒影在这一湾清水里，仿佛经历一场涟漪后，此时静拥一怀淡雅，一怀悠然，感受一种凌空而舞的美丽。

从河中远观山中的徐霞客雕塑，似乎可以看见久远的他于永安跋涉山水从双洋溪乘舟而来，一叶轻舟，迎风而行，便有他那流传许久的《徐霞客游记》，翻出他那《闽游日记》前后二篇，"十六日六十里，至双溪口，与崇安水合。又五十五里，抵建宁郡。雨不止……五里，透穿过其巅，为宁洋界。……宁洋之溪，悬溜迅急，十倍建溪。盖浦城至闽安入海。八百余

刘丽芬作品

里，宁洋至海澄入海，止三百余里，程愈迫则流愈急。"风雨兼程中的人影，穿越几百年，于此刻仿若就在眼前，从此雕像便携古意，长久立于九鹏溪山里。

山风阵阵，随舟而来吹起我们的发丝和我们的衣裙。心内一直觉得有一些画面是可以恒久的，在时光的深处，虽有些褪色，有些古旧，却是可以保持鲜艳。一如眼前的九鹏溪。

再次踏行景区内的木质台阶，山中凉风拂面，不自觉地便感受到了一份薄凉。它的风景存在于我们的眼前，我用仰视的角度望向它，猝然发现自己渺如微尘。走上台阶，便感受到那古旧与厚重，透着一丝霉味。有些风景是令人伤感的，一如江南的小桥流水，无论如何都让人走不进去。这里的风景，是可以把你的心沉静下来，而后，一心一意向上攀走。它不让人伤感，亦不会骚扰你的心灵，如此让你踏实与安心。

水仙茶树再次以一种从容的姿势，不紧不迫呈现一片。眼触它们，温暖的气息拥抱周身。家中老者的影子也随之清晰，我那已逝的曾祖母也曾于一样的茶园中，唱着她的山歌，于春末间采茶，眼中片刻湿润。我于时光洪荒的缝隙里再次拾起久远的记忆，捧于手心，一生珍藏，舍不得的心思万万千。

这里的每个台阶都有着它的故事与脚印，每一棵树都为时光数着光阴，它们承载着人们的心愿与澄明。这里的山道，它每转个弯，都会让我怦然心动。半山腰的水，山路中的歇脚亭，亭角的刮痕。还有那延伸于山顶的水仙茶树。叹于它们的惊艳，令我痴恋，以及欢喜，无语凝噎。

不理时光埋头走路，想着李白的《独坐敬亭山》，柳宗元的《永州八记》，在他们的诗行里，用我独有的语气吟诵，在这样的水墨中咀嚼成了痕，或在这样的行走中，细数那一山、一石、一草、一木。

突然想起那一句"此山即我，我即此山，此水如我，我如此水"。大气中，透出几份婉约，便有一种小情怀于此。

从山中回来，我们于茶舍小憩，再次泡起水仙茶，再次提及它的宽厚。柔润的叶片，随水而起，它的每一次续水各有滋味，各有姿态。今日，在一片山水与一杯茶面前,我的心绪重新跌宕起来,亦是心内诚明、清韵难诉,用我不济的笔力,表达内心婉约的相思。

松涛阵阵,天色已暮,回望九鹏溪,有些风景,有些痕迹可以逆行于岁月,光阴愈久,时光愈宽厚,它们透着独有的气息,缠绵于我的灵魂深处。山河千隅,万言一默。从此,我是远行的乡人。

一抹寒烟作品

个人简介

一抹寒烟 本名曹玉珊，畅销书作者，知名网络作家，在国内杂志、报刊发表散文近百篇。作品入选《中国网络文学精品2011年选》，擅长以诗话的语言描写散文的唯美与飘逸，出版个人散文集十余部。代表作有《择一城终老，遇一人白首》《这世界，我只喜欢你》《此去经年，归来仍是少年》等。

钱塘晓月半轮秋

秋　声

　　行走是一场修行。

　　九月末,北行路上,随意能听到秋天的声音,尽管湖边小路上落了一些黄叶,但风光旖旎。走在渭水之畔,半月照亮粼粼的水面,对岸的灯火斑斓多彩,像身后不远的秋林,风发出了声音,叶瑟瑟地落下,唯故乡半月圆,勾魂夺魄。

　　水声、风声、叹息声慢慢交替,夏花便在霜剑里斩落,沉默时,可抵御那些上不得台面的狡辩。风云过后,和文字江湖再见,背一架相机坦然独行,任谁也看不到心中芒草如刀。

　　在文字里走了几年,也看过不少言之凿凿的诗心,但是有人做起事来,和所言反差极大。也许,很多人被文字骗了,洒几滴同情之泪后入彀,就像一夜秋风横扫,黄叶落了一地,一片片砸下无辜的大地。看来,文如其人不可信,但真正爱文字的人,字里行间的寂静只伴着自己的喜欢。

　　僻静处看着手机,一条朋友圈的话引得扑哧一笑,顺手关闭那条消息,一个人的旧影就飘在眼前。到高新区旅店住下,窗外夕阳不知现在是否照在渭河,它在这里拐了个弯,咸阳湖成了秦都妙曼的风景。

　　清晨走向河边,几丛菊花开得倒是妖娆,拍几张朝阳取暖,在一张长椅上休憩,等着同行的几个摄影爱好者。咸阳并不陌生,三年前那个冬天过去之后,故乡才是最好的落脚地。这里有影协介绍的几个朋友,虽隔着千里，对于秦都来说，感觉她更胜于长安，渭河北岸的汉陵、阿房宫遗址，无不向人诉说这段历史的沧桑。眼前栾树花已经凋零，只有红色的果实挂在树梢，桂花却开得极少，远不如故乡那么多。江南九月，曾摘了几粒丹桂放在身边，就把南方的气息融在眼前的秋天里。在故乡时，每日清晨散步，看着环卫工清扫满地的栾树花，金黄的，像满地的桂花，一场雨后，附在草地上的花朵精巧玲珑。闻着桂花的香味，看着脚下的落瓣，莫名地，就有了柔软，寂静一个晚上，次日还是投入这红尘烟火。

看似无所事事的生活就这样持续，对于江湖早不再追逐。知天命之年，心便少了半颗，用半颗心看世界，另一半就放在隐秘的角落，这样就不受伤害。这样做，不是不对这红尘在意，只想在这江湖外围打转，把自己投入到大自然的天地。这个时代，不是谁能凭心机就可以左右一切，颠倒黑白，无论如何算计，都逃不过那双叫"命运"的手，人活在世上，逃不过一个天理，天理一直都在的，千万别让天理难容就好。

几个朋友如约而至，寒暄都免了，打开背着三脚架的包，看来这次我能学到更多东西。都说摄影穷三代，我倒是无所谓了，本来就一无所有，也就不怕穷富之说。走近湖边，几百米的水面波光粼粼，蓝天下，不时有飞机从头顶掠过，降落在西边不远处的机场。各自取着景，我却和故友聊着这些年的一切，望着我恍惚的眼神，说着三年前的旧事，笑着道："看来你走出来了，看了你不少片子，好像你找到摄影的感觉了。"

感觉？我笑了笑，感觉是什么？唯手熟耳，调侃几句在一个亭子里坐下。时间过去这么久，2015年冬天的那场雪早就融化，却又在下一个冬天会飘起。那时心和万物一样萧条，即使身在江南，也心冷意灰。

"没什么的，一切都过去了，看你现在不是活得挺自在的吗，最起码能说走就走，做自己想做的事情。"看着她真诚的眼睛，我沉默着，几片淘气的落叶飘下来落在眼前的水泥路上，却偏偏扫过俗世人的肩头，带来北方的秋声。她举着相机对着一枚红叶拍了一张说："你试试，然后我们对比一下。"

在光影折射的世界里，看到一个完整的秋天，拾起那枚红叶，围过来

一抹寒烟作品

的几位朋友静立在身边，评论我拍的片子优劣与不足。瞬间，我感觉到所有坦诚的胸怀都开在阳光的掌心，捧着相机，品味这相知的美好。

"不早啦！"那个叫大李的突然喊道，"我们还是别在这磨叽了，看看几点了啊，还是找个地儿好好喝几杯，等下午拍夕阳吧。"一行人离开湖边上了车，在预定的饭店里坐下，那天我醉了。

这是秦都第二个秋天，那年从昭陵匆匆一别已经三年。也就在那年的冬天，在一个摄影论坛认识了他们，在镜头里看到另一个世界。其实，无论摄影还是文字，始终感觉它就是一个媒介，让一群热爱生活的人走到一起。

也许，等我们走过这个秋天，冬天不再是原来那个冬天，甚至想：对于有的人来说，我的江湖有你，而镜头里没有江湖。相忘江湖的日子，希望在明年春天再和他们一起，听渭城朝雨，看客舍青青……

蒹葭，轻雪

古人常把月当霜，我却把霜看成雪。住在西郊的那个晚上，半夜醒来，冷风顺着窗吹进，半坐，起身一看，窗外一片莹白，今天已经是腊月初十。

那是两年前的一个初冬，风凉早已入骨。京郊西山，夏季就成了昨天，像转身的女子，留下斑斓的外衣。红叶碎了一地，远山只是一个背影，在遥远的尽头，一个如月般的约定有季节的凋敝。山下这间旅馆周围宽敞无遮，月光尽情地洒在青霜上，薄薄的如一层轻雪。这夜，终究是冷了些，白日溪边看到的芦苇颇有秦风的诗意，只是无人微笑清歌。季节还在等候，谁曾立在水中央，翻动那古老的《诗经》。

那年走过故都，指尖抚摸飘香的丹桂，秋水撩起的乡愁从异乡的黎明开始。从春到夏，一起走进红叶满山的十月，在胡同的小酒馆意气相搏过几回。酒是牛二，扁瓶装的那种，等到起身离开，桌子上歪歪斜斜地倒了几只空瓶，如我行走的身姿。那时，真的是万叶秋声里，后来再提当年，那些故事就成了传闻，甚至被人说起的时候，眼神里还有几分暗示的暧昧。传闻就是传闻，即使被误传了当时的场景，告别后的若干年间，西山，依然还有值得描摹的盛景。

从北宫门一路下来，思绪有意无意地放逐，溪边摇曳的芦苇倒挺拔得多，丝毫不被北风左右。停留在这个城市，除了喧嚣还是喧嚣，只有山下的旅馆留给黑夜几分安静。离开之后，斑斓的秋天已经衰落，再看这晚秋光景，月的白，和霜融在一起。看来、要不了多久，雪，该真的下了。

就那样坐在靠窗的墙边，听不见红尘十面埋伏的铮铮，远离故乡到这里来，除了西山红叶，还有避开某种烦恼的潜意。夏天在颐和园时的清晨，能听见荷花绽开的悄悄声，从前那些日子，跟着回忆不请自来。本以为一切都该浅淡，也该随缘，如今再看秋的萧索，连片的枫红胜似春潮。这样的红，和春天有的一拼，而在我心上，更怀念夏日西湖的荷，雾还未散开的黎明，一池荷花摇曳在眼前，更像涅槃的水墨。

没有精雕细琢的文笔描画眼前的秋，就像没有给过你适当的称呼，对于月色的笼罩也找不到灯光浆影秦淮河里那份雅趣。眼睛透过河岸，白日的芦苇似乎安静下来，听不到风拂过的沙沙声。和你，彼此之间像一杯白开水，清澈得可以见底，觉得这样正好，谈及今天与明天，更没有江湖论剑的味道。娓娓道来的那些话，温润得如徐徐清风，连争辩某段历史的时候都能清醒地认知关于西山的由来，以及明清两代那些离奇的传说。话题是随之而变的，没有主题，也没有刻意，喜欢这样的相对，坦诚得没有矫情的做作。后来的我们，围着红炉煮酒，促膝并肩，案头的梅红点开了缘分的痣，就这样随了因果。

这些事，像隔世的传闻，真切地发生之后，也就坦然。在这些深情的传记里，不求来世，也不被岁月消磨，须弥之间，就是人间况味。每个人的缘分都无须谁来资助，更不可挥霍，继续地走下去，便是独特的恩泽。清霜如月的晚秋，面对西山轮廓的分明，记忆一旦串联，这份完整，便能共有。

异乡永远是异乡，来年之后的秋冬，便有不再分离的苦楚。重新回到

故乡的湖边，熬一碗莲子粥，采一束芦花白，指间有这些年岁月的清苦，却也解了少年四处漂泊的孤独。偶尔再回故都，无论春夏秋冬，独特的记忆总是沿着当年那条路走过来。喝一杯宽心酒，饮一壶如意茶，便忘了春夏轮替的蹉跎。谁的一生不是风雨兼程，也少不了秋冬的断章残简，即使断了章节，也可以用时间补全。最好的日子是天作棋盘路作弦，一个举手投足，就奏响自己生命的音符。那是汉宫秋月，是无嗔无怨的平沙落雁曲，这一生，有多少金戈铁马的江湖，就有多少柔情似水的红尘，否则，这些春去秋来，还有什么乐趣可言。

　　一生赌注，无非就是求个输赢，真的走到白发苍苍，输赢已不论。人生如棋，每一步都需要自己走，或者像《天龙八部》的虚竹一样，一个误打误撞，就解开珍珑棋局。解不开，这缘分，就成了死局。但是众生，谁敢说一生坦途，又谁敢说自己是天才。其实精于算计的不是聪明，想到开始，但猜不到结局。走一步看一步是人的本性，但守着初心，就能走到终点，陌上花开时，有人缓缓归也。

　　十月末，天地慢慢凉了。这样也好，在文字里触摸真实的往事，心，是暖的。回忆落在往后的日子，手捧一束芦花，冬天就来了。

江 南 红

　　人生，四季都有自己的风景，如果秋天是一种颜色，我选择你。

　　说实话，在江南漂泊多年，开始很少有时间去看江南小桥流水人家外的烟火亭台，初到南京时还是少年之心，十七岁的军营生活就从江南开始。路过秦淮灯火，驻扎在栖霞山下，秋天那一丛丛红叶，从此成了生命中耀眼的颜色。

　　辗转到无锡，已是十年之后，梁溪河从脚下流过，青春已是过去时。偶尔在闲暇时候站在古旧的屋檐下，等待梅雨季节早点过去。这是租来的十几平方的小屋，被子都是潮湿的，阴沉沉的天空下，伸手等几滴落雨，一种凉从掌心渗透到骨子里。品尝到这尘味几重轻重，思量这人心几多变迁。

日子来不及细数就过去，春天走在城市的郊外，路过相伴相生的阡陌，采茶人头戴斗笠，跨着的竹篮放满新鲜的茶，村庄烟雨蒙蒙中若隐若现。唯独那时，春茶采后，各种花儿在田间地头绽开，柳树也婀娜起来。过了四月，站稳脚跟的异乡不再陌生，思乡的情绪不等梅雨发酵，一瓶黄酒便醉了乡愁。女儿牙牙学语，父母还算康健，只是"家"那个词离我太远，远到在梦里才能清晰。喝醉了酒，胃腹中升腾起酸楚，次日走上街道，堤外，桥边几株桃红入目，便不由想起故乡的山桃花。想象在某一天回家的路上有一双手拂去沾水的外衣，有几碗熟悉的饭菜可以饱腹，眉头就舒展开来。

江南的春天是来不及留住的，桃花谢了之后，夏天便接踵而至，无暇细看那些景色，炎热的夏天就到了。从一个城市奔向另一个城市，最多的时候从无锡到苏州，再从苏州夜奔桐乡，夏天，除了热和忙，几乎没有什么可以回味的。偶尔路过景区，眼里看到的都是异乡的游客，船从乌镇的河面飘着，到了绍兴，才想起课本上的孔乙己一碟茴香豆，此时一定已经变质。

青春的命运并不是太好，辞职做了异乡人，不暖不凉的日子少了浪漫，更不奢望有一双手为自己把盏。有时候在路边凉棚下要了一碗凉茶，喝下去之后，喉间的一丝凉一下就沉到了心底，用袖子擦了擦嘴，再奔向下一站。那时，没有青衫从容的行走，每到一个地方，便拿出背包里的产品给客户介绍，变了形的面包有时候会被客户看到，讪笑一下再塞回背包的角落。也许，你想不到我的清瘦，也看不到我的狼狈，只是一本本日记上加重的感叹号，记录每一天艰难的生活。不像后来回到故乡后那般，后续的日记写几篇风花雪月的故事，甚至看完几篇诗词，描一段江南红。

那是秋天的颜色，槭树和三角枫伸进水面，和春花比起来，看到秋的落寞，还有冬天到来时屋子里的冷。江南冬天是冷的，小屋里没有暖气，

一抹寒烟作品

没有空调，只靠一只煤炉取暖，只是几年之后才被空调代替。

在这样的回忆里慢慢追溯，是不忘当年，绝无诉苦的意思。冬天到了之后，生活的节奏就慢了下来，但是没有木心先生所言的那种"从前慢"的气定神闲。青春的眼神和冰一样，摘了几枚红叶夹在离开无锡的日记，回到故乡，一切又是陌生的，像当年从部队回到地方一样，傻傻地不知所措。人总是要习惯的，习惯周围的陌生，再慢慢融进这样的生活。日子总是越来越好，生活的节奏快了，不由得想起从前，甚至羡慕木心先生所说的那种生活：少年诚恳，一言九鼎，黑暗的长街，冒着热气的豆浆，一封家书要走上数日，一辆有轨电车叮叮咣咣地碾过城市的街道。小巷门上的铜环被手磨得铮亮，那个一生挚爱的人听到门环声探出头来，欢喜迎进回家的人……

后来，学会把美景当良辰，学会戴上面具，对着周遭露出满满的笑，在转身后双眉紧锁。人到中年，我们都有差不多的经历，都是不会用少年的心结识来往的人，这是悲哀还是成熟，自己知道。一生有太多的来来往往，经历太多的别离，但每一个新的相逢，早失去了少年的诚恳。对于当年的春夏秋冬来说，我记住了单一的颜色，即使江南的冬天，也有一抹红温暖漂泊的心，那就是黎明后的朝阳。

安定的日子，总会有太多的欢笑，一杯茶濯心，一台相机取景，这就是日常。我不是个痴茶人，在我看来，很多事一旦入痴，就失去了自己。但每次饮茶，能将茶泡得淋漓，这茶里的江湖懂了，便能自度。

迎来十月，秋相逢后，自己镜头中很少拍人物照片，草木枯荣中懂得从容。世间万物还在，不谋盛名，只谋得一个安静自在。特爱拍枫叶，一抹嫣红里有春的盛景，有冬雪来临后耀眼的不屈，一树树秋红能把深深浅浅的沟壑填满，能让人看到一种光明和未来。穿行其间，徜徉其中，在落叶上小坐，乍看风光无限。

江南冬天来时，就是岁尾，大地不再生机勃勃，少年青春终不再。走在这样的天地间，我的镜头里，没有江湖。

尽管，处在江湖之远，文字里，已不涉风月！

这场相遇,我们都没有辜负善良

冬月是十一月的别称,看词很容易理解成冬天的月。到了冬月,天就冷了,月色寒,月也更透亮。"大雪"到来的头一天,已经彻底告别了秋天。

借秋水同行,望一轮天涯明月,清冷的风中,悬挂的柿子若小小的灯笼。黄叶渐渐凋零,斑斓被风扫尽,行走的旷野看不到尘世的诗情画意,连步履也显得匆匆。落叶在寒水上沉浮,湛蓝的天幕,谁画一轮圆,执照夜行的路。

清晨,渔村隐约在雾中,给运河蒙上轻纱,楼阁缥缈在半空,泊在岸边的渔舟晃动看不到的涟漪。闲散的日子,雾色晕染故乡的神韵,萧瑟的风景一经修饰,便风轻云淡,尽管烟云散尽,韶华不再。

谁说西风吹不散眉弯,人世的相遇犹如眉山目水的相映。时间摧枯拉朽,落叶的银杏和修竹相对,守着清瘦的骨,消弭一夜冬风。过不了几天,月从东窗升起,檐下的风吹着残菊,运河流淌千年的古典,在码头上留下深深的印痕。我知道,秋天真的从手心离开了,甚至镜头里无数次拍摄的秋也空留一段色彩,等月圆的影子照在墙上,戊戌年便过去了。

雾铺满湖面,没有渔船离岸,芦苇站在浅滩,像萧条的诗意,唯有飘散的芦花沾着细细的光阴,避开了往事和孤灯。沿着雾中的小路折返,耳边响起秋天涉水而来的歌声,那是渔民收获的喜悦,感染过两岸的行人。

我和故乡很多人一样,饮着这湖水长大,少小离家的情怀在时光里愈发浓厚。很想找到静水碧波里的深情,也在月亮升起的夜晚独上高楼、远望天边蜿蜒的灯火。当北风将所有绽放的花靥吹落,人们要寻找的,是一场繁华,还是一场清欢,我不知道。

那日回到江南,绕过小巷古旧的墙,一丛雏菊开在江南竹林内。也许这里少了北风的烈,它依然鲜艳。青春只是明日黄花,转眼间,我们都是西风白发。天气预报里说,六号有雪,看来,今冬厄尔尼诺现象肯定要来,

一抹寒烟作品

趁初雪未到走出户外，镜头里一陌寒柳，几株老梅枝干嶙峋，想看冬天的颜色，只能等红梅傲雪时了。

总在琢磨"舍得"的含义，从春到冬，从小到大，我们一边拥有，一边失去，这是当下流行的老话。如果说春天是少年，那冬天也未必是暮年。繁花似锦被萧冷替代，繁华与萧条就是常态，悟不透岁月的禅就努力活得简单，大道从简，真的是终极真理。

闲着，只是身体，精神一定不能闲散，冬月将到，冬月将升，些许寒并未侵蚀生命的温度。日子一旦慢下来，很多滋味就能细品，比如走过的路，看过的风景。天冷时，很容易想起南方，想到南方之南，心中就容易生暖，比如霞浦，便是走到天涯海角不能忘记的梦影。20年前的冬天，遗憾自己没有相机记录那趟行程，也无法用语言表达震撼与美。望海桥上游人如织，冬月悬在蓝天，海浪拍打礁石。潮声连绵不绝，远处青山的教堂直指苍穹，一路南下，辞职带来的沉重也在无声中消失。

我是平原长大的孩子，尽管从军时在栖霞山下生活几年，儿时见到的也仅仅是故乡温柔的湖水。海，是梦里的景象，是《人海在呼唤》里的神祇，霞浦的落日，远远比大湖落日要壮观得多。在桥上仰望天空明月，耳边听潮水奔腾，瞬间忘了身在异乡的艰难。

那是黑暗中的光明，我愿意为此停留。（不是给猫腻做广告，我想到《将夜》的台词了）

几十年过去，月还是旧时月，人还是当年的人。捡拾往事的时候，很多记忆往往会割伤自己的手，有些人和事，连记忆都不愿挽留。但是，在你我之间，岁月已经超出自己的行程，只有沉默与懂得能跨越时空。旧时光被打理成册，等待的日子放在案头，我早知道，岁月被你写成茶经，一方斗室，便容纳季节中所有的寒暖。处江湖之远，用时间煮茗，无论冬天的风雪多凌厉，手心的一杯茶就是整个春天。

远来的风，掀开记忆的残页，零落的字体堵住时光的缺口。要不了多久，河边梅花开了，我能带走的，不仅是去年足下的寒冷，还有冬月过后的点点梅红。

十年间，流浪的日子都已收藏，十年之后，你还在我的目光之内……只是，这场相遇，我们都没有辜负善良。

这个秋，愿你来得恰逢其时

几点清寒从半夜侵袭屋内，秋真正靠近了身，唯独你不在，和故乡一起，被染成思念的颜色。夜半微凉，繁星布满星空，窗外的蝉声已静，几片落叶在地上弹起，少许绿色的翠，带着金色的边，在黎明的阳光下熠熠生辉。每日看到落叶渐多，躺在公园的草地上，那时的秋天，在帝都行走的日子也是这个季节，很多不远不近的回忆跟携手有关，几支紫菊花打破偏冷的颜色，在秋风中令人心柔。我无意僭越季节横断的阻隔，从花开到花谢，始终看得到在盛词之下隐藏的春夏，目光在岁月里凌波，卸不去清欢的行容。

渐黄的秋草还是带来南下的寒流，过不了多久，再次走进西山，红叶还如去年那样鲜艳。风不再温柔，鸟巢前已没有依靠的背影。说实话，匆忙的日子也没有时间仔细掂量这一年走过的季节、是否有人常和我说起当年的一切。周末独自在颐和园的桥上看荷叶由绿渐黄，星星还是那个星星，月亮也还是那个月亮，只是在异乡城市竭力寻找故乡的一切，有时候是那么地疲惫。都说寻梦是水中捞月的徒劳，可人们还是喜欢去追寻梦中的当年。那时的身影，是酷夏时精巧的灵动，是青春的活力。这也应了一句话：这世间，必有一种懂得，它穿越灵魂与距离，不为年龄所局限，彼此的精神高度恰好在一个水平线上，不远不近，寂寞欢喜。

离开帝都还是秋天，我却希望这个秋，你来得恰逢其时。八月去半岛，便惦记这个秋天香山路上重温当年那份窃喜。风是湿润的，咸咸的味道附在身边，我们可以听海，可以回故乡一起等待下一个梅雨季节来临，不再漂泊。无数次幻想，回归后坐在邻水的窗，品一壶水仙茶，也不必像少年那般，第一次看海时迫不及待地用手抄起浪花尝尝海的味道。

一抹寒烟作品

　　长大之后,当时的青涩和懵懂如发酵的酒,醉了人,也醉了心。只是青春不再如烈酒,生存的需求面临每一颗年轻的心。职场艰辛,生活不再是一首诗,无数遇见的人留下的都只是背影,有的连头也不回,便消失在人海。今天想来,一个人在世上,无论活多少年,遇见多少人,在他们的心中,很难找到当年一样的人,就如这世间没有一枚相同的树叶。

　　在南国的夏天,曾有奇怪的遐想,如果北方飘雪时飞越三千里,是不是就可以摆脱你的严冬。分界洲岛,婆娑的椰子树下,何尝不用这种妄想逼着时光倒退,生生描画一幅青春的梦境。几个月后,在星海广场的街头,我已经跨越渤海的阻隔,一次次重叠的幻影,都抵不上如今秋天来时期待的样子:攀越香山,看漫山红遍,秋叶斑斓。

　　我承认,幻想有一种动人的蛊惑,拉着手在山巅看彩霞满天,感受少年时没有体会的浪漫。夕阳一点点地落下山坳,光阴一点点地从身边流逝,这一梦,就是几十年。谁都明白,青春离开了不会重来,但是只要愿意,我们完全可以在同一个地方,弥补曾经留下的遗憾。

　　九月,不暖不凉,饮下回忆的这盏茶,就可以把岁月烘青,一切就可如愿。最近十几天,偶尔几行字发在朋友圈,只是半阕心言,此时的一篇字在中秋前写成,大抵也会如心上吴钩。在这样的秋天里殷殷相告,你便懂得这个秋的重要。没有海上的天涯共此时,却把月色投入盏中,奢望红叶满山时,画面重叠多年的幻境,走出一个活生生的人。嗯,我知道,中秋的夜晚,有很多一样的人在异乡望着,守着月圆时那一份欢喜。尽管命运充满玄机,这些年的千回百转之后,有些期待,一定可以成真。

　　喜爱这个秋天,不仅因为它有岁月别样的色彩,更有收获的等待。有人和我相同的性情,习惯太多的相送,秋分时送,冬至时归,每一次都如初逢。平常日子平常心,几十年过去,当年离别的泪此时想起觉得有点煽情,但那是真真的感受,不由自主地难舍,怕一次离开,便成永远。每一个萍水相逢衍生的故事,谁能保证不会成就人生的同行。难得的是,即使被生活和现实蹂躏,但情怀从未失去,在这薄凉冷硬的世界守着初心并不容易,从春到秋,短短的一百多天,变幻莫测的季节,落叶的疼,它自己知道。

岁月自有芬芳，江湖之远，都在千里关山处，心如莲素，便可把荣枯放牧到历历晴。"晴川历历汉阳树，芳草萋萋鹦鹉洲"，世上原有百多情分，友情、亲情，都在岁月中难以割舍。有一种相识，虽然隔了一重山水一重关，但在故乡的一角，秋风过后，两岸潮平。人活着，一些事必定要经历才会懂得，有些人，只有看透才会放弃，愿只愿，枫叶红了的时候，帝都的秋，你来得恰逢其时。

最是一年春好处

三月少雨，很长一段时间，原本属于春天的花树少了点蓬勃的朝气，几次婉拒外出的邀约，桃花开在故乡的水岸，转眼就是四月。其实，那里都有杨柳春风，每日走在原野，甚至不再去想"春风不度玉门关"等关联的诗句。清晨散步时，伸手抓向天空，风藏进袖子，软软的、沾满花香，像心头的好。

朋友发来照片，玉渊潭的樱花如火如荼，煽动了旅行的欲望。关于樱花，从玉渊潭到青龙寺，再到鸡鸣寺，很多品种我都看过。但今年这个春天不一样，时间的碎片拼凑不出成片的海洋，时光轻扬，记忆也无力。

终于下雨了，是在清明过去的几天后，倒伏的草叶带着水珠挺拔，折射阳光雨露，被春天选择的花最终被时间推出。再一次走在熟悉的帝都，纸质车票揉成了卷，如整个冬天的等待。走在大街上，乡音在这里格格不入，为隐秘的空间预设大片的自由，原来，别人听不懂的，才是两个人的世界。

关于潭柘寺，留下的笔墨很少，几次提及春天，你都在帝都的范围内留意喜欢的景点，寻找从前的足迹。从前门到苹果园，地铁上听着各地方言，能捕捉的乡音就是你我。一直听说潭柘寺香火很旺，是赏玉兰花的好去处，民间也一直流传：先有潭柘寺，后有北京城，雨过天晴的第二天，

我们走出了南站。

一千多年的寺庙保留盛世的庄严、鼎盛的香火。玉兰摇曳、芍药怒放，春色在古刹里妩媚，点缀寺内恢宏的建筑。和两棵粗壮的银杏树相比，所有的姹紫嫣红都失色，从唐宋到明清，数个朝代的更迭，它的年轮布满沧桑，像身后那座城。

拾级而上，佛塔如林，俯瞰寺内，青烟袅袅，梵音阵阵。殿堂逐级而建，红墙碧瓦，飞檐走翘，穿越时光隧道，历史已经真实地站在我们身边。一朵朵玉兰拥簇，是一盏盏点燃的佛灯，超度那些远去的灵魂。风，吹散盘旋的乌云，红白相间的花色有无形的暖意在扩散，触摸游人眼里无声的虔诚。

北方的春来得迟缓，最吸引眼球的，还是院子里的参天古树，经过岁月的乱局，冷暖有关于心，真假无关与己。守住的春天，是少年到白头，是风雨中递来温暖的微笑，这些，足以对抗整个冬天，支撑人生旅途上的倦意丛生。漂泊很多年，命运也曾无辜承受不该承受的一切，半世操劳，才有今世的相伴相行，无论是哭、是笑、是苦还是累，都值了。

站在寺内最高处的观音殿，看花丛拱翠，万壑堆云。清朝时，相传有禅房999间，善男信女络绎不绝。眼前呢，无人看到的角落，破碎的瓦片下枯草萎靡，春风过后，那些腐朽的气息还是露出蓬勃的生机。

再次回到那棵被誉为"帝王树"的银杏树下，身上竟有一丝燥热，一次远行，便跨越整个江南江北。眼下，蜡梅谢了，疏枝遒劲，不见花，只见叶。无数次来北京，怕你追究被时间偷走的公道，点燃香，已经没有投机的心机。就那样站在风里，闻着空气中弥漫的花香，牵起的手，前尘往事已经被超度。

人生越沧桑越沉淀，就越珍惜。被岁月碾压的眷恋，被青春闪过的眼神，莫过于"落花时节又逢君"的欣慰，（这个"君"：是李商隐《夜雨寄北》里那个无数次问及归期的人。）一株晚开的梅，虽然虬曲苍枝，却清香未减，如此，便是安然。

去过很多寺庙，几乎大同小异，唯一不同的，是游人的心境，比如鸡鸣寺的樱,大觉寺的钟,相似的景观在俗人眼里无差别,佛心只有佛知道。山不在高,庙不在小,但它们同等的庄严,就是心中不倒的图腾。

潭柘寺,每一朵花都有千百年的故事,每一株古树都扎根在自己的沃土,我们从树下走过,聆听时光结满的故事,感受世外桃源的静谧。它送走一批又一批尘客,收纳香炉前无数的祈祷,京城春意阑珊的大街小巷,潮涌的人流,最终各自散去,回到自己的来时路。

都会离开,不是吗?路人短暂的相遇就是久别的天涯,只有家人,才会抵达共同的终点。

四月风,是一季的温拂,回首看看即将离开的潭柘寺,九座山峰,像一个个巨大的屏风护卫千年古刹。

四月,带着春意跨越关山,开满梨花的故乡,安顿这一生的兵荒马乱。

水岸桃花

去年,跨过钱塘江大桥时正是三月,桃花殷红,雨,绵绵密密,缝补被春风扫过的空隙,滞留了行人的脚步。

江南,在《早春二月》的片花中,被凭吊的光阴,躲过一轮时间的洗礼。深深庭院处,温茶煮酒,闲窗半倚,空带几分醉意。钱塘是历代文人达士向往的地方,站在江边,相对于雷峰塔的夕照,更有几分静谧。平缓的汀水轻轻流过,月影浮在江面,夜晚有风,两岸有灯火。沉静在眼前的风景中,心会不由自主柔软起来。

无数次路过杭州,每个季节都有特别的感触,十几年前从无锡赴杭州,初见的惊喜远远超过唐诗宋词里虚无的想象。离开故乡,我就是一个异乡人,命运之路并没有离家时想的那样宽。走在西湖边,每一阵风都有花雨落下,白堤上的桥是弯起的明月,波光泛起鱼鳞,闪闪地映在水面。

初到异乡是二月,寒潭在春风下开裂,也撕开思乡的痛,故乡没有拒绝我的离去,渴望一缕阳光消融失落的积雪。天比人心易变,二月的雾加

重内心的压抑，在世俗面前，下岗连家人都难以接受。春天，故乡的雪该化了，站在湖边，看不到渔舟唱晚的画面，我在想：如果眼下是冬天，即使有雪，也没有张岱湖心亭看雪那种兴致。

再难，也要活着，走在西湖岸，水岸桃花几枝，长堤上，寻找自己最初的青秧，或许能添加这份春色。如今，再也回不到十八岁那年，太湖边的营房只遗留拉练的汗水，甚至在节假日游玩的时候，也能在青春里听到炊烟里的呼唤。不敢和父母说那些艰苦的日子，残雪淹没行走的足迹，无数个晚上，走在太湖边，听着脚印吱吱呀呀咬着月色的声音。当我第一次越过钱塘江，也没想过有人在这个春天说再见。太多的日记都留在漂泊的路上，那时的山水之恋，便成为后来文集里的自序。

江南，是生活的记忆，她从白居易的笔下走来，打破了时间的禁锢。束缚的枷锁一旦打碎，脚步就自由起来，在杭州的春天，每一缕晚霞收容西沉的月色，我身后的故乡又怎敢苍白。年前从浙江归来，十几年的归去来兮，走，便走，待来时，时光温柔，月色皎洁。

命运是安慰自己最好的词，爱笑的人，总是阳光的，相信这句话，不是为了对自己的劝慰。笑容，是修行最好的通行证，愿我同行的人有生之年，用福泽堆积今生。生命种种都会经历场场相遇，相信离开的磨难都如水岸桃花，一抹红，就击败整个寒冬。一个人在他乡总有孤独，但是关于别人的幸福不嗔不妒，幸福，是每个人奋斗的结果，是拼搏托起的翅膀。每一次新月升起，在一个人的领地合起虔诚的手掌，那是祝福。

文字，丰腴你的想象，丰富每个人的生活，如果苦难是植下的福，无论是过客还是归人，在春花三月，举一杯桃花酒，在真情时留墨。

很多事，未必去求证，若是在三月重逢，便可以履行春天的诺言。那天，南渡之意开始泛滥，缘起的扉页上，摇落银烛秋光，也不惧雕栏犹在朱颜改。那时的月凉如水，春花秋月跟随了宿命多年，这一切，并不是生命的全部吧。眼前，有一树饱满的春天挂在枝头，无论春天在与不在，都不怕一个错身遗漏笔下的千年等一回。

可以临风把酒，可以执手天涯，这样就好。

每一次参悟,求不得双全,却不敢说不负如来不负卿,与江月对饮,便是一种相遇。不敢泄露天机,是怕三百六十五里长路,再次饮尽孤独。相遇的画面是泼墨的写意,但是一笔大写的"真",尽管天涯无踪,也勾皴有序。

不能脱俗,总说一句"十里春风不如你",当年缩手站在他乡的屋檐下,一个人看钱江潮涌,明月当空。细数时光,不管长亭古道还是老树寒鸦,那些往事毕竟都过去了。望过故乡的炊烟,也在梦里听到小巷叩起的门环声,关起思念后,风,便拂去岁月的烟尘。回归不一定在风雪夜,希望在多年之后,在我漂泊的地方,你手执桃花,肩上披着江南的翠柳,让文字剥落光阴的敷衍,捻起满园春色。

端午,端午

父亲拆了脚上的石膏,又一个端午到了。

母亲笑眯眯的,却带着紧张的神色看着一寸寸剪开的石膏布。49天,我们和母亲一样紧张,远在无锡的大哥请了假,父亲脚上的石膏却没有在十几天前拆成。一大家人心情是沉重的,但是我们都强作欢颜,一个劲安慰父亲:没事哦,医生说你的耻骨还需要再恢复一段时间,防止移位影响以后正常行走。

难熬的十几天终于过去,拆了石膏的父亲跃跃欲试,但还是控制了想走几步的意愿。端午前拆掉脚上的负累,他的心情好得不得了。

回到自己家中,看着群里几位朋友晒着自己包的粽子,我想,今晚我们也该包粽子了。父亲已经康复,这个端午前心中最后一丝阴霾抹去,便把及早买的粽叶放在水中,给明天的端午送上一份节日的欢喜。

一片碧绿的粽叶摊在手心,淡淡的有清香的味道,这是湖边新采的苇叶。每年这个时候,大片的芦苇荡隐约穿行采粽叶的人,一元十张,貌似

很便宜，今年因为父亲脚受伤的原因，便没有到湖边去采。白白的糯米，碧色的粽叶摆在一边，红枣代替了古老的红豆，冒着油的蛋黄放在盘子里。这像一种古老的仪式，除了怀念，还有文化的传承。

三角形的粽子在手里成形，似乎这个夏天都包裹在其中。想起很早以前的端午，粽子包裹的不仅是岁月，还有对生活的深情。那时，穿着夏衣穿行在芦苇荡采摘粽叶，时常有笑声传来。这里不是汨罗江，也没有龙舟在湖上破浪的画面，而端午的习俗影响了每一个地方的人。尽管粽子里的馅不同，但是对于端午的虔诚与怀念相同，为那个不屈的英魂，为一个悲壮的传说，端午这个节日，就这样在历史中流传下来。

从父亲家回来的路上，小摊上有很多卖彩线的小贩，蹲下来捡了几条，准备系在外孙的手上。以前，所有的丝线都缠在女儿的手上，这一晃，彩线又系在孙子的手上，真是代代相传啊。

端午，包含的内容太多。我喜欢嘉兴的肉粽，更喜欢在眼前那些充满浓重的节日氛围。记得前年在浙江，除了肉粽，还有家乡带来的香肠粽子，也有以咸鸭蛋的蛋黄作馅包的。乡愁捧在手中，故乡就在眼前，甚至莲子、红豆都纳入其中，芒种到来时，一步到夏的感叹在眼前变成了现实。

眼下，不再漂泊的心安顿下来，一堆堆粽子摆进高压锅。那些年，想着远方的一切，亲人都成了远方，如今，身在家乡，岁月不再四分五裂，粽子有了团圆的象征。明天，这些粽子摆在桌上，所有的佳肴都配着这份欢喜，时间，果真是魔术手。如今，母亲颤抖的手再也包不成一个完整的粽子，只能品尝儿女带来的各色粽子。

以前包粽子，手是生疏的，包几个就被赶出来，可现在依然一样，时间并没有让我成为一个熟手。而它的奇妙之处在于，一些人远在天边，一些事又上心头。早在五月，端午就被人们提醒，买粽叶的小贩对路过的人热情吆喝："新摘的粽叶，买一把吧。"看着他们满脸的期待，恍惚在感受光阴的重叠。曾几何时，灵巧的十指和笑容定格在某个阶段，苇叶是青衣，红豆是相思眼，松散的糯米被压紧，期待分离的心紧紧融合。

一锅粽子很快包好，炉火打开，红色的火苗舔着锅底，温度渐渐升高，香味也慢慢散发，思绪开始漫游。那些端午不在家的日子，有多少期待和愿望被一个人裹在手心，有多少亲人站在门前等待未归的儿女。对于这样的心境我深有感受，想起从前的端午，家乡的粽子放在冰箱一直吃到七月，亲人的手温还在，那些指纹都留在粽叶上，一层层揭开，却不忍下咽。也想起每个端午时电话里亲人的问及：端午到了，什么时候回来啊。

什么时候呢？我也不知道，此时身在家中，当年远离父母家人，一个人过了多少个端午已经不记得了。只是，以后的每一个节日，都能重新回到不曾离家的当年，一家人高高兴兴，一杯酒未饮先醉。

端午，不仅在江南遥远的水乡，故乡的湖边似乎保留得更完整，我知道那是关于南北两端的怀念使然。在南方的日子，每日的忙碌让人无力于乡愁，更不在乎一些节日。似乎那些节日只能属于故乡，属于守在家乡的亲人。儿时，端午的期待只局限于能吃到美味的粽子，年轻时，节日的向往来自历史书卷中的一种悲壮，来自江南芦苇中轻盈的采莲曲。它是屈原灵魂孕育的传说，唐代诗人殷尧藩诗中说："少年佳节倍多情，老去谁知感慨生。"当我有了这样的心境，光阴中一些思虑已经被夏风吹灭，但是有一种怀念无声无息。几枝艾叶插在门前，几缕丝线如此耀眼，一代代人，沿着传统的根源，就这样走下去。

拾一种情怀，是祭奠，无关于古人，只关于现在。在夕阳滑过的脸上，在皱纹叠起的额头，端午，又来了。

杨红萍作品

个人简介

杨红萍 女,浙江龙游人,衢州市作家协会会员,曾在"红袖添香""江山文学网"等多个知名网站开辟专栏,部分作品散见于《浙江作家》《浙江散文》《浙江园林》《作家天地》《衢州纵横》《衢州日报》等报刊杂志。煮字疗饥,将流逝的过往以淡淡的心情记录。

钱塘晓月半轮秋

花 间 隐

1

浅冬。黄昏。天色黑得有些快,才看见斜阳在西山徘徊,转眼已经没了踪影。下班,回家,又是如水般流逝无痕的一天,这时候,我愿意错开拥挤的闹市去穿街走巷,是冷清,是僻静,总比等在喧嚣的红绿灯前来得更顺畅些。

她那么突然地跌落入了我的眼里,我从未去想过这巷弄的转角处还会停着一辆电动三轮车,车上,装满了一盆一盆的茉莉花,她站在车子一侧,是在卖茉莉花吗?她双手不停地搓着,即使裹着围巾也仿佛有些冷,沟沟壑壑的脸上满是疲倦。她看着我,脸上有浅淡的笑意。是茉莉花啊,我不由得吸了一口气,我从不知道,这个时候我还会与它邂逅。

关于茉莉花,我有怎样的回忆?是它绽放时候的清雅芳姿,是它香醇甜美的花香,是穿梭花丛中一朵一朵采摘的喜悦,还是那个名唤阿洛的儿时玩伴?世间事总是这样,当我以为我早已经遗忘的时候,只这样一个小小的触及,它便如破竹般地将那些记忆一一如数撩起,瞬间,宛然穿越了万水千山,阿洛,那个始终"咯咯"笑着的女孩已经涉水轻盈而来。

我停下脚步,附身,看一盆一盆的茉莉花,有白色花骨朵掩藏在绿色的枝叶中,不多,但淡淡的馨香依然扑鼻而来。她笑,说冬天的茉莉极易栽培，因为处于休眠期，畏寒，只需搬入阳光充足的室内、每星期浇一次水即可。天已经开始冷，这样搬出来卖，不怕它冻坏了？她仿佛看出我的疑惑，我有温室啊，就在前面不远处。

那一年，我也和阿洛在冬天即将来临的时候搬着一盆一盆的茉莉花到温室里去是吗？才多大啊，十四五岁的样子，站起来才茉莉花那么高，却还是兴致勃勃地站到花前，双脚岔开，铆足劲，用力搬一盆茉莉花。忘了搬得有多辛苦了，只记得还没挪动两步，已经想要歇一下了，咯咯笑着，擦着汗，望着彼此。在比试谁更有力吗，还是要帮着分担一些？我还能不能记得起来，那当中还有多少个从夏到秋呢，这一大片的茉莉花圃里，到处都是这两个女孩俏皮的身影，追逐、嬉戏、唱歌、背书、摘花、浇水，或穿梭在花丛中，或立于一株花前，或专注于一朵一朵地采摘，清扬洒落的马尾，宛如璞玉的脸颊，黑黑的睫毛上跳跃的光点，我总能在渐渐模糊的记忆最深处轻而易举找到这一幕又一幕。那时候，还有着怎样的明悦和懵懂的欢喜呢，那些嫣然的、嬉笑怒骂的时光都未波及一点点的风霜，不是吗？眉眼那般温软清澈，映得的都是天真无邪的喜悦。

现在想起来，我真的喜欢那样的时光，有年少的我，有阿洛，还有茉莉啊，那一朵又一朵的花儿，洁白的，素雅的，馥郁的，是多少美好和让人如初心般的心动呢？

精心挑选了一盆茉莉，双手捧着。与她说再见。

2

毕竟不是在温室里，我也不是一个很好的侍养者，冬天的茉莉花竟有些矫情了，才几天呢，有几片叶子已经开始打蔫，继而萎凋，我眼睁睁地看着它一点一点地没了生气，呆呆地站着，束手无措。如同阿洛吗，什么时候，她也与我离散，以致之后的那茉莉花圃里，只留下我自己孤单的身影？

故事是老掉牙的，她只是随工作调动的父亲搬去了千里之外。起初我

杨红萍作品

并不知道这样之后会是很长时间内的不复相见，待明白时，竟怎样也联系不上她了。我还能想得起来的是那些日子，我一次又一次地央求母亲带我去找阿洛，一次又一次地在一株一株的茉莉花前徘徊、凝视，不听劝阻，不多说话，好像失了魂了，又好像连眼泪都会随时泛滥成灾，那一刻，如同丢了全世界。现在想想真是年少春衫薄，那时剩下的，究竟是怎样深刻的思念啊。后来，才知道年少时候的思念是那般纯净，如同春水初生，春林初盛，真真不及那一人。如此，接到阿洛的来信，我怎能不兴奋得一蹦三尺高？

阳台上的茉莉花在午后的浅淡阳光下一片清宁，我看着，兀自静默。突然想起母亲的阁楼里还放着阿洛给我的书信，去看看吗，去重温那些往事里究竟浸染着多少喜悦？

光影流年早在手心结茧成诗，更何况久未有人打理的阁楼已经蛛网遍布，我看见岁月的尘埃已经厚厚堆积，那旧了的木箱里，我收藏的书信可依旧？走向木箱子的那一刻，如同慢慢走过时光的隧道，凝神，屏气，伸手探及，每一个步骤都仿佛需要极大的勇气，然后轻轻拂拭，拂去的不仅仅只是尘埃啊，还有一段懵懂澄澈的年华。那一瞬，我清晰地看见了记忆的沙在回忆里动情地回转，不知不觉中，少年江湖的笙歌已经婉转响起……落入眼里绑着信笺的红丝带早褪去了昔日艳丽的颜色，打开，翻阅，那一摞一摞的书信里，我清晰地听见了阿洛说她在远方一切都好，只是，每天都会想念故乡，想念学校，想念我们，特别是那一片曾日日相伴的茉莉花。

是茉莉花啊。才知道，原来"每个人的记忆里都珍藏着一朵花，它或许绽放过，极绚一时，而后悄然退场，深埋于记忆的角落；它或许还未来得及苏醒花瓣，仅用隐忍的姿态静候，交凭时间的决断在合适的时机重现花季"。原来，在阿洛的心里，也如我一样，有一朵茉莉花，洁白的，清香四溢的。

花间隐，借花藏心事，凭花诉衷肠。多好，不是吗？

不是第一次读阿洛的书信，多年前甚至日日相伴，但是年华悄然逝去，绿苔已经漫上流年的诗窗，很多的内容早已交付流水，再一次打开时，那些清澈的往事已经明妍倾城。

3

一定是我的强迫症作祟，这些时日，心心念念里总有这盆茉莉花的模样，打了蔫的，有些颓靡的，好在，今年的冬天不太冷，每一日，我都会追着阳光、避着风雨，小心翼翼地将它搬进搬出，不敢多浇水，轻轻剪去枯枝……不多久，冬的晴光里，我总算看见了阳台上的它不动声色地幽绿起来。

我不知道我为什么连潜意识里都会花更多的时间和精力去侍养一盆畏寒的茉莉花，相对于放在边上的绿萝和吊兰，它真是备受我的宠爱，来年，它会开出清雅的花吗？

来年的事谁能说得清楚？有些迷茫。如同这么多年以来，我与阿洛渐行渐远，直到有一天，彻底地失去了彼此的消息。走着走着，就这样走散了吗？时光真的如洪荒，那么多的世事已纷碾成尘，某一时刻，我只能一任彼此的回忆在白衣胜雪的年代里行云挥舞剑花，跟随着春秋让草木葳蕤生长，将一场烦冗的离别，刺绣得异常清新。

是宿命？是遗憾？还是终是如常听见的那一句：互不打扰，我们在各自的世界里安好？也许，那都是长不大的小孩子脾气。实在想不起来，那时候，我为什么任凭阿洛消散在人海中，以致多年以来，我再也无从获得她的一点点讯息。

排屋整齐，马路空阔，桂树、香樟葱郁苍茫，金盏菊、大丽花和百日草异常艳丽，整个小区被装扮得很春天，很公园。不知不觉又一次靠近，谁能知道这就是那年茉莉花圃的旧址？谁又能知道那时候我还是鲜衣怒马，绝逸倾城，曾经在这里将一个女孩子的清丽和素简开到如茉莉花般的娇艳馨雅，而如今，早已悄无声息地落了满脸的沧桑？我怔怔地站着，看着，这里哪里还有旧时花圃的点点影迹？哪里还有一朵茉莉花的踪影？哪里还

能听见两个女孩子肆无忌惮的清脆笑声？一切都随风过了啊，如秋水无痕。

岁月静溺，人间芳菲缓慢地从风吟流年里散去，才惊觉自己已经不复葱茏年少，不知什么时候开始，我喜欢这样地靠近，看岁月草长莺飞，看小区日渐烟火，看小区的一些店铺日渐繁盛，我已经找不到这里还有一朵茉莉花的影子了，如同我再也无法获得阿洛的消息，我只能在曾经有她的旧地里默默地想念。我知道，有时候，沉默是最好的表达，那一段旧时光，已如璞玉，静置于心底，妥帖地存在。

这样也是好的，是吗？没有消息就是最好的消息，她在她的世界里安好，我在我的世界里静静想念，"浅酒欲邀谁劝，深情唯有君知"，红尘中最暖心的不是朝朝暮暮，而是天涯咫尺，不忘初心，她在，我也在。

这世界其实不大，也许，下一个转角处就有一场不可预期的遇见，那时候，我和阿洛一定会执手相看吧，说年少，说往事，说岁月，说想念，或者，只说一朵茉莉花。

四月倾城色

1. 这里盛开蔷薇

如同聚集了世间最美丽的色彩，眼前分明一块艳丽绝美的织锦：成片翠竹前古色的木屋，屋前低矮的木篱笆，红色、粉色、白色的蔷薇就沿着篱笆攀缘着，绽放着，枝叶伸到哪里便开到哪里，仿佛一片燃烧着的花海，暴烈而浩荡，又仿佛正在进行着一场天宽地阔的合唱，热闹而缤纷。

这是四月的蔷薇吗？它是如何翩然来到我的眼前的，宛如一个一辈子心心念念的人，让我好久也缓不过神来？

伊说老镇要依规划开始施工建设了，她姨家的小木屋属拆除范围。关于小木屋，我隐约记起那里种了很多花，她姨喜欢花花草草，那时候我和伊经常去看各种各样的花，一串红、矮牵牛、茉莉、芍药、凤仙花，或者一盆从山上刨来的野山兰，我喜欢伊看花时脸上总会露出的静初的美好和安然，多年后，还会不会是那时候的模样？

　　我不知道我可以就这样轻易地邂逅这片蔷薇。当我抵达的时候，四月的阳光明媚，风微醺，小木屋一片静寂。蔷薇就铺天盖地地开在木篱笆和木屋上，是繁花似锦还是"蔷薇一夜堆如雪"？它葱绿的枝叶繁密茂盛，一朵又一朵的花儿在梢头密密集集地簇拥着，使劲地绽放着，满枝葳蕤满枝灿烂，风过处，浓浓花香。一定是这片蔷薇开得太堆积，太炽热，我根本分不清是它轻而易举地霸占了木屋的墙和篱笆，还是木屋和篱笆心甘情愿地作了陪衬，才让它们这样肆无忌惮地缠绕着绵延着，这么妖娆这么风情地极尽绽放，如同一场盛世的缠绵，决然而隆重。

　　身后有叹息，轻轻浅浅，却又有不知名的凝重。我回过头来，看见伊正向我走来，伊的目光越过了我，然后，在我的身边站定，静静地和我一起看着眼前的蔷薇。我看见伊的眼里少了安然，满是不舍，要拆了吗，小木屋、篱笆，连同这片繁密花海？突然连心情也开始逼仄起来，我不知道这算不算一道绝美的风景，但是它一定是这四月的一片倾城色，如果可以，这一刻，我宁可没有走近，如此我便可以不生出这深的遗憾和惋惜来。

　　是遗憾，也是惋惜。我静静地看着，然后看伊，纵使明天它开始颓靡，开始凋零一地，来年的四月，我如何再来寻访它，我又如何对自己说，这里盛开蔷薇？

2. 就算时间覆盖，你无可替代

　　他依旧站在巷弄的一角，那么忧伤、那么绝望地看着眼前：月色朦胧，晚风轻盈，她慢慢走过来。她的眼里落满了疲倦，她在门前站定，掏钥匙，开门的瞬间蓦然抬头，昏暗路灯下，她看见她院落的围墙和门楣上正盛开着大片大片的蔷薇。她呆呆地看着，他也呆呆地看着，一明一暗里，他和她的泪，一起落下。

　　蔷薇不是主线，却是这个镜头里无可取代的场景，它让我看到一种强

杨红萍作品

烈的对比，不是吗，花开得如此热闹，人却如此孤单，甚至是，红尘深处的阴阳不相逢。这一刻，我如何去想，这个世间真的有神灵、有灵魂存在，如此我便可以相信这个故事是那么地真实。剧情里他已经离世六年，却怎样也舍不下心爱的人，所以总站在巷角深深凝视。我不知道这凝视里有多少悲伤、绝望和刺入心髓的疼痛，但是我看得见他含泪的眼里依旧盈满爱和思念，如同蔷薇，一开，就拼了命似地开，开到一夜如雪，厚厚堆积，如同爱，爱了就爱了，就再也不收回来，倾尽了全心，拼尽了全力。

我喜欢看这样一些奇幻悬疑的剧情片，时空转换，或者突然拥有了特异功能什么的，偶尔，我也想象着如果我也去经历那些神奇或诡异的事我会怎样，那时候，这世间是不是真有一个人已经烙在了心上，他让我们去经历一段含笑饮毒酒般的爱情，让我们在多年以后的午夜时分突然惊醒，然后泪流满面。那么浓烈的，如同蔷薇的绽放，然后又那么凄凉的，如同蔷薇的凋零，一片，一片，才花开成海，转眼已经人散去，花谢，又艳又死寂。

我和伊安静地站在木屋前，风开始大了，将我的长发吹得肆意飞舞。伊拿出手机拍照，那么心无旁骛地拍，近的，远的，蔷薇，篱笆，以及木屋和屋后的翠竹，也拍我的背影，斜阳里落寞而孤单。

其实是真的，就算时间开始覆盖，我们的心里眼里，总有一些无可替代，如同伊用手机记录的这个瞬间，而我依旧想着那部电视的镜头里那双发红的含泪的眼，连同她抬头看见蔷薇时眼里的刹那心动。怎么不是呢，纵使我们有千种盔甲，万种坚强，但一定有那么一个点，那么一个人，是我们的不冷静，不理智，不坚强，是我们这一路上的心心念念。

迎着风，我静静地看着这片蔷薇花海。

3. 四月倾城色

前些日子经过一个公园，那里有桂树、喜树，还散种着大片的红叶李，红叶李的花开得很好，粉色的，密集成海。隔些天再去，花海已经颓败无踪，红叶舒展着，红色的小果子结得满满的，地上扑簌簌地落了一地，空气中闪过腐烂的气息，让人叹息不已。

是不是繁花开过，最后都会这样万籁俱寂，最后只伸展出葱茏的枝叶走以后如水的年华，走一岁一枯荣的宿命和轮回？

我在木屋前的长椅上坐了下来，太阳转眼就掉到山的那边去了，远处的苍山、近处的小镇都躲在层层云雾之后，枕着四月黄昏的薄雾，露出隐约的灰色身影。我问伊，你为什么喜欢蔷薇？伊笑，它美啊，它的花开得很美，它的名字也很美。

伊说这句话的时候声音又轻软又温柔，如同眼前的蔷薇正轻而易举地霸占着她的心绪，甜蜜而黏稠。我应邀而来看这片蔷薇，我有太多的烟火琐事和奔波忙碌，仿佛已经心静如水，什么都平淡起来，譬如这世间还有谁爱着谁的事已经被岁月磨得平滑如镜，能看见的，只是日益粗糙的心和似水的流年，再过一些年，等到时间也老去，那时已经是尘归尘土归土的一片白茫茫大地。

伊看我，愣了一会儿，问，你会忘了这片蔷薇吗？

怎会忘？这么盛大的花海，阳光下它娇艳得如同一个个明眸善睐的女子，薄暮时候已经开始娇媚起来，羞答答地躲藏在薄薄的雾霭之后，却依旧那么浩荡那么隆重地盛开着。这么美好的花事，即使来年再也无法寻访，我如何会遗忘？

伊的脸上有淡淡的笑，我又看见了许多年前伊看花时脸上静初的美好和安然，原来时间在流逝，花儿在开在败，但伊的内心一直平和如初。如同这一刻，伊心里，蔷薇浓烈地开是一种风景，蔷薇凋零和消失也是一种风景，重要的是，记住这瞬间美丽，以后平淡如水的日子，它会一遍一遍地重来，就像我们走过的日子，越来越深越来越索然无味，但总有那么一刻，它曾让我们感动，伤怀，欢呼雀跃，或者喜极而泣。

笑。原来释然也是刹那之间的事。

夜的帷幔拉开，伊和我往回走，我没有回头看，因为我的心里，已经记下了这片蔷薇，这片四月的倾城色。

杨红萍作品

指上桃花乱

1

有些场景必定会与喧嚣的尘世格格不入,譬如我看见她时,她正穿着一件淡紫色的小礼服在酒吧的小舞台上娴熟地弹奏着一曲经典的《夜曲》,行云流水般的音符从她的指尖倾泻出来,婉转、质朴、浑然,她的身边,是往来嘈杂的人群,扎堆闲聊的,默默玩弄手中酒杯的,以及打扮冷艳的女子穿梭着的嘻嘻哈哈的笑声。

酒吧,新开业,热闹也喧哗,几乎没有人认真地听完其中的一曲,偶尔竖起耳朵倾听的几个,也只是讶异地看了一会儿,便低下头喝酒或者闲聊了。我有些惋惜,眼前的场景如此不合时宜,她若是换一个地方弹奏,幽静的咖啡厅,落地长窗的别墅,或者干脆流光溢彩的舞台,那会有多少人沉醉其中呢?呆呆地看了一会儿,叹息着,想转身离开,突然瞥见她弹琴的手指优雅而灵动地上下翻飞着,涂了蔻丹的指甲在黑白琴键的上方分外抢眼,如同湛蓝的天空打了蜡,锃光瓦亮,漂亮极了。那一刻,我的脑海里突然浮起元代诗人杨维桢的一句:弹筝乱落桃花瓣。那纷纷扬扬落下的花瓣不是桃花,而是女子弹琴时上上下下飞舞着的手指甲。

其实在指甲上涂上蔻丹并不新鲜,相反,我所接触的女子当中大有人在。那时候,我想我也是喜欢涂涂抹抹的,不管颜色如何,艳红、冷黑、新绿、瓦蓝都好,它不仅可以生动地表述一个女子的妩媚和风情,更可以让她在一举手一投足之间尽情地展示出一份笃定和优雅,《倾城之恋》里也有描述,"靠着栏杆,远远地拣了一个桌子坐下,一只手闲闲搁在椅背上,指甲上涂着银色蔻丹",只这几句,流苏的形象已经跃然纸上。

看着她纤纤十指上的一抹嫣红在眼前流动,有些思绪竟开始远了起来,想起有一日去寻访旧友,也曾有过某些相似的场景。夏的阳光肆虐,午后的庭院寂静，蝉鸣便开始清脆了许多，院门微阖，我推门而入。院子一隅的桂树正葳郁，树下的石桌上一字排开多瓶颜色各异的指甲油，桌旁，她正小心翼翼地涂着指甲，好像漫不经心，又分明全神贯注。看到我，她惊讶地唤了一声，小心地抬起未干的手指甲，一边招呼我坐，一边直问我好不好看，好不好看，那样子，如同情窦初开。我看着，时光倏地开始缓慢起来，她的手指甲，仿佛染了时光的印，分外地艳，而她就这样独坐在浓荫的树下，慢悠悠地涂着，悠闲得好像一阕宋词，才感觉隔着天涯，片刻之间，已经涉水而来。

阑珊打理指甲，百般呵护着也把日子调理得悠然妥帖，这样有多美好！其实是的，手如柔荑，肤如凝脂，《诗经》里便这样形容着女子的美丽，如果恰好有白皙的手，属于手指甲的方寸之地上又有了各种颜色，或者干脆是朵朵梅花，翩翩蝶舞，或点点繁星，我如何才能不说这样的修饰不是锦上添花？

2

老来多健忘，唯不忘相思。经年的记忆一旦提及，便如水流般牵了愁、惹了恨，关于蔻丹和美甲，我自然想到的是盛夏、祖母，以及凤仙花。

那是多久远之前的事情呢？时光转眼就老了，记忆开始泛黄，有了岁月的尘霜。

"曲阑凤子花开后，捣入金盆瘦。银甲暂教除，染上春纤，一夜深红透。绛点轻襦笼翠袖，数颗相思豆。晓起试新妆，画到眉弯，红雨春心逗。"十一二岁初读陆琇卿的《醉花阴》时，只想着词里说的"去采了曲阑里的凤仙花捣碎了染指甲，一夜之间素指红透"，凤仙花是什么花呢，它怎么如此神奇，怎么可以让指甲一夜之间开始嫣红起来，如此美丽？而后来写的景致又有多美好啊：点点深红映着翠绿的衣袖，仿佛镶嵌了一颗一颗的相思豆，晨起梳妆，手执青黛描眉，只看见眉山目水间几点乱红。小孩子的心事，也总会在片刻之间便开始百转千回，那时候只想着，若我也染红了指甲，会怎样，会很美吗？

盛夏的黄昏，阳光还有些跋扈，连风吹来也是热的，我缠着刚收拾好

杨红萍作品

厨房的祖母，问她什么是凤仙花，哪里有，我说也要染指甲。祖母哪拗得过我，便笑着迈着她的小脚领我走向院子，指着院落墙根一大片的花，说，那就是凤仙花，也叫指甲花。

原来就是指甲花。仿佛久别重逢的恋人，我近前看着它，它那么小小的，一朵一朵，紧紧地开在绿色的花枝中间，一层又一层，好像小小的金凤落在枝头，又好像飞倦了的蝴蝶轻轻地停歇着。一大片的指甲花颜色也多，红的、粉的、紫的，又清凉又艳丽，连花香也是浓郁的、扑鼻的。小时候日日与它为伴，却不知道这花可以染指甲，呆呆地惊奇着。转身，看见祖母脸上慈祥的笑，祖母一定猜透了我的心事吧，我听见她对我说，我给你染指甲吧。

眼巴巴地跟在祖母身后看她为我准备染指甲的过程是漫长的，有些迫不及待，但一想起第二天早上便有嫣红的指甲，再烦琐也极力忍着。摘花，洗净，放入石臼，加盐，捣烂，祖母那么细心地一步一步做着，然后，她将糊状的花泥小心地敷在我的十个指甲上，一边找了麻叶和细线像裹粽子一样缠好裹好，一边吩咐我晚上睡觉时候要小心。裹了叶子的手指开始不方便起来，别说夏天的晚上蚊子有些肆虐，痒了无法去挠，最煎熬的还是等待，为什么要等天亮了才好呢？什么时候才天亮啊？如果睡觉时候不老实，把裹好的指甲花弄散了怎么办，高高举起手指好不好？

想不起来那一晚我有多辗转反侧，只隐约记得第二天天一亮我就起来迫不及待地拆叶子，小心翼翼地取出指甲花泥，艳红的指甲瞬间便落入了眼里。那一刻，我满心欢喜，看着，笑着，像别的孩子一样一蹦三尺高。

这样的经历，后来也有过几次，用凤仙花染指甲的方法虽然原始笨拙，但染好的指甲里却曾经有过我最欢喜的心情，之后，祖母再没有为我染过指甲，如同有些年月，一去不返。

3

前些天回家，院子里的凤仙花正如火如荼地开着，淡淡的紫色，艳丽而喧闹。我并不知道我的院子里至今还种着凤仙花，我也不知道现在是不是还有人去摘了捣碎染指甲，一如当年的我那样，满怀着新奇，满盈了欢喜。看着，只看着，旧时光漫漫而来。

不远处，祖母坐在深深的藤椅里，她的身子已经大不如前，听力下降不说，连视线也开始模糊，我在花前站了那么久她也认不出来，还眯着眼盯着我大声问我是谁。我看了看凤仙花，再看祖母，原来，这世间再也没有一个日子，可以让她会如我年少时候那样喜滋滋地为我摘花染指甲了，花开正好，我的心里，只有苍凉的暖意。

才知道，"金盘和露捣仙葩，解使纤纤玉有暇"的年月终于远去了。

可是追溯起来，爱美的女子却始终没有疏离过指甲，不是吗，不只我们会随意地买一两瓶指甲油放在家里适时地涂涂抹抹，现在看到的影视剧里也一直有女子蓄甲染甲的镜头，百度一下，古今中外都有它的痕迹，譬如红楼中病重的晴雯将自己的长指甲咬断送给宝玉；很多清代妇女的画像、照片里，都可以看到金属制成，样式华丽的指甲套……

经过谷水路，漫不经心地看街景和一间一间的店铺，发现这条路以美发和美甲为主，"伟琴"美甲店是其中最大的一间。店外是缤纷时尚的指甲招牌，店内常常很拥挤，美甲师们和前来做指甲的年轻女顾客分坐在一张长桌的两侧，面对着面，美甲师们小心翼翼地托着顾客的手，细致地做着每一道工序：修饰指甲，选好颜色，精细涂抹，保养指甲。才知道小小的一片指甲，对于一个专业的美甲师来说就是一方天地，大有文章可做，在这里，她不仅仅只修饰着指甲，保养着指甲，她更是一个绘画高手，她会力求把自己的技艺和创意发挥得淋漓尽致；你看，她懂得颜色的搭配，她追随着时尚的步伐，她依据顾客的喜好、肤色、衣着，绘一幅只属于这个顾客一个人的图画，朵朵花儿，闪闪星星，或茵茵绿草，什么都有，小小的一片指甲，是她驰骋想象的天地。

找空也去染了指甲，这一次，我只挑了淡淡的粉色，配以隐隐亮片，简约又健康。我看着师傅为我慢慢地修整，慢慢地涂第一层，再涂第二层，整个过程宁静而温馨，才知道这哪里是在染指甲呢，它分明是在染一种怡

杨红萍作品

然的心情。

看着修饰好的指甲,我想起很多,祖母的凤仙花,弹琴的纤纤十指,以及年年乐此不疲染指甲的女子,原来时光的长河里,始终有爱美的女子在轻描一幅指上桃花乱。

邀你赴一场盛大花事

1

和煦的暖风悄然吹来,一场场姹紫嫣红已经装点了明媚的日子,我如何才可以走过春天这幅美丽的画卷?粉的,素的,艳的,雅的,一切这般美好。那底色是黄色对吗?它以无比巨大的流光溢彩把人在片刻之间便醺得微醉,而我,只想在一片盎然里,邀你赴这一场盛大花事。

看吧,越往龙游北乡,越能看见原野上的油菜花已经恣情地开放了。站在塔石,走在泽随,转而再往横山镇,春的风里,其实我是从没有看见过油菜花是可以这样开放的,一路一望无际的田野里,静寂的老村落旁,绵延的低矮山坡上,大片大片的油菜花就从脚底下铺开,然后一直绚烂到眼睛再也看不见为止,豪迈的、浩瀚的、艳美的、放肆的,它们顺着路开、绕着河开、沿着坡开,仿佛刹那间就铺天盖地了。

你看见过这样盛大的场面吗?这场花事是怎样的热闹、怎样的喧哗?你是不是可以放下手里的一切,就这样跟着我来,在这片广袤的大地上,在这样荡漾着清香的金黄色里,纵情地领略一种铺天盖地、势不可挡和浩浩荡荡?其实我已经忘记了这一刻,我要用怎样的词来形容,那么,闭上眼吧,尽情地随我的目光:花开已成海,暖煦的风吹来,黄色的花海潮水般起伏涌动,万枝摇动的场景便是春天的万千风情,它一边淹没原野,一边淹没村庄,一边也淹没了我,和我的思绪。

可是,油菜花毕竟是平凡而素朴的,它没有桃花的妩媚清丽,也没有牡丹的窈窕富贵，它只是一种最平常的庄稼，它只是一位伫立在春风里不事声张的女子，它平静地为春天的画卷添上自己最耀眼的一笔。若你蹲下来，你会看见那星星似的小黄花正无比热烈地在绽放，在轻风暖阳中毫无掩饰地在招展，轻轻地、柔柔地，尽情展露着春天的风情，只在你目光接触的短短一瞬，便会燃亮了眼睛，让心，顿时灿烂起来。

　　每个人的心底，都有一种美丽，那是最温软最馨香的一些心情。我知道，春天对我有姹紫嫣红的万般美丽，之于油菜花，初见，它只是那么安静地伫立在田间，一朵朵，一簇簇，一丛丛，却在看着它的瞬间早已经满溢了双眼，这一片黄色的花海，如何才可以说它的开放不是忘情和发疯呢？我不知道什么时候开始，它已经忘记了漫长寒冬的风霜雪冻，忘记了初春伊始的料峭清寒，蓄足了一生的激情，承载了一生的梦想，就因了春风的一声召唤，便不遗余力地纷纷绽放了。这时候，它是那般热烈那般妩媚那般绚烂，纵使要倾尽它一生一世的光彩，它也毫不犹豫把自己燃烧了，燎亮了春天的大地，炫起了万丈光芒，这是一种怎样的震撼和美丽？在这样的黄色面前，你怎样才可以静默着不动声色，你怎样才可以不让心升腾起来？

　　一边安静，一边万潮汹涌，这一刻，任谁都会心无旁骛，你一定看见了，微风吹来的时候，满枝的花朵已经随风乱颤，有沁人心肺的香气一直萦绕在周围，有蜂有蝶围着你翩翩起舞，你早已经扑进了春天的海洋……

2

　　我听说过青海门源的油菜花，它开在七月的高原上，那时，皑皑雪山白得窈窕，天空蓝得透彻，青海湖蓝得澄澈，它便如大块大块黄色的锦缎飘逸在白色之下，镶嵌在两种蓝色之间，你能不能去想象，这是一种怎样让人震撼的色彩对比？你会不会忘记呼吸，忘记这是在梦里，还是在画里？偏偏它随风昂扬着霸气地舞动在海拔 3200 米的高度上，让原始而苍茫的高原盛装出现在人们的眼前，再不寂寞，再不孤独。

我也听说过云南罗平的油菜花，每年初春伊始，它就那样铺天盖地争相而来，在你还没告别江南三月的料峭，整个罗平已经成为一片金色的海洋，山冈、沟壑、原野、河堤，直到天与地完全被它的色彩覆盖，直到周边粉的桃花、白的梨花心甘情愿地作了陪衬，它就是那样的热烈，那样倾尽自己最美好的情怀，不犹豫、不压抑，轻盈而圆满地绚烂了属于自己的季节。

如果说云南和青海的油菜花以广阔无边的气势取胜，那么婺源的油菜花就是一幅浅淡的水彩画，它那般美丽，似浸润在梦幻里，薄雾缥缈中尽显出江南特有的婉约气质。那里，群山如抱，蓝的天，绿的水，葱茏的绿色掩映中，有粉墙黛瓦的徽州民居星罗棋布，一个个古老的村落点缀在广阔的油菜花丛中，它们争相辉映，就像一幅花黄柳绿的水墨丹青。

这些地方的油菜花，给了我太多的遐想和向往，也一直想着如果有一天可以去看看，有多好，有多好。但是我的记忆里，一直有一幅如同"儿童急走追黄蝶，飞入菜花无处寻"的旖旎画面，那时候，清脆的欢声笑语和大好春光一起明媚嫣然。我的家乡在龙游东面一个唤作"湖镇"的千年小镇上，三月开始的时候，油菜花已经零星地装点着依旧清寒的春天，桥头、江边、公路旁、原野上，它们常与碧绿的小麦间隔种植，生动却少了一些气势，花开花谢的过程含蓄而不张扬，比起先前看见的、听说的大片大片的油菜花海，它们如躲在门后的小家碧玉，压抑而矜持。可是，它们却毫不犹豫地霸占了我无数的年少时光，那时候，我们有多兴高采烈呢，在油菜花丛中躲藏，追逐，嬉戏，打闹，常常夕阳西下也不知归去……

无论是哪里的油菜花，它都在属于它的季节里抒写着它的美丽：它与风景有关，它与丰收有关，它与灿烂有关，它与我们的心情和回忆有关。若我们可以在闲暇的某一刻，安静地站在它的面前，我们怎样才能看不见属于它的春色、和带着幸福的希望呢？

3

江南的春天原本是很适宜生长风情的季节，桃花、梨花、杏花都有关于它的美丽传说,唯独油菜花没有,从古至今,它很少让文人墨客驻足,就连我们平时说话的时候都极力避免说起它,在龙游这个小城,尤其忌讳。

那天我和二师兄说着话,突然笑着打趣:油菜花开了,没办法。他在那边丈二和尚摸不着头脑,我解释说,我们这里油菜花开的时候疯子很多,若是这个季节说它,必与疯与颠有关,必会遭到嘲笑,那听的人也会用别样的眼光看你,觉得你这样太不正常。

这样的忌讳和习俗不会凭空而来,我知道它里面一定有一个故事,而且这故事也一定很凄美。我没有仔细去探究,只想着,三月本是春光明媚的季节,我们的心里也装满了如油菜花般灿烂的心情,但是偏偏有时候我们什么也不说,是不能说,不方便说,也说不了,就那样压抑着,压抑着,便压抑出许多沉闷来,时间长了,怎不成疯子?

从寒冷的冬天到明媚的春天是一个漫长的过程,这当中,许多动物和植物都蛰居着,如同木炭的灰烬,仿佛在片刻之间便会飞散了,却只因一颗等待春天的心,不知道何时已经复燃。春天里,最能想起的是那逝去的冬天里的残破枝叶和种种冷凉心情,如同生活中经历的一些以为会坚持不下去的事情,坚硬的神经仿佛突然脆弱了,衰败了,那么真,那么疼。好在,春天已经来了,风暖了,花开了,连眼里那种冷调的慵懒也渐次消退,如此,走出门去,刚好看见大片大片的油菜花开着,或零星开在水边,开在路旁,开在田野里,再有白发的老人慢慢走过,或者边上正好有幼童追着跑着,蓝天上,小鸟飞着,纸鸢飞着。以为是前世的样子。

你别笑我,也别说我疯了,真的,油菜花是开了,它在我的小城周围开得如此绚丽,开得这般尽情。或者你也和我一样喜欢它是吗?它是那么美,美得大气,美得勾魂。无论是云南、青海、婺源或任何一个地方,当你站在它的面前,无论你对它作怎样的想法,它总是尽情地展露它自己,绚烂着春天的大地,然后,雄赳赳气昂昂地唱响自己的梦想。

如此,这个春天,我邀你来龙游赴这一场关于油菜花的盛大花事,你会微笑着颔首,然后与我同往吗?

怒放的花海
——龙游花海行走记

1

季节往复，诸如"春至花如锦，夏近叶成帷"的景象次第铺展，我在绿树葱茏的初夏独身前往龙游花海。彼时已日暮，晚霞在天际缤纷绚烂，偶尔亦如几笔泼墨，瞬间已将沿途的村庄、田野、道路渲染得格外静谧。不远处山峦绵延，夕照里披上一层浅淡的金黄色，又神秘又瑰丽。

花海位于龙丽温高速龙游南出口两侧，与余绍宋祖居地山底村毗邻。当路旁写着"龙游花海"四个活泼大字的园区指示牌落入眼帘，我有些恍惚，我还想得起那年初访村庄时这一片低矮山坡上的荒烟蔓草和满目荆棘啊，"怅乔木荒凉，都是残照"，某些心绪刹那打住，之后漫长岁月里亦只字不提。

停车场空阔，大滨菊在晚风里招摇，锈迹斑驳的园区招牌满是古意，而那镶嵌着五彩玻璃的花园中心如儒雅的主人，在我走近时已挥展双臂相迎。我喜欢此刻的花海，斜阳里又静谧又迷离，入眼湖光山色，花团锦簇，转瞬便铺开了绚丽的园林画卷。

园中小径曲折有致，线型极美，大片大片绽放的深粉色欧石竹便沿着园中小径蜿蜒往前，我有些惊讶，我以为这个时节来花海，看到的更多的可能只是青草和绿树，但是不止欧石竹，还有沿水岸盛放的一丛一丛的美人蕉，那么妖娆的红，那么娇艳的黄，缀星星点点紫色马鞭草，如一个个水湄伊人，极尽风姿，极尽风情。

浓郁的花香随风弥散而来，是百合花。我抬眼望去，园路一侧，起伏有致的土坡上，白色百合花已经浩瀚绽放，如铺天如盖地，就那么势不可挡地绚烂到连眼睛也睁不开。我从未见过这样的阵势，"尔丛香百合，一架粉长春"，一丛已经飘香，何况这不计其数。情不自禁地走近，我看见它们怒放着，毫无掩饰地招展着，那般婀娜，那般妩媚，仿佛要倾尽一世的光彩来绽放自己，来燃烧这整个的花海。我不由得惊了，呆了。

一边是澄澈的湖水，一边是绵延的百合花海，彩虹塔就那么器宇轩昂地伫立着。它是园中最高的单体建筑，可以登高，亦可以望远。我喜欢它的色彩斑斓，看起来又活泼又生动，极具童趣，极具活力。忍不住拾级往上，看它的色彩和构造逐层变换，终于到达最高处，整个园区尽收眼底。

我可以一一去数吗？站在彩虹塔上，如此琳琅满目。牡丹亭、游船码头、锦绣园、玫瑰园……只是此刻，夜幕翩然降临，整个花海已着墨，阵阵蛙鸣悠扬而来。

2

之后数个漫长日夜，我一直记得我曾置身于清香满溢的花海，我也记得那夜色中的园区，彼时如同摒弃了尘世所有的喧嚣，那般宁静，如岛屿默然栖息在惊涛骇浪里。

请原谅我的意犹未尽。再次抵达花海时，午后的小雨淅沥，远空如新洗。美人蕉、百合、大丽花……在雨中怒放着，而那似乎即刻就要从花瓣上滴下来的雨珠，从来都是最美的特写镜头。我沿着园路走过旖旎的玫瑰园，穿过烂漫的紫藤花架，桥上，临水而立，不远处，可是依水园？

红色木桥，褐色楼阁，水中它们清晰的倒影，以及水岸上一盏默然的石灯笼，眼前的构图极美，某些意境顺势铺展，是热烈，更是宁静。走近依水园，推开篱笆大门，一个枯山水庭院赫然入目。

我喜欢这样的庭院，静寂的，素雅的。院里没有缤纷的花木，只在低矮土坡上点缀绿色海桐球或造型松，坡前立着的大块石，以及一两块看似随意放置的石头，此外，白砂满目。白砂是水，水上有枯叶，有红桥，有石灯笼，这些意象化的山与水在依水园的方寸之土上又深邃又安宁，充满了禅意，还那么自然，日式庭院营造的意境之美在此淋漓尽致地展示。

杨红萍作品

如果依水园给人以宁静和质朴，那么牡丹亭里，有没有杜丽娘？有没有缠绵婉转的昆曲滴溜溜地在唱？

龙游以南是遂昌，明汤显祖遂昌弃官临川后著戏剧史诗《牡丹亭》，此牡丹亭非彼牡丹亭，但眼前一道白色中空徽派影壁墙、几丛芭蕉、数株牡丹和不远处一座古朴亭台，只这淡淡几笔便勾勒出"牡丹亭"里那个姹紫嫣红的后花园来了。不由得让人恍惚了，醉了，此刻，我是不是已经走进了一出折子戏？戏里有曼妙的女子正从亭那边袅娜而来，着青衣，胭脂香粉，轻舞水袖。那飘逸的水袖随胳膊抖动层层叠起，水葱似的玉指才从香袖里露出来，已翘起一个兰花指，娇滴滴、脆生生地唱：原来姹紫嫣红开遍，似这般都付与断井颓垣……

园林造景方法极多，它常以模山范水为基础，借景有因，得景随形，通过各种手法营造"虽有人作，宛自天开"。龙游花海里，让人流连忘返的何止依水园和牡丹亭这些园林景观，还有八仙屋、锦绣园、七彩园、音乐广场……我开始马不停蹄，我想要——去寻访，——去感受。当我隔水往东遥望，透过雨幕，那里有一片紫色的花海。

3

我从来不知道马鞭草也可以如此跋扈，星星点点的紫色小花，就那么肆无忌惮地连成一片，它们开得那么稠密，那么浩大，无尽地延伸着，开到如同繁密花海，风过处，簇簇摇晃，还娉娉婷婷，汇成了紫色的河流，织成了如梦如幻的霓裳。

雨渐止。我驻足，太壮观，太震撼。若非阵阵沁人心脾的清香，眼前分明一幅山水田园画卷，画里，不止紫色花海，还有如墨的远山，澄澈的河流，蜿蜒往前的花径。天际有浓云，花海里有翩跹的"彩蝶"，我开始忙不迭地拍照。

我从来就抵挡不住美丽花儿的诱惑，更何况是怒放的花海。"浙江龙游花海项目建设规模约3000亩，分为龙园、凤园和草花基地，是一个以花卉、苗木观光为主,集观光体验、商业、休闲和娱乐等功能于一体的田园综合体。项目以花卉衍生品和旅游需求为目的,打造出蜿蜒的水系、美丽的花境、紫色的花海、金色的沙滩、疏林、草坪和各式各样的娱乐项目,利用现有条件发展农业、文化、旅游等综合性内容体系……"看龙游花海介绍,眼前铺开的园艺画卷或水系,或景观,或花境,或人文,如此绮丽,如此壮美。

绿色是生命的本色,山水林田湖生命共同体是人与自然之间唇齿相依的一体性关系,它提供了绿色发展和美丽中国建设的行动指南,也表达了一种尊重生命的绿色价值观。走在龙游花海里,那些山,那些水,那些花,那些树,还有那些景观,无一不是护育自然和绿色治理的最佳呈现,而当文旅融合,它所铺就的诗与远方之路,它所点亮的美好生活之灯,它所搭建的文明互鉴之桥,都让花海的格局得到了极大的提升。5月29日,龙游花海所属的苗夫控股有限公司荣膺2019年中国文旅融合发展创新奖。

这是沉甸甸的荣誉,这是鼓舞人心的消息,它让龙游花海乃至整个的苗夫以硕果累累去回首曾经为之付出的巨大艰辛与努力,并以其崭新的姿势——"文旅融合发展",优雅地,出现在我们的面前。

雨后有浅淡的阳光,微风里清香扑鼻,我走在游船码头,看色彩艳丽的观光椅分立两侧,看红色栈桥伫立水中。彼时湖水澄澈,风过处,泛起无数涟漪,对岸是彩虹塔,是牡丹亭,是依水园……多么静美的画面,多么安和的瞬间,我有些动容,我愿意就这样坐下来,只看眼前怒放的花海,一任时光缓慢。

斜风细雨不须归

1

灵山江水欢腾地流进水碓,一起一落的碓稍咿咿呀呀地舂捣,碓边栖住的阿婆打开后门,取石阶而下,至水边娴熟地洗菜、淘米,空气里满溢

杨红萍作品

水草浮游的清淡腥味。沿后田铺水渠逆流抵达姜席堰，眼前这一幕如水墨画卷悠扬铺陈，又沧桑又烟火，一时已是沉寂恍惚。

水碓是太陈旧的物件，总能随时撩起一些泛黄的旧事，譬如舂米，譬如引水入渠，譬如灌溉，它们就像边上新建的文化长廊里所张贴的各种简介，一幅一幅，让姜席堰的前世今生纷至沓来。这也让我想起很多年前我来的时候，这个村庄还如置身于莽荒的山峦深处，古老荒僻，人迹罕至，只有姜席堰的水，在村庄旁奔腾不息。

是很久很久以前，一个姓姜的员外和一个姓席的员外带领一众乡民筑建了姜席堰吗？如果不是，这个故事怎会这样被绘声绘色地流传至今？我往前走，江水的轰鸣声愈加清晰起来，我知道，这是席堰。

席堰呈弧形，如倒置的扇般横陈在蛇山和沙洲间。蛇山山岭青翠，沙洲上灌木、松竹浓郁，水边蒹葭苍茫，中间便是澄澈的江水。此刻，江水正以万马奔腾的姿势从堰坝上如瀑布飞流直下，继而潺潺汇入灵山港；江中偶尔有岩石，已飞溅起无数浪花。

如何去历经漫长的年月，我站在堰前，眼前这座堰坝，如此坚忍，如此素朴。旧年月里洪水肆虐，可曾冲毁堰坝上铺陈有序的大块块石？可曾有着怎样的蛮横，这般叫嚣地冲刷着堰坝？还记不记得那年被冲出水面后村民捞起来珍藏的一截松木？水浸千年松，搁起万年杉，用松木搭成框架后填充鹅卵石建成堰体——原来古时筑堰早已经知晓生态治水。

我喜欢听这样的往事，它娓娓地让姜席堰的过往曾经鲜活起来。转过身，看着堰前伫立整齐的一众石碑，它们或新刻，或破败，更有苔痕已浓郁，上面的字迹亦模糊难辨，却——都是动人的时光。

2

若忽略冲砂闸里飞泻的江水，席堰边停靠的竹排大有"野渡无人舟自横"的趣味，而竹排上一件件橙色的救生衣尤为亮眼。不是吗，春初一场淅沥微雨里的浅淡阳光，让人仿若置身于浮光掠影之中，两岸绿树娆娆，眼前水波清澄，阔朗有致。

姜席堰申遗成功，给太多的人以欣喜，以惊艳，以感怀。当一个个如我的游人接踵而至，除了想要一睹这座千年古堰的风姿，更多的是寻访，是探究。譬如这一刻，我坐在竹排上，从席堰沿西引水渠逆流而上。

西引水渠是蛇山和沙洲相夹形成的水道，长420米，宽25米，位于姜堰的西侧。当灵山江水从龙南山区一路激越而来，它于姜堰前或跃堰而下，或被绅士地引导自西引水渠至席堰，那时候，席堰便成了溢流堰。而沙洲，便恢复了它原本的面貌：一条570米长的挡水坝。如此科学的选址、巧妙的布局，让姜席堰在不疾不徐中尽显豁达和松弛，它的气势是内敛的，它将它的枢纽工程和渠系工程全都隐藏在不动声色的静水深流中。有介绍说：姜席堰位于灵山港从山区过渡到平原的咽喉部位，利用灵山港"S"形河湾在江心沙洲的上下部分布置姜堰和席堰，将位于"S"形河湾凹岸的河流支叉用作引水渠，姜堰下游右岸、席堰上游左岸分别布置引水渠道用于农田灌溉和沿途百姓生活用水。为古代山溪性河流引水灌溉工程的典范，灌溉面积最多时曾达5万余亩……竹排轻快地破水前行，偶尔一两声鸟鸣于沙洲深处传出，又清脆，又空灵。此刻，我便目不转睛地看一座沙洲，如同打量久违的故人。沙洲上遍布肥绿的大毛竹，亦有不知名的常青阔叶树，还有马尾松，细密的针叶，暗褐色的松果，和眨眼就要滴落的树脂……它们于某个瞬间将我带入了莽荒的森林，还有密密层层的灌木，像蟒蛇般满地缠爬的古藤，仿佛人迹从未有至，只有泄洪道里的水，正潺潺欢流，叮咚跃动。

3

比起席堰的精致，姜堰更为开阔，100米长的堰坝横筑于灵山港，垒一座稳帖的块石和大卵石，它们一并有序地大头朝下、小头朝上。我不懂其中的技艺，但一定精湛无比，不是吗，姜席堰历经680余年的沧桑，其堰址基础和堰身骨架仍无重大损坏，已堪称奇迹。

站在姜堰南岸,看栏杆边上伫立着的深色石碑,上书金色大字"浙江省重点文物保护单位——姜席堰"。但凡文物保护,皆有迹可循,我可否循着一些脉络走向它深处?

"元至顺年间,察儿可马任上,为导处州源之水,始建席堰。""明万历年间,知县涂杰两次修姜席二堰""康熙十九年,水灾,堰塞,知县卢灿修竣之。"……当寥寥数语将一个个名字、一段段史事密织于属于古堰的册册旧籍,人们世世代代筑堰、修堰、守堰的历史云烟已经漫卷而来,时空翻转,光影闪烁里,泛黄的年月逐一再现。那么,我可不可以凭借一腔膜拜先人的情愫,尽可能地模拟他们留在姜席堰的指痕足迹,想象他们曾怎样地紧皱双眉,凭江捋须,和大刀阔斧般的指点。

翻看姜席堰的价值评估,它在历史上、文化上、科学上都让人如数家珍,"以其完善的工程体系和有效的管理,保障了农业灌溉等综合效益持续发挥,保障区域政治、经济、文化发展,见证区域自然、社会变化。"我喜欢读这样的文字,它让姜席堰以硕果累累去回首曾经历的漫长年月,并以其崭新的名字——"世界灌溉工程遗产",优雅地,出现在我们的面前。

风吹起发丝滑过脸颊,我回过神来。堰边是新筑的亭和栏杆,有石阶自栏杆边探向姜堰,有人于堰前垂钓。多么静美的画面,多么安和的瞬间。其实我还知道关于姜席堰"一核一带四区十七景"的布局规划,那时,不只有姜席堰遗址公园,还有堰神广场、水文化博物馆、水碓文化园……

那么,我们去姜席堰吧。远山已着墨,斜风细雨不须归。

其实我不想对你恋恋不舍

要怎样才能不去责怪自己的疏懒,当我眼睁睁地看着客厅里那盆曾经苍郁的吊兰开始打蔫,然后一点一点地枯萎时?浇水来不及了,打理来不及了,直到最后,它再也没有了一丝如先前的生机。呆呆地看着,那一刻,仿佛连心情都被沾染了如同槁木死灰般的低落,颓败而萎靡。

只对着一株吊兰发呆吗?都说自古逢秋悲寂寥,凡秋,总会诸如这般感慨一二,但我似乎早已经过了这样的年纪,大多时候也已不再如年少时那样对着一朵盛开的花痴痴地凝望,对着一片又一片的落叶长吁短叹,仿佛心无微澜。可是这吊兰是一年常青的不是吗?我到底对它有多少的疏离,它才这般郁郁死去,连根也腐了烂了?叹息着,这一定是季节的缘故,才让诸多的草木有了一岁一枯荣的循环,不久前路边上的梧桐和银杏有多蓊郁呢,秋风里,也已经从容地落下了枯黄的叶。

今年的桂花开得特别旺,我居住的这个小城,街道边、深巷里、公园、学校、小区、院落,似乎在哪个角落都可以看见它,那一树又一树的桂花,因为开得太饱满,太肆无忌惮,硬生生地把枝丫压得都弯了下来,还要去提香味吗?风一动,满城香。

这样的时节多好,任我走向哪里,桂香总弥散着,仿佛冗长岁月里倾泻的一栏相思,撩人、蚀骨、无限旖旎。我有多愿意沉浸在这样美好的时光里啊,不去想季节变换,不去想烦琐尘事,只看眼前的桂花,那般风情,那般盛大。但谁又能预料,当我沉溺着,欣喜着,十月底,"海马"竟劈面而来,我如何去想,秋季的台风,杀伤力会如此强大,气温忽降、狂风骤雨不说,一夜间,桂花如雪,满城飘散。

要哀怨吗?之前只一盆的吊兰已让我的心情瞬间低落,现在,竟是一城的桂花。路过体育馆路,看风雨施虐后的路面一片狼藉,看一棵一棵的桂花树下湿花落无声,如果只是"天香桂子落纷纷"也就算了,而这一次,当它们纷纷落下,是一个怎样被摧残被毁灭的过程,它们又有多少心不甘情不愿?

多少繁丽都过去了,再惊艳,再倾城,再倾心,随风飘散的那一瞬,这满城的桂花已经完成了它们最灿烂最绝美的舞蹈,最后,便如此决绝地落了下来,用最倔强的姿势,以雪的姿态,安静,素然。

在叹息是吧?秋已深。我伫立,不说伤怀,不说恋恋不舍。

我怎样也不会去想,秋天即将远去的时候,我竟与一路的彼岸花邂逅,

那一刻，又惊心，又仓皇。

苍绿的花茎，红色的花瓣，花瓣中间绵绵密密的花蕊微卷着，长长地伸出花朵外，无叶，一丛丛，一簇簇，挨挨挤挤地开在道路中间的隔离花坛里，看上去残艳而诡异。我知道这是彼岸花。彼岸花，石蒜属，多年生草本植物，春风，秋风前后准时绽放，根据花期，亦有春彼岸和秋彼岸之分。我的脑海里虽然零星有它的印记，但一直记得的更多关于它的是在百度里搜索到的通俗易懂的传说：彼岸花，冥界唯一的花，开在黄泉之路的花朵，在那儿，有大批大批的彼岸花开着，远远看上去就像是血铺成的地毯，妖红如火，因而被喻为"火照之路"。

我并不迷信，所以从未将眼前的彼岸花与传说中的彼岸花联系起来，在我看来，这花也只是大千世界里的一种花而已，它只是背负了太多不祥的传说，承载了太多苍凉的故事，最后才这般不受祝福，这般让人敬之而远之。想起那年秋天初见，惊艳了，叹息了，但我更惊讶的是它的鬼魅和妖美，便停下脚步细细端详，这么美丽的花朵，怎会有着这么"无与伦比的残艳和毒烈般的唯美"，真有传说中的那么凄凉和悲切吗？但分明，不久之后，我看见它和普通的花一样，开始枯萎，而后，凋零，花谢。

我怔怔地看着，眼角开始发涩，心里隐隐作痛起来，花开花谢也许只是一个转身的时间，人生却有太多的无奈，走过的路早已经慢慢无迹可寻，当年春林初盛，千山万水里发生的故事都只是人生的伏笔，即便是姗姗来迟的人，也总会遇见，也总会携手一起走下去，到最后，再作最后的道别：抱拳，作揖，转身，不复见。一如夏天的蝉，漫长的打坐，终究唱不完的，是一首离别的歌。

这个秋天，当我再一次遇见这一路的彼岸花，竟有噩耗相携传来，巧合也好，必然也好，听见的时候，我还是泪流不止了。

极乐往生的祝福太苍白太萧瑟，只这样一次，已足够让人痛彻心扉，更何况眼前，黄色菊花如火如荼绽放，红的、紫的、黄的、粉的，各色皱纹纸织就的花环触目惊心，循环播放的乐曲有多悠扬，就有多哀伤。那些日子，我那般绝望地伫立，漠然地看眼前人头攒动，看他们的身影透过青松与翠柏闪烁着如电影散场时的黑白的光与影,潸然而泣。那一路,可有彼岸花?它是否真的如传说中那样开得妖红如火?如此,才可以循着那一条路,无痛苦,无伤悲,一直往前走?

"其实我不想对你恋恋不舍,但什么让我辗转反侧,不觉我说着说着天就亮了,我的唇角尝到一种苦涩,我是真的为你哭了"……

又还秋色,又还寂寞

1

那个恍惚,心情竟变得无比的倦怠,我并不是一个多愁善感的女子,可我在这样的一句话里,久久地忧伤。

背上那个新买的孔雀蓝颜色的包,拨通一个电话,去九峰。

九峰,有多远?

不远,它只在离我二十多公里的距离里,它还在我十几年前的记忆里。

许多时候,会像现在,突然有了一些情绪,烦躁的。像想起的那些曾经飞扬的快乐,早已经随跋扈的时光流淌成了一地的碎叶飘飞。

车子行进,探出车窗外的手,握了一片清凉。伸开的五指,合上,却握不住那些快乐的时光。

曾经郁郁葱葱的林荫小道,被修筑得又光洁又平稳。远去的是曾经树下满目错落排列的石子路,不见了那些记忆里的坑坑洼洼。只有黄色的、白色的道路指示线一一入了眼帘,伸向远方。

那片在风中摇曳的白色,近了,才知道,是盛开的荞麦花,突然想走下车来,闻闻那花是否带上了荞麦的芳香,却有苍耳拽住了我的裙裾。蹲下来,想拂开,可是被刺刺到手指了。很轻,却突然生疼。

于是借口大叫,车窗里现了一张脸,悠闲地说了一句:长不大的孩子。

渐行渐远的是时光。那孩子已经长大,却依然持了孩童般的心,在一

句话里忧伤。

小鸟飞来,又飞远,它遗落的歌声在这寂静的山野里盘旋。

近了,急切地想知道,十几年后我再来时,这里是不是旧时模样。

2

翼式的大门,仿佛张开了双臂在欢迎我,看那两旁的对联,平生了一些感叹,"纵寻太末"四个字已经斑驳,已经很遥远。

蓦地发现落叶的影子,它跌落在前面散乱平铺着石子的小径上。凝固着,有些水迹,泛了黄。

这才惊异起自己,居然穿了很高的高跟鞋来,两旁茂密的树林,行走,竟传来了空谷里的回响。我笑着,用力去蹬,只听得,那声音在这静谧里飘飘荡荡。

没有人知道,我在这个午后,是怀了一种怎样的心思而来。在这里,我又是怎样地想漫山遍野去把旧迹踏访。

记忆里的小桥依然,涧水潺潺。桥的栏杆上,还留着那只调皮的小鸟飞走的痕迹。

不去倚栏,怕这样的旧景里找不到曾经的欢畅。

凝眸处,依稀见了一张一张稚嫩的小脸,紧紧跟了一面鲜红的团旗,亦步亦趋在这里穿行,放开了喉咙高声唱。那歌声,好嘹亮。

过了小桥,就是茂密的竹林,我慢慢地拾级而上,看谁与谁到此一游,却任凭我如何去细细地找,也未找到熟悉的名字,而那一笔一画,已经带上了时光的沧桑。

3

登高。望远。

对面的山峦上,有亭子寂然,只有缥缈着的云雾,和它做伴。

低下头来，看丛林依然葱绿，偶有的那抹红，格外地显眼，想起了一个词语叫"一叶知秋"。

是秋。看，松针已经铺在脚下的路上了，有浓密的灌木缠绕着那些松树，在秋风里，飒飒地响。

曾经盼望着一个天高云淡的日子，携三五好友再走这段时光，却不曾去想，这个下午，我会如此冒昧，只这样邀了一个人便突然造访，而我的思绪，却在远方。

聊到的话题里，更多的是青春年少时再也无法触及的时光。当我们一天又一天奔波在俗世仓促的间隙里，怎样也不会去想，我会在这样的下午来看这梦中的九峰，而梦中的这个地方，它是如此安然地等着我，哪怕我的心里，丝毫不是因为想念它而来。

我只是有些烦躁，我只是想发泄，一边走着，一边想。

回头望，紧随在我身后的，是一如既往的笑脸。

我何其幸运，这样的游历，有人陪伴，不孤单。

4

想到一词：西风催衬梧桐落。梧桐落，又还秋色，又还寂寞。易安在体念亡国恨，在体念离别殇。而我，我只是看到不远处那排高大的法国梧桐静静地伫立在路的一旁，记起了这句：梧桐落，又还秋色，又还寂寞。

这一刻，如何比易安？我也不寂寞，有这样的秋色在眼里！眼前，有层峦叠嶂，有柔柔斜阳，风过处，竹林摇曳，松涛阵阵，宛然你方唱罢我登场。

这刻，心情也开始舒朗，我在这样的高度，张开双臂，望远方。

索性脱下高跟鞋。我赤脚走在下山的石阶上，脚底的凉意早已经随了爽朗的笑声飘远。

回头望，有泪含在我的眼眶，想起走过的岁月里那些渐行渐远的是一种坦然。我曾经经过了多少事，遇见了多少人，都那么深切地交付了彼此的真心，让我几经体会那种感觉，它叫温暖，它叫平淡，它叫安慰，它叫

踏实,它叫珍藏。

慢慢淡忘一句话带来的忧伤,这一句话其实也可以给自己勇敢!若不是那么真诚地,那么真诚地待我,大可以说上奉承的话,而不会这样说出,让我感伤。

幸好,这之后有我的醒悟幡然。

回来的路,多了我的笑声。窗外,是丰收后黄色的田野,夏天过后这秋里依旧葱绿的山坡,以及这条依然浓荫的路。

暮色渐苍茫。

车子突然停下,顺着手指的方向,竟是一片月季的海洋,有馥郁的芳香。

谁说秋季悲凉?你看,你看,眼前繁花灿烂!

我是被你囚禁的鸟

1. 行走

一只苍鹭在溪水上方扑腾了几下翅膀后慢慢落了下来,涉水张望了一会儿,随即又飞了开去,孤傲的叫声,形单影只的背影。我蹙眉,目光随它伸向远方,直到再看不见踪影。

苏苏用手在我的眼前晃了晃,是提示我回神吗?苍鹭已经飞远,清澈的溪水里还漾着浅浅的波纹,我回过头来看她,她对我笑,然后弯下腰捡了小石子,一抬手便扔了出去。那动作又干脆又利落,我听见了石子落水时候清脆的声音。

午后。行走。苏苏把我从床上捞起来的时候,我还沉浸在短暂的梦里,梦里下着骤雨,又暴烈又急促,连数米之外也看不清楚,可眼睛一睁开,窗外阳光却好得不像话,要辜负吗,苏苏的邀请,以及这六月初大好的晴光?

沿途有夹竹桃开得腻人,一树一树红色的、白色的花朵密密层层,可是我并不喜欢它，开得浓烈不说，本身还带了毒性，它们在风里放肆地绽放着，张狂地招摇着，仿佛时时提醒着我不可向它靠近。不可靠近便不靠近吧，我也宁可去看不远处路两侧新植的桂树和香樟，风过处，淡淡的香气，清新而自然。

到达。停车。老家宽阔的溪边。两岸是葱郁的树。不止苍翠的香樟，婆娑的杨柳，还有笔直的池杉和正与风缠绵着的高大榕树，那堤坝是新筑的，看上去洁净而舒适，橙色路面砖便是眼前的一抹亮色。苏苏在前面走走停停，一会儿回过头来问我边上一棵树或者一株草的名字，一会儿又纠结着是否要走下堤坝去与水亲密嬉戏，索性捡了石子往水里扔，一边还咯咯地笑着。我看着苍鹭飞远，还愣愣地发呆，溪水里，有小鱼正悠闲游弋。

席地。坐。不说话。微笑看眼前。这样的行走有些漫不经心，没有刻意去计划要经过哪里，要去看什么，也没有想过会遇见谁，会邂逅怎样的风景，唯一的行囊只是一部手机。不知道是索然了无味了，还是倦了怠了，竟提不起什么兴趣，落寞地抬头看日光穿过绿树的浓荫在地上投下斑驳的影子，那是满目的静寂。

桥断了。苏苏说。我顺着她的声音看向不远处的小桥，没来由地心里一震，桥真的断了。怎么就断了呢，什么时候断了的？起身，跑过去，真的，水泥的桥面早已经生生地断成了两截，看上去满目疮痍，桥墩上苍郁的青苔爬得到处都是，是不久前的那一场洪水吗？还是，它经历了太久太久的年月，终于在某个日子里再也承载不了任何重量，轰然断裂了，断裂成眼前的这一片荒芜？

叹息。沉默。原来行走的时候，也会有出乎意料的风景，破败的，让人心酸的。

2. 囚鸟

听《囚鸟》，张宇的，整个下午循环播放着，沉浸在他低沉浑厚而略带沙哑的声音里：我是被你囚禁的鸟，已经忘了天有多高……

我也是一只被囚禁的鸟吗，被你囚禁的，或者，被自己囚禁的？

六月开始的时候，接连几天都下着雨，那雨毕竟是夏的雨，一下，便肆无忌惮，不是倾盆，便是与风一起狂了骤了。很多时候，我以为我是喜欢雨天的，至少在那样的天里可以倚窗去看窗外的雨如何一点一滴地涤去俗世的尘埃，但这时候却突然厌了烦了，心里一直埋怨着，它怎么就那样将我牢牢地禁锢起来，让我一点也不想走出门去呢？

如果苏苏在家，她还会不会像之前那样邀我走出去，去看一看雨中的风景，或者干脆来一场雨中漫步？叹，也许会吧。开电脑，或者一个人在家的日子，至少可以写点什么，工作上的，生活中的，琐事，片段，以及近些天内某些颓靡的心情。我知道，这样的时候，记录也好，无所事事也好，能拨动我心最深处那根弦的，可以有很多东西，譬如刚才随手点击的搜狗音乐，张宇的《囚鸟》。

沏一杯咖啡。坐。循环听。要去揣摩歌词的意蕴吗，还是只单单地感受这首歌的旋律就好？笑，我不是音乐人，这样经典的歌曲也轮不到我去评头论足，这时候，我只要单纯地听就好，然后心甘情愿地接受歌中的某些蛊惑，如同邂逅一些让人欢快的欣喜，欣喜之中，又有着直抵内心深处的淡淡忧伤。

这欢喜和忧伤却是自己的。每当这样的时候，除了沉溺和无法自拔，我还能够想起什么？"如果这世间有更深沉的悲哀，那可能就是看见盈盈的爱，逐渐自掌上滑落。"那天看见这一句，愣了好久，我的面前，我的手上，可有盈盈的爱，可曾慢慢滑落？尘事最无常，谁也不知道下一步我们的身边会发生什么事，安然健康最好，真有意外怎样？坚强面对，还是缩起脖子，像鸵鸟一样掩藏自己？

我喜欢记录，像旧时那样，一本简单装帧的本子，一支黑色的水笔。也偶尔会翻开，阅读，才知道它暴露了我太多的心情，喜、怒、哀、乐，一览无遗。这样好吗，如果某一天，一不小心被他看了，他会说什么？女人的眉眼心事？可是啊，还很固执，还会去写，像筑建自己的城堡，小心地垒，一砖、一瓦，不厌其烦。

以此来囚禁自己吗，或者，心甘情愿地被你囚禁？笑，其实所谓的囚鸟，有时候，只不过是为爱做了幸福的妥协。

听歌。沉默。原来一个人的时候，发呆，暗自思量，然后在太多的心绪里，逃逸片刻。

3. Flower Dance

凌霄花以无比绚烂的姿势攀缘在低矮的白墙上，橙红色的花朵，葱绿的枝蔓，艳丽的，盛气凌人的。

不是初见。初见时的场景在目光接触的时候已经瞬间抵达，庐山，美庐，旧式楼台的栏杆上，它那么娇艳那么张狂地盛放，据说女主人是钟爱凌霄的，所以男主人便种植了此花，让它肆意地沿着露台，沿着栏杆，沿着小屋的屋顶漫无边际地攀缘，绽放。那时候，我要如何去想，那个男人，曾经在中国半个多世纪的纷争里叱咤风云，却偏偏也柔情万种，为他喜爱的女子，植了一园凌霄。

这样的故事，我怎么不会记住？再看见的时候，凌霄也如那年般的盛放，只是啊，现在，我的眼前，它开在寻常的巷弄里，还下着雨，看上去突然就增加了几分孤寂几分芬芳，是和这白墙情投意合吗，还是实在有些苍白了，它的影子里，我再也看不见钟爱它的眼眸，再也听不见让它鲜活的故事。

用手机拍下，娉婷的，风中舞动着的，我只是想留住这些绚丽而极致的欢颜，无他。如同我也可以用镜头来记录我的心情，落寞的、孤单的、疏离的，沈从文也说了啊，"美，总不免让人伤心"。

其实我并不知道那一刻我是在感喟凌霄花开得美丽，还是在怀想着与它那相关故事时候的怦然心动，与它面对的时光，竟感觉有些奢侈了，连享受都有些舍不得，"太美的东西，有着极度的杀伤力，可以片刻让人体无完肤"，这倒是真的，最起码会去比较，会去感慨，那时候，便知道了什么叫相形见绌，什么叫黯然失色。

杨红萍作品

　　和苏苏说起凌霄花的时候,她的眼光里有一闪而过的欣喜,真的吗,它那么美丽?还有那么让人心动的故事?什么时候还去看吗?

　　多好,繁复日子里,还有让她欢喜的东西,如此,她的心里,便多了一份向往,不是吗?我笑着看她,然后想起那一天她陪着我漫无目的地行走,看小溪,看苍鹭,看断了的桥,舒适,亦安然。其实啊,我一直知道,尘世中总会有一些让人欣喜的东西,听一首老歌也好,看一朵花舞也好,都是生活中的一种姿态,如果它们也可以让自己的心有某些体会,尽管会黯然,会有淡淡忧伤,可之后全归于安宁了,怎么会不好?

　　愿有生之年,满目风景,如同在盛夏的白墙上,我看见凌霄花开得妖媚而跋扈。

陌上花开花落
作品

个人简介

网名：蔷薇村庄，现居于沪上，日常文艺资深爱好者。喜读书，写字，习茶。

在沈园喝茶

　　从鲁迅故居走出来，穿过一个十字路口，步行几分钟就到了沈园。这次亦算是重游，只不过前年是夜游沈园。我总惦记着再游一次白日的沈园，于想象中，景色更为清嘉宜人。

　　初夏，暑热乍起，明晃晃的太阳，热熏熏的微风，容易让人困倦。只是走在这小小的沈园里，随处都可停下，在一个个长廊里，池塘边的石凳上，亭台小院里，假山的石头上，一边歇息一边观景。斯时，石榴火红，杜鹃灿烂，金丝桃簇拥盛开，蓝白色绣球美丽端庄，草丛和石缝里到处都是不知名的小花。

　　沈园。先撇开那几百年的爱情故事不说，这个精致幽静、婉约有致的私家园林，与其他江南园林格局亦乎相近。亭台楼宇，石桥流水，长廊环绕，碧波荷池，水色潋滟。庭院深阔，在游人不多的时候，徐徐穿行，留心细看，皆可静观而自得。曾有一个人这样写园林，他说："不能静。庭园也失去了意义。园中的静就像历史中的静一样地短暂，静必然与动相随。动的特点主要体现在力量上，走过点缀花窗看被框出的景色，每幅画面都不相同，恰如时间一片一片悄悄地流过。"

　　漫走园林，非悠闲和宁静之心，难以逛出园林的意境和美意，有人说品园，如果把每个园林当作一杯茶来品，品园，这个形容我觉得非常恰如其分。茶在不同的人那里能喝出完全相异的感受，杯中茶色可以品出高低优劣，心境不需要分高低，只在乎于守住一个一个的刹那。

"城上斜阳画角哀，沈园非复旧池台。伤心桥下春波绿，曾是惊鸿照影来。"如果不是因为陆游和唐婉的一段凄美爱情，沈园还是我们心中的沈园吗？终还是那句：一切景语皆是情语。

园子回廊上密密麻麻挂着铜制风铃，风一吹过，环佩作响，很是动听，这亦是园中独特的风景。风铃系挂的木牌上，写满来往游客的留字。以情话和祝福居多。站在那里，晃动牌子翻看，透过不同的笔迹探寻，隐隐然似有听故事的趣味盎然，任世情流转，写下名字和"爱"字的那一刻，相信必定有真情，尽管现代的爱越来越轻俗，早就经不起推敲了。

在东苑的一处茶室里，要了一杯绿茶，找了靠窗位置的藤椅坐下，抬头可见"琴台"二字，人来人往，言语中都少不了提及陆唐二人，"桃花落，闲池阁，山盟虽在，锦书难托。莫，莫，莫！"其中深藏的哀伤，惹人叹息，想来这也是沈园予人滋味所在，而现代人津津乐道于此，想必更添了几分怅然和慰藉在其中吧。

正在喝茶时，忽然发现，在窗的侧边镶着一个小花盆，红色的牵牛花伸出窗沿，这久违而熟悉的花朵，我想我更喜爱它另一个名字：朝颜。前几天，我在看一个美国人写的书，书名很有意思——《与佛喝杯茶》，书中大致是一些心理指导以及某些有关内心感知的体察与思考。但我觉得这个题目其实并不恰如其分，这如果被当作类似瑜伽之旅的文字辅助也许适宜。

写到这里时，想起走在绍兴古街，路上我看见一位白胡子外国人，背着超大容量的旅行包，匆匆赶路，无论从相貌以及姿态上，都特别像另一位行者：比尔·波特。我喜欢他写的几本书，他的文章笔法很平淡，却从容有致，自有风格。如果他也来写一本书，也叫《与佛喝杯茶》，我觉得应该很不错。不过想他年事已高，我们看他写书的机会也越来越少了。当然他有了一本《空谷幽兰》，已是两不辜负。

我坐在沈园里喝茶，那一池碧绿荷叶，微露荷角。一场花事，才刚刚开始。

山谷中已有点点灯火

"山谷中已有点点灯火,暮色就要渐渐昏沉,你和我也已笑泪满唇,感叹年华竟是一无余剩,晚风中布满我的歌声,道尽多少旧梦前尘。夜色中只看到彼此眼神,我俩总会消失在那黄昏。"

看完影片,静静坐在那里。刹那,很想找这首老歌来听。悠缓,忧伤,沉静,将是多么与之相衬的一幅画面啊。

她每日天微亮的时候,挨家挨户送牛奶,清瘦的身影,伴着奶瓶声和脚步声,沿着山谷小镇的台阶一步步前进。山谷小镇坡度缓缓,房屋高高低低,巷口晨光中,这样如白描,洗练的镜头看起来很美,很安静,有种不动声色的魅惑,予人一见如故的亲切感,所有的人和事物都那么平常,熟悉,仿佛这样的小镇时光一直悄然停留在自己身边。

在五十岁美奈子的表情和眼神中,深深刻着一个字:淡。淡得像白开水,像清水面条,白日做着超市和送奶的琐微工作,晚上,依然是她一个人独自的时光,如果不是卧室里三面塞得满满的大书柜,床头昏黄台灯下的哭泣,几乎很难让人察觉她内心深藏的情感和热度。时常会这样的,往往一个看似不会有任何值得惊叹故事的人,却是缓流深抵。让人在瞬间泪流满面,而难以抑制。

是的,如我们所想。她心中有爱人,而且已经爱了半辈子。对方是彼此青梅竹马的恋人,因为一场突如其来的车祸让他的父亲与她母亲的私情暴露,也让他们从此互不打扰,陌路相隔。几十年过去了,他的妻子患了绝症,他每日尽心在病床前悉心照顾,尽着丈夫的职责,在家里忙前忙后,寡言温厚的男人,似乎完全忘记了美奈子的存在,即使他们仍然生活在一个小镇,经常会碰面,而且,她也是每日会给他家里送牛奶的人。

清晨,掀起窗帘,清透的阳光与山中景色,透过一面大玻璃窗映照在她病患苍白的脸上,无疑她是美丽的女人,从外表到内心都是。与丈夫槐多相濡以沫二十多年,她对他仍然无法完全了解。直到无意间了解到他和美奈子的旧情之后,终于释怀。看着她夜里悄悄撑着病体起身,往牛奶箱里放上给美奈子的纸条,心中凄然,她生命最后的愿望竟然是期盼丈夫与爱的人再续前缘。

而在槐多身上,有与美奈子相似的节制和默然。"由于想不出解决的办法,我决定索性不去解决它们,而是绕道而行。"这是美奈子读过的一本书《卡拉马佐夫兄弟》的作者陀思妥耶夫斯基的话。也是槐多的行为模式。如容子说的:你一直在扼杀自己的感情。有一个细节,有心的妻子执意要订牛奶,但对待美奈子送来的牛奶,他每次都是漠然地喝了一口,便全部倒掉。听着自来水哗哗冲刷流淌的声音,心里忽然很难过。原来有些无处可去的情感,并非它已经不新鲜,而是被白白丢弃了,一样东西若不为人所需,不合时宜,将自会失去它存在的价值。

故事到这里线索渐渐明朗,日式电影的节制,内敛,含蓄风格在前半部里显得幽然苍凉。美奈子的人生虽然平淡,看起来却没有什么大碍,与母亲的作家好友一起喝酒,微醉时她的样子无法像是一个五十岁的女人。没有爱情和婚姻的女人,她仍然还算是天真的孩子。她的苦楚隐藏在木讷的生活之下,当别人问她寂寞怎么办,她淡淡地说了一句:累了就不会了。她的夜晚在一本本沉默的书中略过。一个女人的精神生活,有了书籍、爱,似乎可以不需要别的了。

容子去世了,临终之前留给丈夫和美奈子各一封同样的信,"槐多的人生是在其他地方,我一直是这样以为。"

"不管怎么样,牛奶总要喝下吧,也已经是一把年纪了。"多年的隐忍和痛苦终于在那个雨夜热烈爆发,美奈子此时只有诚实勇敢地面对,她对槐多大声道出自己的感情。两人的爱意,终得成全。幸福虽然来得迟,但毕竟还是来了。

如果影片到此戛然而止,应该不失为一个好的结局。世间事就是这样,缺憾是常态,或者以悲剧为美。就在他们在一起后的第二天,槐多意外身亡,遗容还带着笑意。看到这里,我忽然记起他曾问一位八十五岁的老人,

从五十到八十五岁很长吗？老人说：很长。

是的，很长。美奈子的爱情之路走得很长，很辛苦，这一生注定要孤独无伴。何时是读书天。这一屋子书的光阴还要继续走下去。可是，孤独不代表寂寞。一个人站在山谷之上，心里有温暖，就够了。

她说，她以后要给小镇上所有的人送牛奶，这是她的一个愿望。

竟然忘却了时光的推移

终于出梅了。我说这话的语气里，明显流露出似如经历长吁短叹后的忽然轻松。

必须承认，对于梅雨季节，我的心里存在着一组矛盾的情绪，仅仅从字面的心理感应中，"梅雨"两字有我很多愿意亲近的内涵，梅子黄时雨，最深刻的印象来自小时候，妈妈做豆瓣酱，都是赶在这个时节，那堆在圆簸箕里长着白毛，发出浓烈霉味的蚕豆瓣，在当时觉得特难闻，每次经过总捂着鼻子避之不及。现在想起来反而觉得有一种异样的香醇总在心里回味，那与市面上售卖的豆瓣酱不同的独特滋味，也一直在我的味蕾里跳荡。

总不能做到安受梅雨季节的潮湿与闷热，那缠绵不休的雨，来得也毫无定性，一会来，一会走，但无论下不下雨空气湿度都特别大，到处都是黏稠沉闷的气息，气温稍微高一点，就会感到风完全静止。想要在那些天感受到几缕清风的存在，还真是一件奢侈的事。不堪其扰的是蚊虫的侵袭，蚊子稍微好些，那些也不知从何处钻来的黑色小虫子似乎无孔不入，有时甚至看不见它们的存在，唯有皮肤敏锐地感觉到不清不爽，时而伴着过敏的症状。总之，这样的气候予人的舒适度是极差的。

记得，黎戈曾在一篇旧文中提及喜欢梅雨季，立即找来那本书，那篇字。她很幽默地写道："我知道我这么说会给人乱刀砍死。"我自己虽然不太喜梅雨，却隐约觉得很能理解她喜欢的缘由。你看，她说："我真的很喜欢梅雨季,恰好的温凉,可以穿短衫中裙,不会像盛夏一样,挥汗如雨,一身粘湿。偶尔夜不能寐,旧事翻涌,起坐不能平,这时细雨飘窗,真是最好的背景音乐。"

见她将那夜幕下情景写得那样美,潺潺不休的雨水,已然除却暗潮,只余下静处空灵的声响,一片安然自在之意境,尽在不言中。日本作家谷崎润一郎有一本书《阴翳礼赞》。从东方传统古老建筑的设计风格,诸多日常细节的陈列之上发现阴翳中模糊意象的美妙。他写着:"所谓美是从实际生活中发展起来的观念,我们的祖先无可奈何地居住在幽暗的房屋中,不知何时竟然在阴翳中发现了美,此后为了要达到增添美这一目的,以至利用了阴翳。我想西方人所谓'东方的神秘'大概就是指这种黝黯所具有的无形的寂静。"

我较为欣赏阴翳的环境和陈设,过分直白耀眼的事物有时反而是压力和伧俗的彰显,这其中有一部分与梅雨季节的气质颇为接近。古寺,老屋子,僻静庭院,廊檐高深,四处遮天蔽日,阳光微弱,屋内显得尤为幽暗,摆设亦是古铜色等深色系居多。这也是符合阴翳之美的某些特质吧。我知道他所描述的阴翳之美,已经不可能在当今现代生活中寻觅得到,阴翳之美的消逝与古老之美的渐衰是处在一个层面之上的。而那个没有电灯和新科技的传统时代已经永远无法追溯。

所以,欣赏归欣赏,与现实中人的适用能力又是另外一回事,阴翳的事物存在的概率不能太多,偶尔充当心灵的调剂才比较受用些。我的视线越来越喜欢停留在明亮与柔和之上,类似这般平常的镜头一幅幅捕捉,似乎那样才觉得日子的静态意义才更为凝重有力。

"我伫立在书斋中微微透光的纸拉门前,竟然忘却了时光的推移。"太爱这句话了。很多时刻,我都一味沉浸在此般缓沉时光中,不言不说。一茶一盏,一曲一茗中,忘却了时光,也忘却了惆怅与烦忧。

日　常

端午。这是个美好的名词，亦是我喜爱的节日。

倒不是因为那些有关屈原投江的传说多有诗意，浑然哀伤。立夏，小满过后迎来芒种，我偏爱这夏日万物播种生长的时节，空气中潮润气息的蚀骨侵占，直到梅子黄时雨。这中间的每一天，饱满，充和，盈润。有铺满爬山虎的红砖老房子里的气息，简朴，幽然，满是促人懒散的压箱味。我曾想过住在这样的屋子里，初夏的时候，开着老式风扇，吃着冰糖杨梅，坐在一扇对着一条动静相宜的老巷子的窗下，倦读闲书。

记起一句老话：想象很丰满，现实很骨感。丰满和骨感之间相差的距离，用时间来缓和是最稳妥的，丰满很少能够一朝一夕促就，骨感却可能被再度削减。两岸之间往返摆渡久了，有时也忘了自己偏好的初衷所至。因为，人永远不知道下一分钟会发生什么。活得越久，越能深呼吸感应到"瞬息万变"四字的摄伤力。

"心有猛虎，细嗅蔷薇。"我知道有些猛烈的心迹是时间无法消除干净的，像一个忧郁的人，如果让人看起来颇为快乐，或许只是善意的伪装。他不想激起那些无谓的关注，芸芸众生，看似拥挤不堪，其实，每个人的世界有限到微粒的存在。深夜里翻一个人的书，被蜷缩的意念撑起的是无处扎根的寂静。人的矛盾和矫饰如蚕啃蚀。文字根蒂是什么，像鸦片多些，还是像烈酒多些。明知轻浮如烟云，依旧吞吐不止，慢饮不辍。

我们要懂得人的羸弱在于，万事必有无限局促。各人有各人的身不由己。身在闹市的局促之下，艳羡远方山林的清朗杯盏。享得岁岁欢愉，却总在一波一波的世事轮迁中，奔劳不辍。牢牢套上美其名曰的责任，似乎就是一种约定俗成，其实内心未免不是安定于此的。人吃五谷杂粮，想人间俗乐，谁可决然不问世事，不谈是非，不求利益。日常，深度习静。永远是天方夜谭，当故事说给自己听可以，当梦去做也可以，就是不可当真。

车前子在《临书有惆怅》一文中写道:"胡桃会肮脏得如此之快,而胡桃这名永远干净,碧绿在枝头,天很蓝,阳光。日常生活可以毁坏胡桃之实,却毁坏不了胡桃这名。所有的物皆能飞速发展为庸俗,而词静观名。物在往外挣扎,词越陷越深——隐居于埋名的本地。"这段喜欢极了,读了一遍又一遍。

我想等老了的时候,什么都不做。在临河老街的宅子里,闲溜,读书,喝茶,养猫,养狗,深居简出,身边有无陪伴也能淡而处之。一直觉得能忍耐孤独的老人,是可敬的。当然这些只是我一厢情愿的想象,未来的真实肯定不全是这样。对于人之将老的惊惧,随着时日慢慢削弱,亦有倏忽激烈之时。一生辛苦积累的物件和思想,与你只是短暂追随,有多不舍,不忘,亦是白费心力。如我多年积累的书册,有用否?有时总会担忧它将来的去处,类似这种"我执",顽固得很。

思想盛满,两手空空,这是智人的境界,我等笨拙之人,这辈子当是奢望。想想,人生在世不满百,何以要怀千岁忧呢?

傍晚,去超市买粽子,当然都是放冷藏柜里真空包装的,我已经好久没尝过手工的新鲜粽子。记得几年前在嘉兴,特意跑去五芳斋吃粽子,看起来真的是现包现蒸的鲜肉粽,可吃起来觉得味道和冷冻的也没多少区别。

或许,粽子都是差不离的,只是时日不同了。

待到春天,想去景山看牡丹

在京城游玩几日,住处订在沙滩街上,离景山公园很近。每日晚饭后,散步去那里,亦是夏日登高歇息的好去处。

景山。倒是非常喜欢这个名字,此称谓古代《诗经》中不乏记载:"陟彼景山,松柏丸丸。""望楚与堂,景山与京。"名称取开阔辽远之意,促人印象深刻。

此外,景山最能让人耳熟能详的史实,即是明崇祯十七年,明思宗朱

由检自缢于景山一棵老槐树下。而今几百年过去了,老槐树早已不是当年的那一棵,原址原地竖起一块铜牌,寥寥数字交代,供后人追思。秀美山色,如此情景,两相对照,不觉顿生世事苍凉短促之怀想。世间事果然不是人能轻易左右的,一朝天子,君临天下又若何,还不是尘归尘,土归土。

登上万春亭,京华览胜,高处倚栏极目远眺,亭台南面正对故宫神武门,一座古城,故宫全景俨然收入眼帘,金碧琉璃的宫殿,方正居中的建筑格局,新旧交替的远近街景,宛如一座内心臆想百回、穿梭数次的城市,既熟稔又陌生。漫然回忆的瞬间,忽想起自己曾经记录过的些许语句:沧海桑田,是多么茫远的事,崇山峻岭消失在地平线,海底深处的山脉裸露在大地之上。作为微弱渺茫的个人,谁能亲眼观历感受。旧话放在这里,依旧妥帖平实。

一个个王朝的盛衰流转,一代代人的辛苦汗水,造就此般庄严繁复之美,当时或以为永恒,然时常不消百年,有些物件和美已永不会再见。我们能从史册的记载中,识别字面意义中的样貌和价值。其与真实已隔着遥迢长路。

下山,沿着小路徘徊,看见一座修缮一新的殿房,抬头识得三字,观德殿。据说明代为王公大臣习射场所,殿门外从前有河有桥。今日却惊见一大片牡丹园,足有万株牡丹栽种殿前,蔚为壮观。现为六月暑热,花期已过,但这些牡丹枝干粗老,茎叶青翠,形态优美,相比之下,我平日在江南所常见的牡丹,气势明显逊色得多。忍不住满心喜悦地揣想,在那四月春日之时,各色各样的牡丹皆然绽放,姹紫嫣红,竞相斗艳,将是何等的华美景致啊。一个夏日的黄昏,我就这样在园子里边走边遥想着,就已经觉得很美好了。

有时候,人的心灵不太需要那些盛大的排场来填充,容纳的余地越大越容易走向虚空,有时,即使只是与一枝花、一片树林的默然对视和冥想的片刻,便足以持久坚韧的愉悦并有力承担内心的羸弱、不安。人始终需要依托于能从容给予自我明澈力量的物质,这个物质不动声色,安静潜伏在每个人的身体里。

"每年春天都会起心动念，想出发坐一趟火车去洛阳看牡丹。但事实上从未成行。也许，在内心保留的这个念头，最终所向并非牡丹，而是一条幻想中可抵达的道路。我幻想洛阳每年春天盛开的牡丹花，想坐车去观望它们。但其实可以允许这个愿望从未成行。"

《眠空》里的这句我几乎能一字不落背下来，有诗云："唯有牡丹真国色，花开时节动京城。"如是，某年，待到春天，我仍然，想去景山看牡丹。

人闲桂花落

木樨。桂花。我时常不能瞬间将这两个名字联系到一起。即使这两个名字我一样的喜欢，我也知道它们的紧密关系，却也难免泛起疑惑。像是对待身边一个亲近的好友，总习惯叫唤着儿时乳名，偶尔写起学名时，就明显感觉到几分疏离。但，木樨真是很好听的名字，它的古典蕴藉也更为丰实。

宋朝女词人朱淑真有《木樨》："弹压西风擅众芳，十分秋色为伊忙。一枝淡贮书窗下，人与花心各自香。"清人张云敖有《满觉陇》："西湖八月足清游，何处香通鼻观幽。满觉垅旁金粟遍，天风吹堕万山秋。"最最欣悦的依旧是王维的《鸟鸣涧》："人闲桂花落，夜静春山空。月出惊山鸟，时鸣春涧中。"其中意境，岂是三言两语可以轻率揽概。诗中有古画，有鸟鸣，有禅乐，有花木，有桂香，有幽洁的月光和山色。这些古雅景况现在似乎只在梦中可见了。

想来，现世无论如何的浮沉。行进，坚守，习静之人，心灵始终少不了安置一座孤独花园。园子里面的一切花木陈设，多数存在心灵与精神的范畴之间，与精神生活息息接壤。"夜静春山空"俨然如同"山静似太古"。它们都有一股说不出的幽静，禅和之气，总能稍作安抚日常生活附加的所有焦虑和不安。她曾说：没有香气的花草不具备质感。是的，桂花，有最贴己家常的味道，朴实，熟稔，与尘世没有丝毫距离。它要来的时候，绝

不劳烦你费心寻觅。香气无声无息在你的鼻息间游走、跳跃、潜伏，时而隐秘，时而盛烈。在我看来，能在浓郁和清淡之间优雅转换且驾轻就熟的植物，莫过于它。

有时，最普普通通的植物，最能让人为之倾心。因为，它一直陪伴在你身旁，让你难以忽视。而那些所谓的熟视无睹，总是指那些无法入心的景致吧。江南有桂花，每到中秋前后，花香满径，这绝不是虚言。而江南更有桂花糕，桂花酿，桂花藕，桂花茶。这些绵甜软糯的食物，视觉感受和形式意义上的醇和香甜，更胜于其实质滋味。所以，秋日里，赏桂花，尝月饼，喝新鲜桂花茶，都是应时应景之事，让人衍生出无可名状的欢喜与愉悦。

午后，见秋光大好，跑去桂林公园看桂花。只是，今年早桂开得稀疏，前几日又刚下过一场雨，后园的银桂树枝头只零星地开着花，而细碎地铺满树林的都是那柔黄色的花瓣。我蹲下身，捧起一堆沁黄花粒，鼻间闻香，淡朴且怡人。

在这样的落花丛中走过，真是心有不忍。

散　　步

村上春树曾这样谈论他热爱跑步的原因，他说："首先是不需要伙伴或对手，也不需要特别的器具和装备，更不必特地赶赴某个特别的场所。只要有一双适合跑步的鞋，有一条马马虎虎的路，就可以在兴致所至时爱跑多久就跑多久。"

我特别认可并喜欢他这段话，是能够一字一句背下来的那种喜欢。很想把这段借为己用，不过不同的是，我改了一个字：散步。

散步比之跑步降低了锻炼强度，但能日复一日持之以恒地坚持下来，身体的变化也是不言而喻的。最为明显的反应是，如果哪天有事或是雨天耽搁了散步的时机，身体就会有那么一种不自在和被紧缚的感觉，像是一件重要的事没完成的那种迫切心态。就好比一个每日都要按时洗澡的人，如果哪天因遇上停水而不能洗澡，那全身的难受劲……这些微细的心理活动，唯有身在其中的人，才能有所体会。

最好的散步时间，在我觉得，应该是傍晚或刚入夜的时刻。清晨空气虽然新鲜，但周遭会过于喧嚣，我们置身的现实周围，难得有田园佳境和良田郊野的安宁，新的一天也是一切忙碌的开端，所以，那个点倒是适宜短时的晨跑。而下午更不消说了，现代人能偶尔拥有一会下午茶的时光，也算是一种好的休憩方式了。

在傍晚，当夕阳慢慢西沉，一边走一边观察天空的颜色，一点点渐变，一点点加深，从暮色初起到夜色弥漫，这一段时间，既漫长又短暂，特别珍贵。天色近晚，时常在散步的途中，停下脚步，静望暮色中的河流，街巷，房屋，黄昏下的树林，花朵，灿红夕阳下水面的倒影，大片绿色草坪里的晶莹光亮，还有河边躺椅上斜晖脉脉的深情。这些画面，远眺或近观，都是让人欣悦的开阔场景。

散步，亦如村上所言，是不必特地赶赴某个特别的场所的活动，我的散步经常是因地制宜，附近的公园，操场，偏静些的小巷，都是不错的选择。短的时候不过千米的里程，二十分钟的时间。长距离，漫无目的走得很远，甚至有时会走上好几千米，近乎三四个小时的路程。写到这里时，我想到加拿大的门罗，这位老太太就有常年散步的习惯，并且每天要走五千米。如果哪一天没有办法走那么多，她就必须在其他时间把它补回来。呵，看起来都有些强迫症的意味了。但是，一个人活着如果没有丝毫如这般坚韧的品性，那也是相当可怕的事情。

散步，是以自己的脚步拉近与世间美好的距离，在眼睛与自然万物的短暂对视和碰撞中，豁朗寻求心灵与世界持续对抗的平衡点。或换一种思维来说，在散步的时候，每个人想些什么，看到的所有，也不是极为重要，最难得的是这样一个行为过程，一个日积月累养成的习惯，赋予人的头脑与心灵的一份清醒和自省。知道哪些是自己想要的，需要无畏坚持的东西。

散步，这个词也能够看作一个象征词汇。象征的内容可任由各人发挥，

在我的意象感观中,我将它视为清淡,持久,安静的生活。瑞士的瓦尔泽有一本小说集,名叫《散步》,我因为喜欢书名而特意找来看,里面有一段细腻描写:"一会儿,在某种历险欲望的支配下,他毅然决定去散步,好让散步的双脚把他带到户外去,在湛蓝的天空和朵朵白云下,他穿过田野、森林、草地、村庄和城市,穿过河流和湖泊。"

特别是春天的时候,闲暇散步,一路闲走看花,春和景明。此为素日一大赏心悦目之事。其实,散步,不过就是走路而已。人只要活在世上,路就要一直往下走。

澄　静

据说,在云南大理有一种美食叫大理砂锅鱼,这道菜是要用大理祥云地区出产的上好砂锅,用洱海里的弓鱼或鲤鱼,再加上各种菌菇山珍与肉类干货一起熬制而成。就地取材,姑且不论厨艺,首先食材用料都非常新鲜营养,可想而知这一锅鱼汤是如何美味了。

我一直是爱吃鱼的人,平日在菜市场里挑鱼,水池里各种各样活蹦乱跳的鱼儿,极新鲜的样子,可是每次回家煮鱼,眼里看起来色香俱全的一盘鱼,吃到嘴里的滋味,总觉得不是想象中的味觉触动。撇开生态环境的自然差异不说,时常在想,如果这一餐饭是放在一个有着幽美景色,朴实宜静的地方,开放似的享用,那么这中间所有的感受一定会大有不同吧。

我清楚地知道,环境从来都能够影响人的情绪与心理,这是一个人可以经过理论与经验轻松获得的结果。毕竟,不受周围环境和事物的牵绊,完全不顾左右而行事,那份极致的淡定与镇静,人几乎是做不到的。且随着年岁渐增,心态可以逐渐平和宽待。但内心的支点却更需要来自四面八方的稳妥依托。有时,这个支点本身还会相当脆薄,需要小心呵护。

曾看过许多心灵治愈系影片,依旧只有一部最接近我的敏感触须。听过许多寄予心灵喜悦的乐曲,也只有几首能够在刹那间安抚我的声息,浅读过的诗词纷繁百种，最心悦的仍然只有那首《醉眠》中的：山静似太古，日长如小年。无它，只因为这些琐碎的心头所喜，会使人在世间的纷扰困惑中，时不时抽身而出，回归一种宁静、平和的处境。

在客栈的第二层木楼，拿出随带的简陋茶具，准备饮一道茶。这是一个奢侈的决定，也是对自己独行的奖赏。虽然水不能够达到高温，茶性难以体现。我是想尝试另一种滋味，因为只有这里，才能得到最佳的雪水冲泡的茶汤。

一切似乎都已经准备好了，正如即将发生的一场殊胜缘分。楼台的上面，有张空闲的四方形矮几，漆着深褐暗沉的色泽，最宜泡茶；还有一张陈旧的羊皮坐垫，正好可以盘腿坐于其上。饮茶之处，面对着梅里雪山万年不化的冰峰。这是之前在读的一本书中的一篇文章，与喝茶有关，与自然有关，亦与心境有关。忽然觉得，能够慢慢静下心来，在这般清和的文字间行走，穿越。高原雪山的一壁美景，一杯雪山老茶的甘香滋味，已经缓缓浸润于我的身体之内，瞬间通透和酣畅并存。

此刻。我心已澄静。

春日颂歌

去看日本艺术家草间弥生的个展，展名为：爱的一切终将永恒。我对当代艺术知之甚少，草间弥生的声名作品只是在杂志画报中有粗略知晓。当真切接触，近距离地站在她的作品面前，无法不被她强烈独具的个人气息所感染。波点南瓜，幻彩镜屋，花朵雕塑，网状细胞等一切艺术元素。夸张，浓烈，迷幻，前卫。

有一幅画的标题引起我的注意，"于轻柔的哀伤中，鲜红的唇紧闭，我流下的不是眼泪。啊，而春天已逝，春天已逝。"

如柳宗悦所言："美不是求来的，而是从不可求的地方自生的。"

蹲下身，来回在这幅画前流连徘徊了好久。是啊，世间诗意的美通常

会伴随着忧伤和惆怅的情绪。如同春逝这两个字,春是盎然的美,逝是心悸的哀。哀而美,美而不伤。这是来自每个春天稠密的赠予。于是,所有的人争相簇拥,目光热烈迎望,生怕错过些什么。这应该是人对于美好事物自发仰视的本能吧。

正值四月,春在枝头已十分。这个时节的温柔气息适时显现,是餐桌上的鲜嫩春笋、香椿、菜苔,是茶杯里的翠绿光影,更在野外那山峦田垄之上。人走在路上,脚步亦随之轻盈。在某个晴朗的晨曦或傍晚,天空的微蓝与明澈,洗礼着眼底的一片混沌,看云彩在天际间缓缓流动,始觉自然界的清朴本质还未完全被高楼大厦、车流嚣嚷所遮蔽。人在一种环境与状态中持续久了,那感觉就像是被困在真空中,很安全,稳妥,却也失去了吸纳新鲜空气的机会。对人的心灵来说,并不是一件令人长久愉悦的事。

春日不是读书天,但能在春光里读书,亦是十分安逸的事。浮躁度日,是为稻粱谋。读书写字都愈加稀乏,偶尔,再回头翻看之前写下的文字,只是不到十年,已有种隔世苍凉之感。人一生中的经历,遇见,情感都是曾经,刹那,瞬间。那个节点之上的时间过去了,就是永远地与之告别。比如当年写《春宴》的读书笔记,长长几页,寂静纯粹的叙述与解析,熟悉而陌生。以如今的笔力和心境而言何以做到呢。

庆山的新作《夏摩山谷》,拿到书后泛泛读过一遍,并未理清小说整体脉络,枝节蔓延,人物纵横交集,观点阐释,意象埋伏,书里书外所隐蔽折射的诸多佛经和哲学命题。这不是短时间粗糙阅读能够抽丝剥茧、读出多少深意的。只是,那些语境,意象,视野,感受已熟稔在心。依稀,有懂得的潜然。

"人到中年。更能明显感觉到身体新陈代谢速度放慢,体力衰落。如潮水退却露出荒凉的沙滩"。如一棵树繁花落尽,枝叶疏离,寂寥而结实的果实终究成形。如徒劳地用手掬起海水于指缝间看它流逝。

一切即是如此真实,随着时间的逐渐消逝,生活的本来面目,无法遮掩。联想起前些日子看的西班牙电影《海市蜃楼》。女主角通过一部旧电视,改变一个小男孩的命运,穿越在几个平行时空里,自己也遭遇各样人生悲喜轨迹，有重合交集，有变化延伸。物理学的平行理论和蝴蝶效应这些名词看起来不陌生，其实凡俗的我们一无所知。但有一点是确定的："人不可能两次踏进同一条河流"。人生，只能忠实安于自己做出的选择或决定，没有退路可走。

只是，人活着越来越心怀畏惧。这种畏惧源自生活里某个不确定，难以期许的顿点，既害怕孤独，又害怕相拥。既想要得到，又害怕失去。如此折腾内心，其实依旧是心的修行不够淡泊，有力。别被无数虚妄的事，未来不曾发生的事而无端惊扰，需要温暖的能量来充盈坚韧内心，日子里的一朝一夕，都要与之抗衡。好比正视一出盛大的花事，花开花又谢，凭栏叹息总归是难免的。

话说世间的春日大都相似吧，当满城春色，白色樱花开满枝丫的时刻，每朵花随风摇曳的刹那，所有一心一意的开放，都该值得赞颂。且拟题为春日颂歌，权作这一季的记录。

颜婧作品

个人简介

颜婧 广东省作家协会会员，已出版发行四本专著。教书之余，爱好读书、写作、瑜伽、旅游。天涯孤旅，是她的素描，寂静书写，是她的写真。所幸，她总能在拥挤的时间里拎出空间来行走、思考并记录。

"爸"气十足

你能想象一个"老男人"打理的家吗?

何况这个老男人的宣言豪气干云:"我经手装修的房子,刚装修是什么样子,过二十年还是什么样子。"说这话的老男人不是别人,正是我的老爸,那年高龄七十有六的老爸,高血糖、高血压和高血脂一并在身的三高老爸。

一直以来,老爸都是每天给自己注射胰岛素以控制血糖指标的。那一日,老爸因糖尿病血尿而住院治疗。吉人天相,恰逢一位全国知名的糖尿病专家在珠海中大五院会诊,一月后,老爸面色红润、步履稳健地出院了。出院三天后,中气十足的老爸立即宣布他的一个决定:在老家宜昌买一套房子,并亲自负责装修,以了叶落归根的夙愿。

当老爸拿出自己毕生积蓄的那一刻,却惊讶地发现,鳞次栉比的商品房,让他可望而不可即,面对昂贵的房价,老人家穷其一辈子的积蓄,恐怕最多只够买到一间小小的厨房或者一个卫生间。为了不让年逾古稀的老人过于沮丧和失望,我自然说服家人鼎力相助。货比三家、精挑细选后,认购了位于沿江路边国际公寓的一套新房。自此,在长达三个月的装修过程中,我的老爸当仁不让地充当了监工角色。

从不愿给别人添一丁点麻烦的老爸,婉拒了宜昌亲戚朋友的好意。他先在小区附近挑了一个廉价的小招待所作为临时栖身据点,然后一头扎入广阔的装修材料市场,开始选购材料。装修实行的是包工不包料的方式。

原材料都是老爸亲自一家家看货，订货。诸如竹地板砖、门、家具、家用电器等，皆是老爸亲力亲为。在装修中途，我老公利用出差的机会，也专程到宜昌帮老爸把把关，一起合计如何选料，一起鉴定家用电器的质量……谦逊好学的"老男人"显然参考了"中年男人"的意见，从某种意义上说，宜昌这套新房是两个男人打理出来的一处叶落归根的住所。

于是，身居南国而距宜昌千里之遥的我们，便不时接到老爸的电话。当然，大多数是关于新房装修进度的"汇报"。诸如家里的水管和电线已经全部组装完毕；天花板已经吊顶并即将刷墙；地板砖已经买回……这些，父亲都会及时电话告知。尤其是说到利用商家的元旦促销活动，买回了折价的电器，如电视机、电冰箱、洗衣机、厨房里的煤气灶和抽油烟机等等时，老爸在电话里满是自豪和得意。

万事俱备，老爸在电话里一遍遍不厌其烦地催我们：快回新家过年吧！

年前腊月廿三，我们拖家带口地赶到老爸打理的新家。小区外就是沿江公园，俨然就是珠海的情侣路，亲切感扑面而来。

一进小区门口，绿树和水景层层叠叠，正见一白发老头与小区保安聊得火热，俨然是老熟人般。我揉揉眼睛，这老农民般装束的老头不正是我家的那个"老男人"？很难想象这个居家老男人，曾经也在自己的行业内呼风唤雨。当年担任过农业局局长的他，身为高级农艺师的他，年轻时获得过国家级奖项的他，在逾古稀而近耄耋之年，如何还这般安心居家过日子？我的泪慢慢涌上来……

推开新家的门，我的心震撼了，比我们想象中强十倍还不止。我知道，新家里的点点滴滴都倾注了一位老男人的心血。

换上老爸在商场超市里精挑细选的棉拖鞋，我们迫不及待地走进家里。里面的装修简洁雅致。白色乳胶漆墙面，简单的吊顶，风格一致的木制家具，素雅的窗帘，日式木格吸顶灯，装饰和摆设低调而简洁，整体风格简约而大方。女儿还发现了一个属于她和爷爷之间的秘密：窗帘上的图案是雅致的竹，与竹地板砖相互衬映，和谐相融。只因为老爸最疼爱的孙女名

颜婧作品

字里有一个"竹"字。

老爸说，装修是门学问，也是艺术，不在于花昂贵的钱，关键是整体要协调。老爸还说，我经手装修的房子，刚装修是什么样子，过二十年还是什么样子。

因为面积不到一百平方米，本来房子的结构是两房两厅，老爸想到他的宝贝孙女得有一方属于她的空间，于是别出心裁地把入户花园改装成榻榻米，白天是茶室或者棋牌室，闲时，在这里小憩，品茗闲话。晚上降下小方桌就是日式榻榻米。右边墙上是内嵌于墙壁的书架，古朴而雅致。

眼前的茶几、沙发、餐桌、椅子，全是实木，颜色、样式回归自然。卧室里的床、梳妆台、衣柜、电脑桌也全是配套的实木，颜色和风格，浑然一体，似乎散发着来自大森林里的芳香。

阳台上的藤椅有摇的，有转的，均是老人家的挚爱。说到他最中意的藤椅，老父亲眼睛闪闪发亮，他像三岁孩童般跳上去示范起来。一会儿躺在摇椅上眯着眼微醺，一会儿坐在转椅上旋转几圈，得意之极的样子，真像《射雕英雄传》里的那个老顽童周伯通。

老爸说他快八十岁了，终于住上了自己理想的房子。这里视野开阔，江面上船只来来往往，浩瀚的江水奔涌不息。极目远眺，令人心旷神怡。关键是装修的这房子，小到一包砂浆、一个螺钉，大到一屋装饰、一房家具，都是老爸亲力亲为，他很有成就感。老爸忍不住调侃说，他现在装修上瘾了，那会儿装修时，他每天像上班一样准时，似乎又找回到了年轻时工作的情景。也是，现在房子装修一旦落下帷幕，他哪能习惯呢！老爸自我推销说：再有房子装修，继续找我当监工。

当我在宜昌过完新年，准备告别老爸的新家回南方上班时，老爸对我说："丫头，这是我此生最后做的一件令自己满意的事了。"我和老妈对视片刻，都会意地笑了。这个闲不住的老头，他自诩的"最后一件"，肯定绝非是"最后一件"。相濡以沫的家人太了解他的性格了！那是一个活一天，便想着要为家人作一天贡献的老男人；那是一位只要不是躺在病床上，便想着怎么让每一天活得有滋有味的老男人。

这"爸"气十足的老男人,总这样让我魂牵梦萦……

四月,芳菲

周末,晨曦的微光里,我赖在床上,被一阵窸窸窣窣的轻微声音吸引。这是我极为熟知的声音。是一双苍老的手与脏衣物的衣领、袖口、裤脚摩擦时发出的声音。当衣物落在那双勤劳的手上时,晨光里的寂寞就悄然逃遁了。透过那种低吟一般的声音,我感觉到母亲是处在一种对声音的刻意抑制中。

那声音极其低微,似乎是在和那一刻的晨曦对话。对话极娴熟,很难惊动那一刻还在家里床榻上散发的甜蜜而温柔的鼾声。如不像我此时这样"竖起耳朵"凝神倾听,是很难被捕捉到的。我深晓,是那双手的主人,我的母亲,怕吵醒了还在酣睡的家人而不得已发出的克制到极限的声音。

人的眼眸与耳朵总停驻在尘世里,同一屋檐下的那些经年累月的真实,往往被熟视无睹。而最熟识的空间里的那些固有的生命符号,也很容易被遗忘。但这一刻我还是在想着无数次苏醒在黎明前的母亲,还有这一刻母亲发出的微微声响。

从不睡早床的母亲,又在就着熹微的晨光,搓洗一家人昨晚换下的衣物了。这几乎是她退休后每天清晨的必修功课。这个周末,我倾听着晨光里的母亲用她的一双粗糙的手和衣物悄悄私语时,不禁潸然泪下。

母亲从来就坚持脏衣物必须手洗。其实,早在八十年代中期,家中经济稍微好转时,父亲就为家里添置了一台半自动洗衣机,荷花牌。那是购置的第一件家用电器。而后又购置了全自动的小天鹅、爱妻号。直至今天,功能齐全的西门子洗衣机也摆在了家里。家人的意愿是一致的:要彻底解放惯于"浣衣"的母亲,但母亲依然故我,置重金买回的洗衣机不顾,她认为再先进再好用的洗衣机也不如手洗干净,所以她固执地照旧手搓不误。洗衣机,对她,大多数时候只是摆设而已,最多帮助她的,不过是甩干功

顾婧作品

能。我们倘若多说了几句，她还会冲着我们大吼："机器毕竟是机器，哪有手洗得干净？要贴肉穿的，交给机器你放心呀？再说，洗衣机里洗出来的衣物不鲜亮……"

现在的人，哪有穿坏衣服的？洗衣机里洗出来的衣物不亮丽了，也非是一个绝对的事实，或许母亲意识中更相信一双手的作用。其实"旧的去，新的来"，旧时不也是这般说来着？但母亲坚决不赞同这样的观点！每次在小区散步，对人家阳台上晒出的衣物不时或有"指点"，当然不是评论款式，而是自顾自地替衣物叹息："多好的一件衣服，竟然洗成了暗色，一看，就是洗衣机洗的，唉！"女儿的同学来我家，她老人家盯着别人身上的校服瞅半天，临走，终于憋不住了："孩子，你这校服胸前、背后还算干净，回家告诉妈妈，衣领、袖口上的老渍要打肥皂手搓啊……"。确实，以洗衣为乐的母亲，甚至可以把一件脏兮兮的衣裳洗得如同新买的一样干净鲜亮，而且，母亲也总在期望着别人也会像她一样。

母亲，是一位有些微洁癖的母亲。

家里的床单、枕套、被套，她是绝对不能忍受超过一周的。每周末，她必定雷打不动给每张床换上干净的晒过太阳的床单，如果可以，她恨不得像宾馆里一样天天换床单，她说，只有床上干净了，才睡得香甜。

总在想，一个生肖属狗的女人，一个热衷于伺候脏衣物和整理厨房的女人，一个喜欢侍弄花草和蔬菜的女人，一个追"青歌赛"和"星光大道"不亦乐乎的女人，一个沉湎于和邻居老太太东家长西家短的女人……她的那些生命的基因，我究竟还有哪些没有破译？我亲爱的母亲！

母亲的天资并不聪颖，相反，熟识她的人，都知道母亲是有些迟缓拙凝的。尤其，她做事特别"磨"（"磨"乃我们家乡方言，即慢的意思），我读初中时，做事就已经比母亲快了。但母亲做事必定是最勤奋最用功的那个。据外婆说，母亲的俄语成绩总是班上第二，第一是与她无缘的，无论母亲如何努力，即使"头悬梁锥刺股"，也永远比不过班上的一名黎姓男生，每次考试，总是他第一，母亲屈居第二。而人家是几乎不费吹灰之力就永坐第一宝座，母亲呢？据外婆说，你母亲的第二，是下了苦功夫的，每天天刚蒙蒙亮,一身素洁的母亲就在屋前的一棵大枣树下记背俄语单词了……

母亲凡事认真,读书如此,家务亦然……

退休后的母亲完完全全把自己围于家中,一头扎进烦琐的家务,不仅毫无怨言,而且乐此不疲,把一个女人勤劳、贤惠和忠诚的品质发挥到了极致。我常想,我老了会不会这样?一起瑜伽的一女子戏称:"现在这个时代,还有哪个女子做家务呀?"是啊,身边女子,上班、娱乐、逛街、健身,还有谁在为一堆烦琐的家务而挣扎?

其实,母亲做的事情,请一个勤快的钟点工或保姆完全可以替代,我们也这样多次做过,但母亲注定是属于捍卫家务的女人,家里请的钟点工或保姆,只要有她在,她总能不动声色地把人家轰走。家务,俨然就是她的事业,家,俨然就是她的地盘。唯有亲历家务,那样的家,才是她寄托情感的王国,她的家务绝不允许他人侵犯。

当然,母亲做家务是有选择的。比如,她乐此不疲地手洗衣物,收拾厨房,但母亲天生不习惯站锅台,甚至害怕做饭。所以,我家如果请一个做饭的钟点工,她或许是不反对的。只是,父亲自告奋勇担当了家里厨师的角色。

一米六三的母亲,苗条依然。这或与她不贪吃有关,家人不做饭,她是绝对想不到去厨房给自己一顿饱饭,哪怕一碗面条的!

我们上班后,家里只有她一人,一天下来,她就吃一顿饭,父亲常自言自语叹息:你妈的胃病是饿出来的。母亲说,她想不起来吃,她对吃的要求低到极点,她一向反对一日三餐,她煮的白水面条,经常连鸡蛋都忘了放一个。

怪异的母亲,一个可以把家里收拾得一尘不染的母亲,却又是一个弄不出一碗像样的面条。所以,做饭是父亲的专利,都说抓住了胃就抓住了心,从小,我们都亲近父亲,对母亲,我一直是存有隐隐隔膜的。

从小到大,我与母亲几乎没有一次亲昵的谈心。"女儿是妈妈的小棉袄"在我这儿是完全行不通的。记得,小时候追问过母亲"我是怎么来到

颜婧作品

世上的?"母亲照例一番敷衍"九峰桥上捡来的。"那是家附近的一座桥,桥上人来人往,不时有叫花子抱着婴儿乞讨,我认定我曾经也是这样孤苦伶仃的婴儿,自此心里灰暗下去,认定自己就是孤女,与乡下的外婆相依为命。父亲总是长年累月出差在外,母亲带着弟弟到另一个小镇工作度日,我杂草一般长大,对母亲的依恋可有可无,我甚至记不起挽过母亲的胳膊。

与母亲也没有过一次目光交流。我与人说话,总爱四目相对,唯独和母亲交流极困难。我尝试过企图捉住她的眼神,但她总侧着头对我,嘴里有一搭没一搭的家长里短,而眼光总是落到别处,只能让我更加坚信我不是她亲生的,以致在我成长的很长一段日子里,母亲对我,似乎一直是可有可无的。

但疏于和我进行心灵沟通的母亲,与父亲相濡以沫。从我幼年一直到成人,从没见过他们吵过一次嘴,红过一次脸。母亲与世无争,婚后,我母亲与父亲琴瑟和谐,性情也不乏暴躁的父亲呵护疼爱了"迟钝柔弱"的母亲一生。和母亲迥然不同,说来头脑灵活、下海经商的小姨倒让外婆操碎了心。小姨看似泼辣精明,但小姨和姨父三天两头吵得鸡犬不宁,小姨被姨父打得鼻青脸肿回娘家搬兵也是常事。"好女不跟男斗",女人是柔弱的,怎可体力上与男人逞一时之气呢?这并非是女人在自己的男人面前无端示弱,我想母亲是深谙此理的。

后来,自己也为人妻,为人母,我开始了慢慢适应母亲和逐步理解母亲……最终,彻悟别人眼中愚钝的母亲恰是聪慧而理性的。母亲才是最智慧的女人呀!感谢母亲,给了我一个和睦温暖的家。

起床,想给母亲一个拥抱。正在客厅埋头拖地的母亲大叫:"地板还没干,别过来,走开,走开!"她摇铃似的一串话,弄得我悻悻然。看来,我老式的母亲是不要肌肤之亲这一套的,让我在心里狠狠拥抱一下我亲爱的母亲吧!

老了的母亲极爱种菜。在春天的阳台,撒下种子,不久,这些种子在南方温润的气候里,愈长愈茁壮。多少次黄昏时,母亲站在高高的阳台上,守着她精心侍弄的蔬菜,眼里看着那些正在成长的绿色生命,心里呢?我当然清楚，春风暖雨，大爱无言，母亲正默默等待着她的女儿、女婿和孙女回家来呢……

四月，芳菲。"浪花有意千重雪，桃李无言一队春。"时光重叠在母亲身上，她永远是父亲眼里第一次遇见的那个她，永远是那个在小溪边全神贯注浣衣的长辫子姑娘……

宁静之上

灵魂里有狂风阵阵呼啸而来，似鸦阵惊起的黑色翅膀，那是梦魇又一次席卷了我。

很难说人仅仅只在黑夜做梦，梦魇的突袭如小姨猝然离世的噩耗一般，不分季节，不分白天黑夜。

2012年岁末的无数个夜晚，我似睡非睡。一次次被梦魇逃遁的脚步惊醒。梦魇趁着夜色飘走，我试图看清梦魇的真面目，但很难。直到有太阳的照临，它仍是如影随形，肆意地嘲笑着我。惶惑、哀伤和惊惧，几乎无处不在，我不知道那些是不是我于亲人特有的第六感应？小姨离世的那一天，我分明闻到了死亡的气息。

2012年12月21日，玛雅传说中的世界末日。周五。冬至。广东流行这样一句俗语"冬至大过年"。办公室里，一派喜气，似乎连周围的空气都是温馨而甜甜柔柔的，形同姐妹的同事们喜笑颜开，已经在计划着晚餐，和家人一起去美美地吃一顿菊花大闸蟹了。

但我的日子里注定少了一个冬至，等到离下班还有一刻钟，我终于等不及了，拎起包直奔机场大巴，在那里，表哥表姐正等着我。昨晚我已经订好了三张机票。我们将乘坐晚上九点的飞机飞抵武汉，然后再想方设法去一个叫枝江的湖北小城，那儿不是我们的故乡，枝江，对我们是全然陌生的。但我的小姨，一个孤零零的女人，在枝江走完了她人生的最后一站。那一刻唯有一念，我要尽快赶到枝江，和客死异乡的小姨见最后一面。

颜婧作品

我们是夜里 11 点半抵达武汉白云机场的。走出机场已经是子夜,温度低到 3 度。飕飕的冷风直往脖子里钻。排队等的士的人依然不少,寒风中排了差不多一个小时的队,却最终遭遇拒载。也是,哪个的士司机,愿意深更半夜花至少三个小时去"遥远的"枝江?那一刻,在这荒郊野外的机场,我们真正感受到世界末日的来临。无奈,坐机场大巴先到武汉市内。再无其他选择了,唯有出高价,寻找重赏之下的勇夫。我们把的士费从 500 元直线提高到 1500 元,终于老天开了眼,有一位的士司机让我们上了车,司机当然不是开了眼,严格地说,是因 15 张大钞而动了心。

一路疾驰,寂然无语。第二天凌晨四点抵达枝江。早晨 8 点,殡仪馆,我们的小姨从冰柜里抬出。新买的被子掩盖着小姨单薄的身体轮廓。我想象着,一个曾经苦苦挣扎过的生命,正远离尘世而去,而小姨选择的,或是冬日里的一处宁静的山谷。

这么多亲人就眼睁睁看着我的小姨一动不动……我有些恍惚,觉得小姨没死,她就在我的身边,她只是累了,倦了,她只是想好好地睡上一觉……我甚至头脑中掠过一丝欣慰:小姨,等你休息好了,我再陪你慢慢聊天……

刚满六十的小姨是病逝的。心脏病发作的第二天演变为心肌梗死,继而不治。小姨是在枝江一家台商办的罐头厂打工,那一刻剥橘子时突然晕厥,其实系劳累过度,引起心脏病突然发作。母亲在我耳边哀哀哭诉:你的小姨,走的当天都没来得及吃早饭……那么,我亲爱的小姨是饿着肚子离开人世的?我趴在表妹的身上,心如刀绞,痛不欲生,连站立的力气都几乎丧失了……但奇怪的是,我居然一滴泪都流不出……

我像根完全失去知觉的木头,茫然伫立在小姨冰冷的身体旁。从小家人就说我的眼睛总爱下雨,这时候,怎么我就没有一滴眼泪?身边的亲人都在放声痛哭,专程从远方赶来的我却没有眼泪,甚至老妈都诧异地看着我,她知道,我自小就被小姨疼着宠着,但我真的没有流泪,我不明白自己,我怎么了?大白天,我跌进了梦里,我的梦是陈年旧梦,像舞台上的折子戏,一幕一幕,在我的脑海中打开。

小姨的一生是不幸的。由着自己个性，在近乎众叛亲离的局面下，完成了她的婚姻。最终证明，忽略了亲人此前的规劝，会导致如何艰难而复杂的后果。姨夫与小姨恋爱时轰轰烈烈，当年的小姨年轻貌美，追求者颇多，但她偏偏选中家境贫寒的姨夫。在小姨眼里，高大魁梧的姨夫不乏风度且又能干，所谓男人魅力在那一刻彻底征服了小姨。小姨那时候所经历的恋爱，正如同时代的《山楂树之恋》，他们的约会就是看电影。县城里唯一的一家电影院离外婆家有几百米。姨夫不知从哪里弄来一辆破自行车，每次姨夫请小姨看电影时，小姨总是会捎上我这个小尾巴。于是槐花飘香的柏油马路上，就会出现这样一幕：我坐在单车前面的横杠上，小姨坐在后座，搂着男朋友的腰，前面的那个小女孩兴奋得叽叽喳喳说个不停，后面的大女孩则脸上挂满了幸福的笑容。尽管家里所有人都强烈反对这桩婚事，5岁的我却很喜欢高大豪爽，还经常带我出去玩耍的姨夫。那时，姨夫不仅要讨好小姨，还要竭尽全力讨好我。但他们婚后的情形，连小小年纪的我也觉得失望，后悔没劝小姨。小姨三天两头被酗酒的姨夫痛打，有次竟然打断了肋骨住院，我彻底对姨夫绝望了，连他们家都懒得去了。

表妹、表弟相继出世，但生活在一个暴力喧嚣的家庭，充斥耳边的不是谩骂就是毒打，两个孩子幼小的心灵也难免受到伤害。脾气粗暴的姨夫身体也很快垮下来了，只能整天在家抱个药罐子，唯其粗暴的脾气还是不改，又因病痛的折磨，成天不是骂人就是打人，家里经常被弄得鸡飞狗跳，全靠小姨外出挣钱养家。

十年前姨夫因癌症病逝，撇下小姨。比之实际年龄，小姨依然年轻，相继有人给她介绍老伴，包括一位妻子早就离世的退休老镇长，也一直暗恋小姨多年，但她均一口回绝。小姨跟着儿子来珠海带孙子，但因种种原因不适应，只得含泪回老家外出打工，自谋生路。不想，一把老骨头却丢在了异乡。

小姨虽然已是花甲之年，但看上去也就五十岁左右，显得特别精干，平日里都是她担心别人，从来没想到她会和疾病联系到一块。

小姨操了一辈子心，为老公，为她的一儿一女。六十岁这年，她终于

颜婧作品

累了，厌倦了人世。她去了天国，她迫不及待地还是要去见她的那位脾气暴躁，与她打了一辈子架的老公。

生命无常，转瞬即逝的生命，总是给人类以莫名或无奈的悲伤。生命是一页随时可终止的契约，而爱情在最美的时候，却可以跨越生死极限。不知在天国里，姨夫还会带小姨踩单车、看电影吗？

推醒枕边人，我高烧般喃喃呓语。他伸出长长的手臂搂住我，在我耳边轻语："我们还活着，并且在彼此身边。"一切骤然回归宁静，我的泪水盈满眼眶，不是为死，而是为生。最终，我的泪水冲出眼眶，枕头被一圈圈洇湿……只有客厅的老钟滴答作响，似乎还在重复着那一幕幕的往事。

稍加触碰，便泪如雨下。自此，那梦魇便犹如一簇飘飞的云朵，凝聚着脆弱的情感，也饱含着苍凉的心境，我不晓得飘飞的那朵云，能否承载我哀伤的心？宁静之上，我痛彻心扉：哪怕我叫小姨叫到声嘶力竭，我的小姨也再不会回应我一声了……

记住所爱之人离开我们的这一天

印象中总有那么一幕，牧师对参加葬礼的人说："来自尘土的终要归于尘土，记住所爱之人离开我们的这一天。阿门！"

外婆离开我整整一个月了，我思念的泪水再次夺眶而出。外婆留给我的思念成了我永远的痛苦。2010年1月2日，是外婆过世的日子，我永远不会忘记！或许别人会忘记，甚至参加葬礼的人也会忘记，而我，永远不会。

确实，人总会归于尘土，对已91岁高龄的外婆来讲，寿终正寝也许只是走进天堂的一个标志，但化作一缕青烟驾鹤西去的那一刻，对她的亲人们所造成的痛苦和悲伤，是文字所不能承受的。哪怕是只言片语，也恐触及伤痛而泪流成河。这或是我一直不敢提笔去祭奠外婆的真实原因。

外婆的灵堂前摆放了许多花圈，有上百只之多，这在一个小山村里是罕见的。

参加外婆葬礼的人很多，有城里的人，也有乡下的人。除了她的女儿、女婿、孙子、孙女、侄儿、侄女、亲家等亲人和亲戚之外，还有四乡八邻的不少村民以及广播局、农业局、水电局、科委等县直机关的代表。外婆的葬礼异常隆重，做了三天三夜的道场，以超度亡灵，送外婆一路走好。当然，也开了追悼会。追悼会是文明社会追念死者的一种高级形态，为一位目不识丁的已逝农妇开追悼会，这在村里也是史无前例的。但这不仅仅是因为她的子孙们已经出人头地，更因为她在村里德高望重。大队支部书记亲自致悼词："这位老人家一生勤勤恳恳，为人仁慈厚道，亲手抚养长大与自己没有丝毫血缘的孙子，老人家堪称人间楷模！"

悼词中不止有对外婆的颂扬，也有尘世里的人对外婆的祈愿和祷告。人们是在哀痛中寻找一种寄托，当外婆的灵魂飞向天堂的那一刻，也意味着尘世里牵挂外婆的那么多人，也获得了来自一个亡灵的慰藉。因为一个终生行善积德的人于这个尘世的价值，就在于其不朽的灵魂总在感召着世人！我亲爱的外婆，我知道您是爱热闹的，且越老越爱热闹，我想您会满意这场葬礼的。正如村里其他送您的老人羡慕之余感叹的那般："能这样死也值了！"

静静地躺在棺材里的外婆神态安详，嘴角似乎还有我熟悉的笑容，即使我握着外婆冰冷的手，但幻觉依然让我觉得：外婆还没有离开我，她只是睡着了。如一片秋叶从枝头上飘落了下来，外婆只是静静地躺在大自然的怀抱里休憩。

外婆，您知道吗？我最应该感激上苍让您安详地去了天国，没有丝毫痛苦。当我乘飞机从外地赶到您的灵堂前时，亲人告诉我：那天，您自己穿戴得整整齐齐。与平常一样，吃了早饭，一边坐在火炉旁烤火，一边还在与亲人们聊天，还在慈祥地笑着。犹如平时困了打盹一样，您就那样悄然走了……外婆，这次您没有像往常一样醒来，谈笑间，您永远离开了您的儿孙们。

亲爱的外婆，我知道您的腿脚一直无力迈出院门，但就在您走的前几

颜婧作品

天，竟然精神大振，饭量大增，拄着拐杖，从村东到村西，把整个村子的人家都拜访遍了，当别人要留您吃饭时，您含笑拒绝，生怕耽误了下一家的拜访……我亲爱的外婆，我想，您是不舍乡里乡亲。就在您临走前的几天，我在电话里和您寒暄时，你还在问融融的功课怎样，还在问我的颈椎病是不是再也没有犯。当我发现您不用我专门给您捎回的西门子助听器，也能和我对答如流时，我骄傲地对我的同事宣称："我外婆身体越来越好，连耳朵也不聋了，她是要活到100岁的哟！"愚蠢的我呀，外婆，您是睿智的，一切都在您的冥冥意念中。您一生仁慈，连您的离去，也是如此仁慈。有时，我不禁想：这是不是就是做人的极致呢？

在我的人生当中，站在外婆的灵前是我最难过的一刻。因为是外婆，让我拥有了金钱都买不到的幸福。而今，这世界上最疼我的人走了！那天，天上竟然意外地飘起了雪花，那些洁白的小花朵，似乎也在寄托着哀思，赶来送外婆一程。外婆，我亲爱的外婆，不管天上人间，您的音容笑貌会永远留在我的心间……

我坚持在外婆的棺材里放一本自己写的《泪吻》，我知道您不识字，但那又有什么关系呢？书里有您的一生。

人生是一条河，外婆已渡河，停留在堤岸边。终有一天，我也要穿过河流，与她相会。那时，亲爱的外婆，我们将永不分离。

穿越几十年的重量

几度欲写这篇关于家婆的祭文，几度又因悲痛而抬不起手腕。及至今日，我原以为悲伤已趋沉淀，不曾料，未着一字而泪先奔涌。

我的家婆即我丈夫的母亲。常说的婆媳婆媳，她是婆婆，我是媳妇。

这个暑假前所未有的劳累，奔波于装修、搬家，不觉一晃就过了大半个假期，但心中一直有个念想：一定要回老家看看病重的家婆。老家来电，家婆因罕见的骨刺病而致周身疼痛，彻夜不能入眠。老公把北京和家乡的各大医院都跑遍了，医生全都束手无策，可怜家婆本就纤弱的身子只剩下皮包骨了。家人看着心痛，连吗啡都用上了，可还是止不住家婆的剧烈疼痛。冥冥中，似乎有一个巨大的引力，让我心神不宁。安顿好家里的一切，我毅然决然订下了13日的机票，我要代老公和女儿回家先探望家婆（老公此前已专程回家探望多次，此时实在抽不出身），我不想后悔，我真的有些害怕再见家婆时，已是阴阳两隔。

可我还是迟了一步。我13日晚回到我父母居住的县城，而家婆住在距离县城120千米处的乡下，等我14日上午跟跟跄跄赶到家婆身边时，她已穿好了绸缎做的寿衣，安详地躺在棺材里了。据二姐说，14日凌晨发现家婆不行时，那一刻她的身子已冰凉了。我手中的营养品、保健品、按偏方配置的药品全散落一地。我木然了长久，我不晓得什么时候开始长跪地上，泣不成声……家婆，性急的家婆呀，你还是要让你的儿媳去承受终身的遗憾。我的家婆，您那般匆忙赶去那个世界，竟然等不及见我们最后一面。

我分明记得前些天二姐还在电话里告诉我们"妈的病情好多了，这几天饭量大增，每餐能吃两碗，脸上都有血色了，看起来红光满面的，你们放心吧！"虽然那一刻我还是隐隐有些不好的预感，但我仍在顽固地以为，这次回家能好好陪家婆说说话的。哪知，这就是所谓的回光返照，您终于摆脱了病魔对你的折磨，摆脱了非常人能承受的疼痛。我坚信，操劳一生，勤勉善良的您，这一刻已经获得了解脱。抛弃了一副被病痛折磨得千疮百孔的肉身，我似乎觉得家婆已经飘飘悠悠地去了天国。

家婆就这样走了，家婆的绝活"桃花豆酱"也随之带走了，人世间，哪里还能吃得到如家婆的巧手做出的那般绝世美味？

桃花豆酱，是乡下的一种小吃，是我结识了老公后，方才知道了人世间有这样的美味！桃花豆酱，顾名思义，是在阳春三月，桃花灼灼时才动手制作的，原材料用打豆腐后滤下的豆渣，把豆渣团成一个个网球般大小的圆子，在春日下暴晒成酱色，然后密封起来，做菜时，把圆子切成细细的丝或者片甚至碎成粉状，再拌之菜油加辣椒丝，炒熟即可做菜食用了，脆香爽口，特别下饭。女儿仅用这一样小菜，就可吃下两大碗饭。

其实,家婆的种种好,何止这些?

家婆知道我的一个嗜好,特别喜欢嗑葵花子。每年春天,家婆都会在后山种一坡的向日葵,等到收获时,一颗一颗摘下籽,再精挑细选饱满籽大的,用山泉水清洗得干干净净,在烈日下晒干,然后用她精心收藏的塑料袋,里里外外包扎好,再步行数千米去镇上的邮局捎给千里之外的我们。起初,我以为是她儿子爱吃,哪知,老公连葵花子都不会嗑,我才知道,家婆从春季忙到秋季,就是因为她记住了她的大儿媳无意中说的"喜欢嗑瓜子"。

我还记得第一次随老公回家见家婆,是在一个寒冷的冬天,我们一家人围着火盆,边看电视边聊天,我正被一个电视剧情节吸引,突然,一个影子在我身前掠过,原来坐在我对面烤火的家婆发现一个火星溅在了我的羽绒服上,她情急之下,从对面扑过来帮我把溅在衣服上的火星拍掉,而自己险些掉进火盆……

家婆的丧事做得很体面,也很隆重,道士全套亡灵超度,四天四夜。在灵堂上,大姐告诉我,家婆性子刚烈,豆腐心刀子嘴,免不了与自己的子女都会吵架,每当儿女发火说气话"等你老了不管你时",她总是说"我才不稀罕你们这些不孝子,我以后老了享儿媳妇的福"。

大儿子娶了我后我们一直在千里之外的异乡打拼,小儿子倒是在距老家近的县城,可以经常照料老人。可命运多舛,小弟当时新娶的妻子,不幸因车祸意外身亡,我作为她老人家此刻唯一的儿媳,却也没让她享什么福。她一直在家乡帮小弟带前妻生下的孙女,从嗷嗷待哺的婴儿就独自抚养,含辛茹苦。带大了自己的五个孩子,风烛残年还要带儿子的孩子,这就是伟大的母亲。听姐姐们说,她临走的几天嘴里念叨的全是她的小儿子,她最不放心的也是她的小儿子。而我老公和我,她临走的前一天对大姐说她最放心的就是我们,而"最放心的我们"在家婆病重时连一杯水都没给她递到,每想到这,我就心如刀绞……

家婆曾来我这里住过两次,每次都是来回坐飞机,每次她都要在村里显摆。第一次,她和家公一起来的,住了半年,其乐融融。第二次,她和家公带了小孙女过来玩，仍是其乐融融。都说，婆媳难处，不知是前世修来的母女缘，还是距离产生美，我和家婆，不管是同处一屋还是相距千里之遥，所幸，都是和和美美，彼此关切。

忆家婆，点点滴滴皆温暖。家婆终于坦然走完了她的人生旅程。现在，我们为您书写的五镶碑，已经竖立在您的坟前，碑上的铭文是对家婆刻骨铭心的怀念。这儿是您熟悉的故土，在这儿可以仰望苍天，也可以守着大地。一块墓碑，一抔黄土，我的家婆永远地走了。

家婆，请原谅，在您的面前，你的儿媳，为那番不能复制的慈母恩情而深深失落，也为曾经飞扬的笔墨在这一刻的笨拙而愧疚不安。我该如何用一篇迟到的祭文去追念我的家婆？我又如何能在这篇文字中穷尽您几十年饱尝的苦辣酸甜？坟前，神情恍惚的老公泣不成声："再也没有妈的疼爱了。"其实，家婆，他犯傻了！您知道的，我和您的秘密，将穿越几十年的重量，伴我余生……

原味生活

1. 那条路

这是一座移民城市，地处海边。其不光拥有海滨城市特有的风光，还有花园一般的市容。

爱上这座花园之城，漫步在被浓荫覆盖、繁花点缀的街道上，每分每秒都在感受着大自然的鲜活。而生活的舒适度和文化的多元性，总带给我无穷无尽的欣喜和灵感……怪不得有人说珠海的美，是从骨子里透出来的。

城市的边缘有一条靠近大海的路，这条路沿着海边蜿蜒延伸，把大海和城市的姿色左拥右揽，形成了一种特有的浪漫风情。于是，由这条长长的情侣路而赋予了这座城市"浪漫之城"的美誉。如果把城市比作一幅画卷，那么情侣路一定是画上最为曼妙的一笔。

情侣路是这座城市最让我心动的地方。青山碧海之间筑起那条悠长的路，谁置身其中，不是三分诗意，六分痴情，外加一分迷离？漫步在长长的情侣路上，倾听着椰风海韵的娓娓诉说，耳畔不时传来海鸥快乐的鸣叫……我不禁幸福地闭上了眼睛，我为自己曾经的选择而庆幸。

对这条路是情有独钟，十多年弹指一逝，但那种爱，不淡，亦浓！这些年里，亲见山海之间这条浪漫之路不断延展，至如今几乎覆盖了市区所有的海岸线。漫步海边，总感觉周围的一切都被海水温柔地滋润着，让任何紧绷的神经都能舒展开来，让所有的步伐都似云中悠然自在的漫步。在那儿，整个身心好似都只属于爱情，那里的确是一个适合浪漫的地方。它是如此的悠远绵长，长得足以让情侣们牵手从日出走到日落，从情窦初开走到白发苍苍。

情侣路上有一大片"大使林"。当年来自全世界各国的大使们在海边亲手植下棕榈树，见证了不同肤色的人们对友谊和美好环境的祝福。如今高大的棕榈树的叶片在海风中哗哗作响，树与风的阵阵呢喃，是在悄悄耳语"大使林"里藏有一个浪漫之城的海誓山盟？这里没有国界，没有心篱。只求相识相惜之缘，一任白云飞渡，用沧海变桑田的神话，去演绎一座人间天堂。

2. 那辆车

情侣路上悄然屹立的"海天驿站"算是"云端日子"的美丽发端。

沿着海岸线的红色塑胶单车道，就是自行车温馨的家园。开车上下班十几年了，终于决定弃彼车而用此车。

踩着久违的单车，迎着海风，在晨曦里让我的长发在情侣路上飘扬，以此来享受这天赐的云端日子。在堵车已是家常便饭的都市，举步维艰的行车尴尬，原来只是用一辆简单的自行车便能迎刃而解。这藏在喧嚣闹市里的自得其乐，便有一种"若往事如昔"的情怀袭来，脚下那条通向远方的路，也更觉悠远绵长了。

美好总是如期而至，但那也只是在一个普通的周末，静悄悄的清晨，踩着单车，吹着海风，海风吹走了尘世里的寂寞和孤独，那该是怎样的一种惬意，才能感应这红色小径和我的单车的窃窃私语？那刻是上苍所赐的恩典，恍若在天地间自由驰骋，亦似乎感觉一枚幸运星降临。

上帝赐给我们身体和智慧，也赐给我们不短不长的旅程，还有最终的归宿。但万能的上帝终究不能主宰我们自己选择生活的方式。其实，上帝不是主宰，自己才是自己的上帝，上帝只是个忠于职守的看门人，滚滚红尘里，学会听从自己的心音才是最重要的。

在海边一住十几年，每天心无旁骛地开车上班下班，多少次忽略了车窗外的美丽风景？而当我和我的单车，一路骑将过来，那份惬意和畅快，脸颊上滴滴的汗水，已经在告诉我生命的另一种意义了！

当然不必去惦念属于你的清晨，属于你的单车，属于你的红色小径。人生中经过的一个又一个驿站，是不是藏着多少年前我们生命中的密码？而一旦天时地利相和，自然一一破译？

3.那些花

栖身的这座城给我的最真切的欢欣，来自南国的花。

春天，磊落潇洒的木棉花，深秋，凌枝吐艳的紫荆花，无论季节如何轮回，那一朵朵竞放的花儿，那一抹抹花儿的嫣红，总留驻在我的心头。我虽没有黛玉葬花那般的悲悯情怀，但亦不愿染上像席慕蓉那般的落寞诗情：当你终于无视地走过，在你身后，落了一地的，那不是花瓣，是我凋零的心……

当家乡四季分明的小镇已是桃花灼灼时，珠海大街小巷的木棉也似在一夜之间炸开了。

木棉花还有一个非常匹配的别名，英雄花。花如其名，开得阳刚而热烈，全无柔花儿的娇嫩，木棉花与桃花一样是先开花后长叶。在珠海看木棉最好的去处是兰埔东桂花路，路两旁全是高大挺拔的木棉树，在近乎干

颜婧作品

枯的虬枝上绽出火红的花朵，初见之下，会有震撼的感觉。

木棉花有五瓣，凝视着枝头火红的五瓣花，我常常暗自应景，杜撰成说：第一瓣应叫爱，第二瓣叫真，第三瓣叫悲，第四瓣叫壮，最后一瓣叫从容，五瓣先后舒展，血肉相连。每片花瓣底端都有最后一滴血，因为对木棉花来说，美是痛，爱是折磨，木棉花的从容来自曾经历的创痛。

被枝头擎起的木棉花朵朵殷红如血，犹似古希腊盗火英雄普罗米修斯手中高擎的火炬。一阵风拂过，木棉花毅然决然飘落枝头，绝不犹豫。然后倔强得如一红色毽子般：你踢吧，踢吧，我面不改色，明年春天我又会傲立枝头，笑傲春风……

本已是秋风萧瑟、满目凋零时节，凝红藏艳的紫荆花却在珠海满城飞舞。看紫荆最好的去处当然是珠海紫荆路，那一处因紫荆花繁茂，又叫紫荆园。

紫荆花横开春秋，即使凋谢，也如木棉般面不改色，迥然不同的是，紫荆却柔美得多，温婉得多，宛如一清而不寒、秀而不媚的女子，令人怦然心动，那花朵如一只只翩翩欲飞的紫蝴蝶，在枝头笑迎秋风……

当紫荆花随风飞去时，仍然是她灿烂之时。那些生命力依然蓬勃的花朵，带着生命的芬芳，愉悦而满足地凌空飞舞，那种无比璀璨、无比壮美的自然景色，远远胜过了影片中的那些人工打造的花瓣雨……如恰好紫荆树下停着小轿车，顷刻间，这车便荣幸地、意外地被紫荆花装饰成了美丽的花车，只待发动马达，即可去接美丽的新娘了。

木棉花、紫荆花，都是这座城市永远的精魂。木棉花、紫荆花，我心中永远的花。我的生活，因了花的芬芳而生动。花开花落，亦见证了一个小女子的浪漫情怀。

4. 那浇花姑娘

远离土地，居住在楼层上的人，阳台或许就是你的乡野。那里，只要你用心经营，也会闻到来自故乡的泥土气息和田园味道。

清晨，我的快乐来自阳台上那个青绿得近乎透明的小瓜。你不能想象，它其实就是我们吃完香瓜后顺手丢在花盆里的种子，发不发芽看它的运气，活不活却在天意，之后，日子总会给我们一份惊喜。

阳台上也撒了辣椒籽，没想吃辣椒，这南方高热的气候实在不宜吃这辛辣的东西，只为长成一棵棵辣椒树，让那小灯笼般的鲜红，点亮城市里的那些迷茫的眼睛。

家里的"浇花姑娘"正给花儿们喷洒"琼脂玉露"。这个暑假，女儿是最闲适的。中考完，不再有暑假作业，她闲适到"放浪形骸"。成天，除了睡到自然醒，就是在网上冲浪、会朋友。我们也睁一只眼闭一只眼，由她放松。但唯一嘱咐她不可懈怠的事情是，给前阳台的花儿和后阳台的蔬菜浇水。女儿乐颠颠地忠实执行着，每天雷打不动地做个乐此不疲的浇花姑娘。她自己打趣，既愉悦了性情，又缓解了眼部疲劳。

时值盛夏，阳台上的植物正是绿肥红瘦，一片葱绿。唯有勒杜鹃似乎很领略女儿的心思，看在女儿每天浇水的份上，勒杜鹃在枝头绽出了紫红的三角形的花朵。这让浇花姑娘雀跃不已。后阳台的辣椒、西红柿、茄子也在女儿洒下的"琼脂玉露"下，鼓着腮帮，比着劲儿长大，煞是喜人。女儿每天都有令人欣喜的发现，小西红柿已经红红彤彤，辣椒已经侧面朝天，茄子越发紫啦……

今夜，我站在阳台前的花丛下，顿觉一丝黯然。亲爱的花儿，明天就将由我来给你们浇水了，你们的浇花姑娘，已去学校住宿了，一周后才能回来侍候你们呢……

也许，最想念女儿的是这些沉默不语的花儿吧！

5. 那份静谧，那杯茶

对我，寂寞几乎是与生俱来的。寂寞，当然也是不存在你情我愿的。

其实很多时候都想把自己藏匿起来，或者逃逸。只想贪婪地享用自己独处的那时那刻，那片空间。

颜婧作品

事实上,由于我的工作性质,想要自己独处简直是痴心妄想。"起得比鸡早"的我,到校后,充斥耳膜的是孩子们永远的嬉闹声,当然还有令人欢愉的琅琅书声……黄昏降临,孩子们作鸟雀散去,校园复归宁静,同事们先后走出校园,然后走进菜市场、超市,或者是接孩子回家的路上……

于是,独属于我的寂寞姗姗而来。

这一刻,校园里空无一人,我理解,那是一种被静谧和美好包围的寂寞时光,那种时光于我是一种特别的享用。我几乎是欣喜地期盼着这一刻的来临,那是如期而至的寂寞,而与此同时,我所爱的书,我爱的歌,也如期而至,以充盈我的寂寞时光。我深深地感激这一刻寂寞对我的眷顾。它让我这片刻对我的书、我的歌爱得那样随心所欲……

这一刻,源自内心的反省和深思,忧愁和欢愉,淡淡地纷至沓来……时光挥散,似是而非的斑驳人生,在不经意间也挥散着往昔的美好,当然还有浅白的无聊。人人都说似水流年,我却在春花秋月的诗句中若无其事地寻觅答案。最终,在起起落落、跌跌撞撞中,倒也找到了平静和坦然。寂寞的时候,人的思想会变得深邃,人的目光会穿透邈远的前方。这是寂寞赋予人的一种特质,只是非人人都能拥有。有时,我索性把寂寞当作一壶琼浆,独自在月白风清之日慢慢啜饮。

总喜欢在静夜里亮一盏橘红的灯,凭窗静坐,品一杯沉香静泛的佳茗。听窗外清风絮语,吐一腔心绪于洁白的笺纸。

闲品佳茗,缘自周作人的小品文《吃茶》。记得当时读来就让我怦然心动:"喝茶当于瓦屋纸窗下,清泉绿茶,用素雅的陶瓷茶具,同二、三人共饮,得半日之闲可抵十年尘梦。"知堂老人由"半日之闲"到"十年尘梦",这已是禅悟的境界了!而这一悟,得之于茶。在袅袅茶香中,我作为凡俗愚钝之人,在品茗之余,也以自己的感知去体味禅的精妙:人生如茶,茶之吸引人处,正在它能让人宁静心安,让人于浮躁喧嚣的尘世之中,寻觅心灵的栖息之所。人生也当如茶,淡定自若,如茶叶般在沸水中云舒云卷。何况,生活中有如茶的清香,也有淡淡的苦涩,初尝苦涩,回味起来,又有无穷的韵味……

品茶跟瑜伽一样，让我的心渐渐沉静平和。夜静风清，满室茶香。生活如秋日长空，乾坤容我静，名利任人忙，而心境，恰如拂去尘埃的流水……

寂寞里，一杯清茶，就有了一种精神的沐浴，一种心境的浇灌。茶如人性，百茶百味。普洱厚重，龙井香洌，毛尖色翠，碧螺春色香皆具……

品茶要慢，有如外柔内刚的太极，宜心静神宁，宠辱不惊。只要胸中有日月，清茶自然品到真。"人生不如意事十之八九"，红尘熙熙攘攘，人事忙忙碌碌，苦乐参合的人生之路，如同品茶，喜怒哀乐、贫穷富贵、伟大平凡，这些都是生活的馈赠，细品一番总有收获。

"世事洞明皆学问，人情练达即文章"。朋友，得闲了请静坐下来，我以一杯清茶相邀，顺便品品自己的人生成色。那时候，让我们邀清风明月，跟心灵碰杯。

瑛子作品

个人简介

瑛子（心语嫣然），本名龚海瑛，广州市广视旅行社总经理。事业成功的时代女性，"红袖添香"签约作者，湖北省文联协会成员，出版过个人专辑《假如还能再爱你》《一路上有你》《爱在世间轮回》《心灵之灯》《啼血的母爱》。发表文章二百多篇，本平台特邀作家。

浅喜、深爱

1. 离别

不想让太多的朋友送行,因为我知道,每次离别时,娘总会号啕地哭泣,总是在转身之后给娘留下更多的伤痕。

原本的我,并不是他们想象中那么坚强,我害怕离别时的伤楚,更不想看到娘那张布满泪痕的脸,可每次离别时,总能让我体会到一种揪心的痛,娘亲哭泣的表情和父亲木讷的表情,是悬在我心头的剑,一刀一刀细细地磨砺着,痛并酸楚着。

戴上墨镜掩饰自己的失态,泪水却依然悄然而下。他默默地开车,轻言细语地安慰着,我假装坚强,拒绝将自己脆弱的一面留给曾经爱过我的人。

这是有生以来,第一次在他面前哭泣,他有点惊诧,他说我不像那种多愁善感的女人,他提到他的母亲,一个最爱他的人,一个永远离开他的人,他说我是幸福的,至少我还能抱着娘亲哭泣,至少我还可以在父母面前撒娇,而他却不行。

我笑了,泪水一边流着、一边酸楚地笑着,如果这也算幸福,我还有什么好悲哀?也许我所得到的,却是别人所羡慕的,知足常乐,换一个位置思考,痛苦也会变成快乐,那一刻我放下一腔的伤感,闭上眼欣赏音乐,怀念起那个曾经给予我温暖的怀抱。

送别时没有伤感，轻轻地挥一下手，浅浅地一笑，戏言今生欠下的情，往后的日子慢慢偿还，欢迎来南方做客，尽地方之谊，一声珍重已尽在不言中。

候车室旁边一对父女送别，父亲声音哽咽了，女儿在一边哭泣，我在一边假装没看见，墨镜下的泪水却悄然无声流下，讨厌这种离别的画面，原来伤感的人不是我一个。父母年迈，娘亲苍白的头发是我心头永远放不下的牵挂。这样的送别今生还要面对多少次，虽然痛，却幸福着。

2. 温暖

早上七点接到他的电话，问我几时到站，我睡意模糊中，说了一声"你真烦，睡醒了再通知你。"挂了电话，继续睡觉。手机传来短信提示音，怕有业务联系，不敢松懈立马打开手机。"到站后给我电话，我在停车场等你，火车上要吃点早餐。"一点睡意全让他吵醒了，有点火，回信息"你烦不烦，怎么像我爸一样啰唆。"他回道"这个世界上，只有我和你爸一样爱你，你继续睡吧，别感冒了。"看到信息的时候，那一刻我偷偷地笑了，笑得有点灿烂。

见到我的时候，他笑了，笑得像个孩子一般天真，他戏言我像个盲流，一头凌乱的短发、一条花裤、一副墨镜面无表情地拖着大大的行李箱，站在马路边。那一刻我却想哭，亲爱的，我又带着一身的疲惫回来了。

回到家中，看着狗狗的那一刻，心里顿时觉得温暖起来，它吻湿了我的脸，它的热情毫无保留地呈现出来，回家第一件事，就是看看我的花儿，所幸这次托付对了人，邻居细心地帮我打理花草，才不至像以前那样，每次出差回来，总有花儿枯萎离去，留下惋惜。

虽然早上碧莲搞过卫生，阳台上却还有狗狗的尿味，厨房一片狼藉，居然找出死老鼠的遗体，原本没食欲的我，胃里一阵阵难受，他找出我的睡衣，让我洗漱后休息片刻，躺在沙发上，看着他忙碌地做卫生，心里有

瑛子作品

一丝感动，轻轻地吻了一下他满是汗水的脸膛，却换来一个紧紧的拥抱。看着这个被我欺侮二十多年的男人，心里居然有一丝歉意。

3. 乡愁

打开音乐，泡上一壶香茶，看着手机的相片，感慨万千。你笑岁月偷走了我们的天真，我叹岁月如梭改变了我们的容颜，一声声叹息中回忆年少轻狂的我们，那个时候的青涩与朦胧，却是这辈子最值得回忆的青春。

你说当年我是第一个伤害你的人，因为年少时的你，有英俊的外表，有高大威猛的身材，是无数少女心里的白马王子，我却拒绝了你，我笑了，笑中却有一丝苦涩，其实那个时候，我也曾经有过朦胧的好感，只是，当年我们有一个约定，我们这个圈子中，不能产生恋情，否则退出，我为了守住这个约定，拒绝的人不是你一个。

他说我曾经是他爱过的人，也是因为约定而放弃，另一个同学居然说，在学校就一直暗恋我，看到身边的哥们都有这样的心思，他不敢表白，他这一说，我们全部笑翻了，真话也好，善意的玩笑也好，谁都有年轻的时候，只是那份感情真的纯得像一张白纸。年轻真好，回忆似蜜，如今想找到那份真情还真不容易。

姐妹说，谁让你年轻时是万人迷，如果不这样约定，说不定要搞疯几个，当年五个女孩子中，没有一个没离婚的，五个男孩子中，没有一个是换了老婆的，我们戏言，如果当初没有这个约定，可能我们今天这帮人中，肯定有几对成为夫妻。我们还在假设，谁和谁在一起会离婚，谁和谁在一起不会分开，我们在一起回忆往事，我们笑了，为年少轻狂时的往事而干杯，那个时候，我们纯得像张白纸，谁也不愿意轻易写下斑痕，那个时候真美，虽然贫穷，但是，我们是快乐的，也是疯狂的，每天从这条街游荡在另一条小巷，我们都没有跨越约定，只到我们各自成家立业，这一别就是三十多年。

我们疯狂着,用歌声发泄我们内心的感叹,十多个旧友,我们醉了一地,也吐了一地,在的士高的舞曲中,舞动着早已僵硬的身躯,仿佛想在那一刻找回自己,找回远逝的青春。

青春已逝,脚步渐行渐远,唯有友情依然还在。

4. 浅喜、深爱

你说我们几个姐妹好好聊一下,我答应了你,只要在不喝酒的情况下,我一定陪你,实在是这几天喝得太多,有点伤胃。看着久别三十多年的姐妹,我的心却变得酸楚起来,你依然还是少年时的言行,岁月虽然给了你太多的磨难,却没有带走你的风趣。

看到你年仅六岁的女儿,我戏言你梅开三度终于找到最终的幸福,像我们这个年龄都是外婆级的人物,你却一边当上外婆一边还在承担起教育幼女的重担,我说你幸福吗?将你第三任老公的相片共赏一下。

你说四十多年才出一个精品,不能轻易示众,你说万一我看中了,你又要继续寻找新的精品,现在年龄大了,残花败柳的模样很难有往日的斗志,你说的时候,我笑了,笑过之后,我又在为你担忧,你是否真的过得幸福,其实我清楚,你只是和往日一样好胜,喜欢伪装自己的坚强。

你说嫁人了吗?我说,不嫁。爱上就在一起,嫁与不嫁全凭自己欢喜。有些人,嫁了不如不嫁,有些人,值得一生相守,我喜欢他捧我在手中的感觉,不想做他平淡的妻,让他看尽我骨子里的惰性。我说的时候,忽然想起张爱玲的一句话"遇到他,变得很低、很低,低到尘埃里,但心里是喜欢的,像是从尘埃里开出花来。"我想,我们都曾经做过那种低到尘埃里的花。

你说寂寞吗?我笑了,有爱的女人会寂寞吗?你说幸福吗?我说至少现在是幸福的,他当我是手心的宝,她笑了,她说从你脸上我就看到你的幸福,只有幸福的女人才会有的自信,她说年轻时你就是我们中间最出色的一个,如今还是,看来长得漂亮还是一件好事,我说,你错了,再

瑛子作品

漂亮的女人也有容颜苍老的一天，只有自强不息的女人，才会得到男人的尊重。

年轻时，我们害怕寂寞，在现实生活中，承受一次又一次的伤害，记得那个时候，他总是在伤了我之后，还握着手说爱我，在一次又一次原谅之中，周而复始的争吵生活，耗尽了所有的激情，磨平了所有的锐角，终于在遍体鳞伤之后学会了拒绝，习惯了一个人的生活，哪怕寂寞，也觉得是幸福。

分别时，你说人生已过一半，各自珍惜，多点联系，我说："许多心情，周而复始，浅喜、深爱，微笑面对人生，喜而不露，忧而不悲，痛苦与幸福只是一念之差，心态决定一切，只希望那些我爱过和爱过我的人，岁月静好，一生平安。"

终于明白，谁也不是谁的谁，自己的幸福还需自己用心打拼，累也好，苦也罢，再奋斗几年就功成身退，回到老家安享晚年，如有机会，每年春节争取相聚一次，别让岁月带走我们仅有的一点天真。

你若安好，便是晴天。

纵使人生多荒凉，也要内心繁华

整理电脑时，发现这篇文章，心里太多感叹，那个时候，每次回家都有娘亲的唠叨，那个时候，每次回家都会和几个老友相聚，如今时过境迁，娘在天国，我在他乡，几个姐妹相聚的时候少之又少，唯有旧文偶尔还能让我回忆起过去。

不同时段的心态都用文字记录下来，当有一天自己老了，还能从容地回忆过去美好的时光，用时光煮雨，用岁月高歌，何尝不也是一种积极向上的心态。

纵使人生多荒凉，也要内心繁华。

——题记

1. 心态决定一切

天凉了，树叶黄了，每年这个时日是岭南最舒适的季节，不温不冷，天干气爽。晨起，遛狗散步进入花园，阵阵桂花香味扑鼻而来，泥土的芳香、小草青翠沾有露水，一日之计在于晨，晨起，人们总是匆忙的，总是忘记停下脚步，欣赏身边的美景，每当走在熙来攘往的人流中，看着路人行色匆匆，总有一种莫名的感动与思索在心底里涌动。

为了生活，多少人忙碌奔波中，人生这趟旅程之上，每个人都在行色匆匆，你我何尝不是如此，每个人都在很努力，每个人都在竭力为自己找寻一条更为明朗通透的路，纵然披星戴月，风霜其奈何，纵然你追我赶，尽力便无悔。

有人说"天道酬勤"，我始终相信，付出总有回报，有时候回报不会立马见效，但是，只要付出了，你才会有一丝希望。相信，活到一定岁数的人，都会有所领悟，其实，人生真正的富裕，就在于内心，人生真正的成功，就在于内心的繁华与绚丽。

曾经有人说过"人活一世，可以贫穷，可以不博学，但绝不能精神萎靡颓废，绝不能内心空洞无物。"我也算是一个有理想的人，虽然理想很丰满，现实很骨感，虽然经历过无数次人生的苦难，我依然还能笑对人生，坦然接受生活给予的苦难。至少在这方面，我还是佩服我自己的，再大的压力，我也会释然，得之我幸，失之我叹，从不太在意太多得失。

2. 你好！美丽十月

一直认为，一个内心装有万水千山的人，绝对胜过一个家财万贵的人，因为表面的财富就好似草上霜花间露，阳光照射过来，就会如浮云散，而内心的繁华胜过一切。在生活中学会成长，在困难中学会坚强，在逆境中学会向上。无论多么繁忙，我都是给自己一个假期，背上行囊，踏上远方，

瑛子作品

只为寻找更美的风景，只为发现全新的自己。

我们曾如此渴望命运的波澜，到最后才发现，人生最曼妙的风景，竟是内心的淡定和从容。我们曾如此期盼外界的认可，到最后才知道，世界是自己的，与他人毫无关系，自己过得好不好，如人饮水，冷暖自知，不必太在意别人眼中的我，做一个令自己满意、令家人舒服、让朋友觉得值得深交的人就可以了。再多的赞誉还不如内心的舒坦，做人越简单越好，有一天当你老了，回忆过去，你会发现，一切不过是过眼云烟，尘归尘，土归土，最终还是一场空，功过自有后人评说。

我们曾经如此追捧外表的光鲜，到后来才懂得，真正的奢华与亮丽，竟是源自内心的快乐与幸福；我们曾经如此追求表面的富裕，到后来才明白，真正供养生命的东西，是思想，是精神，是灵魂，是内心的繁花似锦。

3. 秋天，于我所言，是一个伤感的季节

一个我最尊重的老人家离世，得知消息时，我是伤感的，泪水一下夺眶而出，他一直与病魔斗争了十几年，这十多年来，每周三次透析，老人家一辈子枪林弹雨走过，什么样的苦都吃过，从未见过他流下一滴泪，当我到医院探望他时，满脸的沧桑，眼眶中满是疲惫，他一脸无助地对我说："孩子，人到七十知天命，我知足了，我如今已是近九十岁的人了，我的人生无悔，与其毫无生活质量地苟活，不如放手让我走，也许是一种解脱。"

爷爷说的时候，我读懂了他的无助，可对于子女来说，没有一个子女愿意放弃治疗，明明知道是徒劳的挽留，却依然要坚持到最后，中华文明上下五千年的儒家思想，教育我们为人子女，必须要孝敬父母，善待他人，任何一个生命都值得尊重，我们怎么能忍心看着给予我们生命的父母，放弃治疗结束生命。

然而，上苍并不会因为我们的挽留，而怜惜爷爷，他还是离开了我们，值得欣慰的是，他走的时候，十分的安详，那一刻没有痛苦，在睡梦中离去，他再也听不到我们的哭泣。他只是临终前告诉子女，不要惊扰太多人，

不收任何礼金，一切从简，正如他的人生，一辈子都是在付出，一辈子都在感恩，他是正直、憨厚的一生，他的整个生命是在奉献，一个老党员留给我们后辈对生命的认知，让我们明白，生命，说到底，其实就是一场找寻，而人生，就是一个找寻自己的过程。

人生苦短，岁月蹉跎，我们每个人的上半程都是在寻寻觅觅中度过，于像雾像雨又像风的景致里刻画自己，时而迷入荒径，时而跌入崖畔；我们人生的下半程，又在顾盼回首中找寻遗落于前尘旧梦里的自我，不厌其烦地打捞泛了黄的记忆。待我们已读懂了人生，已过不惑之年，除了感慨，只能是一声叹息。

秋天于我而言，是一个伤感的季节，娘亲也是在金秋十月离我而去，胸口隐隐约约的痛苦，如抽丝般撕裂我脆弱的心，每每想到娘亲，想到那些远逝的亲人，酸楚的泪水总是在不知不觉中，夺眶而出。

纵使人生多荒凉，也要内心繁华。

人生是一本厚重的书，有些章节，没有主角，只因迷失了自我；有些章节，没有内容，只因埋没了自己；有些故事，没有悬念，只因精神贫乏内心空乏。我们力争做到人生无悔，不记恨任何人，学会感恩，学会回报社会。

心态决定一切，有一个向上的心态何其重要，众生芸芸，尘世间走一回，真的要有不老的激情，要有不灭的信念，当你能以充盈内心成为一种习惯，成为一种追求，就会发现，原来生活可以如此美好而诗意，世界可以如此辽阔而旷远。一时的风雨又算什么，谁的人生是一帆风顺，经历了风雨才会更加珍惜今天的不易，经历了生离死别，才会更加懂得珍惜眼前人。

一位友人说过，漫漫人生，透着苍凉，却也含着沉香。红尘世间，写着沧桑，却也充盈温暖与感动。始终要相信，当你的内心富足灿烂，当你的精神饱满明媚，你的思想、你的灵魂必然高贵而神圣。我欣赏她的人生，淡然处之，平静如水。

我本无所求，只求一个删繁就简、心中有景的人生。如若可以，生如

瑛子作品

夏花之绚烂，去如秋叶之静美，就是我心之所向的最高境界，人生不求大富大贵，只求平淡从容，因为懂得，所以才珍惜，纵使人生多荒凉，也要内心繁华。

啼血的母亲

如果还有下辈子，母亲，请你做我的孩子。

有人说过，这世界上最无私的爱就是母爱，因为，青春会逝去；爱情会枯萎；友谊的绿叶也会凋零。而一个母亲的爱，却是无法用任何爱与它相比，从她做母亲的那一刻开始，直到她的生命结束，这份爱会一直伴随孩子一生一世。

——题记

心结被打开，我有一种如释重负的感觉，那一刻我泪水纷飞，我想对母亲说："如果真有三世轮回，下辈子请你做我的女儿吧！"

我的性格和娘亲太相似，我们都是那种刀子嘴豆腐心的人，我们娘俩可能真的是前世有冤、今世有仇的那一种母女，到一起就会像火星撞地球，曾经有过一些日子，我对母亲非常的恨，恨她的无理取闹、恨她的口无遮拦，恨她的动粗，直到有一天母亲在电话中失声痛哭时，我才醒悟，母亲一直是爱我的，只是她爱的方式与众不同，她强悍的背后，也布满了全部的爱。

小时候因为顽皮逃学，母亲将我绑起来抽打，那个时候我特别恨她，恨她的同时，特别羡慕同学的妈妈能在她们孩子犯错时，轻言细语地讲道理，而我的母亲除了打骂之外，仿佛没有其他更好的教育方式。哥哥一直比我乖巧、懂事，自己考上大学当上国家干部，哥哥在母亲眼中是她的骄傲，加上哥哥一直在外地工作，母亲对哥哥就会多一份牵挂与溺爱。而我从小就是那种非常叛逆的孩子，越是打我，越是倔强，母亲逢人就夸哥哥争气、懂事,每每提到我时,就是一副不开心的表情,仿佛我不是她亲生的孩子一样,于是,对母亲从小就有了一种敌对态度。

弟弟十岁时夭折,母亲一夜之间仿佛崩溃,有点神经错乱,半夜三更抱起棉被跑到弟弟墓前痛哭流涕。父亲一夜之间白了头发,那一年我刚读高一,看着好好的一个幸福之家,就这样流离失所,我选择了休学,一边上班一边照顾父母,那一年我才十四岁。

弟弟的意外夭折对妈妈是一个好大的打击,妈妈变得脾气暴躁,口无遮拦,每次只要她不开心时,妈妈总是骂我克死了弟弟,总是说家里死错了人,怎么老天不将我带走。每次看到她凶狠的眼神,我的心就在颤抖、害怕,父亲总是无奈地看着她,一边又轻言细语地安慰我,让我忍一忍,说时间可以淡忘伤痛,相信时间久了,妈妈的病情就会好一点。

因哥哥一直在外地工作,加上哥哥成家后,也在外地安居乐业,为了方便照顾父母,我结婚后就在娘家生活。我刚生下孩子时,母亲因一点小事,与我争吵,一怒之下将我们赶出家门,那个时候我特别恨她,恨她无情,恨她冷漠,想到自己为这个家付出太多,不管自己多么努力,永远都得不到母亲的认可。我也哭过,也发誓过,从此不再回到娘家,不再与母亲来往,可时间久了,看到母亲托人送来的奶粉,我又原谅她。

记得那个流年,因工厂倒闭,婚姻破裂,仿佛什么事都不顺心,心情也坏到极点。母亲接了一个档口,一边买点日用品,一边晚上做点风味小吃,我也在一家歌舞厅当上主持人,白天不上班时,我要帮母亲料理家中的事物,晚上还要在下班的时候帮她打理档口生意,有时候忙到深夜两、三点才回家。

看到我下班了,母亲才可以坐下来休息一会,她和隔壁档口的肥姐聊天。肥姐对母亲说:"老板娘,真羡慕你,还是生女儿好,你看看你女儿多孝顺,下班回来还要帮你料理档口,你老是说你儿子能干、孝顺,怎么没看到你儿子回来帮你。"妈妈大大咧咧地说:"她怎么能和我儿子比,我儿子是做官的儿子,她只是一个离婚又下岗的女人,相差太大。"妈妈说的时候,没考虑到我的感受,那一刻我仿佛掉到冷水里,我说不出的伤感,我

的自尊心受到严重打击。

"你怎么能这样瞧不起你的女儿，女孩子和男孩子不同，如果你女儿能上大学，说不定也不比你儿子差，你还是重男轻女的思想在作怪，离婚也不是她的错，你也没想过她要承受怎样的打击，还说这样的话伤害她，瑛子加油，我相信你一定行的。"肥姐看着我的落寞，好心地安慰我。

"她读书时就逃学，从小就不是读书的料，从小就没让人省心，算命的瞎子都说她命硬，克死弟弟不说，还害得我这样辛苦，人家父母吃香喝辣的，我是没有享受一天儿女的福。"

"妈，你说话能不能不要这样伤人，你有没有想过，如果不是为了照顾你们，我不会休学，如果不是工厂倒闭，我也不会这样凄惨，我相信，人一生不可能永远都是低谷，我也会走出低谷，只是没有一个好的机会让我发挥，总有一天我也会像哥哥一样，让你为我骄傲的。"

"你就省省吧，也不拉尿照照自己，你要是能赶上你哥哥一半，我睡着了也会笑醒，只怕是我这辈子都没这好命能看到，我就不明白，都是从我肚子里出来的，怎么就相差这么大，嫁了都让人家退回来的人，还有什么脸和我争执。"母亲从来说话都是这样直截了当，一点余地也不留。

"你是我亲娘，有你这样损我的吗？如果不是他出轨，我会要求离婚吗？你从来就是偏心，在你眼里只有你儿子，从来没有我，我真怀疑我是否是你亲生的。"我也有点口不择言。

一记响亮的耳光打在我脸上，那一刻档口前坐了不少的客人，有些还是我的熟人和朋友，我无地自容，恨不得找一个地缝钻进去，我只好落荒而逃。寒凉的黑夜里，心中软弱无力，我漫无目的地行走，不知不觉中，走到弟弟的墓前，我向弟弟哭诉，为什么老天无眼，让那么聪明的弟弟过早夭折，而让我留在这个世上感受人间冷漠。那夜我心如火焚，终于明白，往往能伤害你的人，就是你身边最亲的人，只有你最亲的人，才能伤你入骨，我也曾经想过自杀，也觉得前途渺茫，那一刻我是多么无助，那一夜我流尽所有的泪水。

我承认母亲这些话让我一直耿耿于怀，她伤得我体无完肤，同时，她也激起了我的全部叛逆,我发誓,我一定要好好努力,不说要让妈妈以我为荣,最起码也要和哥哥相差无几。可是在一个小县城,能有什么发展,就算我再会主持节目,也始终只是一个下岗女工,刚好几个姐妹相约,一起南下广州打工,那个时候我知道自己是没有退路的,我输不起,也不想轻易就认输。

来到广州后,第一个工作就是在酒楼当服务员,一起来的几个小姐妹吃不了苦,有的打道回府,有人贪图享受做了小三。我知道自己没有回旋的余地,也不想再看母亲的脸色,什么样的苦我都能吃,做了半个月不到,老板娘看到我能吃苦耐劳,让我当上了部长,也在工作中认识了一个朋友,他介绍我从事旅游工作,我像一个沉睡多年的人被唤醒,开始了我的新生。

那个时候的我,如饥似渴地充电,每天工作十多个小时,一边带团,一边到旅游学校学习,我的勤奋得到了回报,短短的一年时间,我从一名导游到部门经理,我进驻省十佳导游之中,我得到旅游局的颁奖,我掌握了旅游专业知识,我有了自己的客户,那个时候我有一个理想,一定要拥有一家自己的公司。

一晃来南方二十多年了,苍天不负有心人,经过自己的努力与打拼,我终于有了自己的两个公司,并在南方扎根落户,有了自己的房子、车子。在业绩方面及景点销售上,我们居然可以做到全市排名第一,上台领奖杯时,我也会笑得十分灿烂,看着自己一手创出的业绩,我觉得自豪,同时也格外地珍惜今天的不易,在家乡,我也有了小名气,我热心公益事业,爱好写作,我以诚交友,以善为本,我只想做一个对社会有用的人。

新闻媒体经常有我的专访,央视、湖南卫视都有我的报道,当我的新书出版时,我将这些书寄给亲朋好友,每一次参加比赛获奖时,我是最喜悦的,我用事实证明,下岗女工也有春天,我将父母和孩子接到南方来生活,让他们与我一起分享我的成功与喜悦。

我带父母到各地旅游,将家里的老房子修葺一新,让他们享受幸福的晚年生活,他们平时跟我在南方生活,日常生活由我打理,母亲有时候偶尔回到老家,听到亲戚朋友夸奖我时,她脸上总是露出了笑容,每次电视

瑛子作品

上有我的报道时,她总是早早地坐在电视机前等候,看完电视后,一个人又偷偷地流眼泪。有时候母亲看到我的忙碌,也会轻轻地为我按摩,有一次我在沙发上睡着了,母亲轻轻地抚摸我的头发,在我脸上轻轻地亲了一下,母亲自言自语地说道:"可怜的孩子,别太累了,这个家全靠你,你可不能累倒了。"

那一刻,我假装睡着了,泪水却不争气地悄悄流落,这是我记忆里第一次享受这种温馨的母爱,虽然来得太迟,但是,我与母亲的心结也在慢慢地打开。

记得有一次母亲在老家生病了,我和哥哥都不在她身边,她分别打了电话给我们,我马上通知老家的朋友将她送到医院,连夜住院治疗,妈妈在病情稳定下来后,给我打了一个电话,第一次听到妈妈在电话中忏悔,我们母女俩哭得像个泪人。

妈妈说:"瑛子,对不起,这么多年,妈妈不是不爱你,只是当年你弟弟死的时候,算命先生说你的八字与弟弟相克,所以我心中一直有一个阴影,这多年来,我们母女俩就像仇人一样,互相伤害,我也知道你一路走来不容易,吃了不少苦,这个家如果没有你,我和你爸就像孤老一样,你比你哥孝顺,比他有出息,我们有福,晚年享儿女的福,你妈老糊涂,以前对你不好,总是出言伤你,你也别放在心上,其实我是爱你的,哪个父母不是望子成龙,只要一想到你以前受的苦,我会整晚失眠流泪,看到你今天的成绩,我脸上都有光彩,我以你为荣。"

"妈,别说了,是我不懂事,我没哥哥乖,我总是惹你生气,母女没有隔夜仇,你给了我生命,我就要好好照顾你的晚年,今后我们不要争吵,好好地过日子吧,我从来没有记恨你,我也是没有一点口德,老是顶撞你,你放心,我现在也是为人父母,我会好好孝敬你的,因为我身上多了一份责任,我答应了弟弟,一定会像儿子一样好好地照顾你们。"

其实母亲一直是爱我的,只是她不善于表达自己的情感,母亲的性格也是因为有一个不愉快的童年而造成的,我也是在成家之后,才从父亲嘴中得知这些原因。母亲从小因为娘家是地主成分,加上外婆在生下母亲那一年，相继失去四个儿女，生了母亲之后，再也没有生养过，外婆抱养了兄弟的儿子传宗接代，全然忽视了对母亲的照顾。外婆也是因为相信算命瞎子乱说，认为是母亲的命硬，克死两个兄长与两个姐姐，外婆与母亲的关系，一直处于激烈的争斗中。母亲很早就一个人出来工作，参加工作后又因家庭出身问题一直都受到排挤，内心脆弱的她，总是喜欢伪装一副坚强的样子，来掩饰她内心的脆弱，母亲学得像外婆一样冷漠，她只知道挥动手中的棍棒发泄内心的失落，却不知我们需要的是一个温柔、能轻言细语和孩子沟通的母亲。

　　我们的心结终于打开了，我学会淡忘母亲的无心之过，我也学会了宽容与孝敬，母亲也在我的细心呵护下，学会了沟通，学会了敞开心扉与我聊天。我庆幸能在母亲有生之年，打开心结，解除误会，我也曾对母亲说过"如果真有三世情缘，请你下辈子做我的女儿吧，让我来呵护你，照顾你，让我来承受你的顽皮、你的淘气，这种承受也是一种幸福。"

　　看过一本书，书上说"往往伤害你的人，是你最亲的人，因为你在乎他对你所说的一切，一般人没那么容易伤到你，但是，你要记得，往往对你直言的人，也是视你为亲人的人。同时要感谢那些曾经伤害过你的人，是他们的冷嘲热讽激发你的斗志，是他们教会了你要坚强。"

　　在人的一生中总会有身陷逆境之时，有些人会伸出援助之手给予我们鼓励，给我们笑容，让我们体会到，身处逆境之时还是会有阳光，天空并不全是阴霾。然而，往往在逆境之时，我们也会感受一些伤害，即便是无心的伤害，也会让我们跌入谷底，如果我们能学会宽容，学会换位思考，也许就会调整心态，很快走出低谷，拥抱明天。

　　事隔多年再想想，如果当年不是母亲无心的伤害，我也不会有今天的发奋，在这个世界上，我们无法避免受到伤害，我们都曾受过他人有意无意、或大或小的伤害，如果那些人他们不曾伤害过你，现在你又会怎样？其实我们要感谢伤害过你的人，他们使你的人生与众不同。只有在低谷中才能体会到人世间的冷暖，只有懂得学会宽容，才能看见自己心中的辽阔，才能重新认识自己。

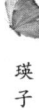

瑛子作品

备注：一篇十多年前的旧文，今天重温来纪念我的母亲，母亲于2018年10月26日离世，享年78岁，娘走得比较急，没有给我们兄妹留下任何一句话，只是给我们留下深深的内疚。一直想为娘亲好好写一篇文章，却提不起笔。亲戚们都说娘亲今世修行好，一辈子乐善助人，所以，在临终时，没有受到病痛的折磨，相信天国里的娘亲会保佑我们兄妹，愿父亲早日康复。

好好活着，才是人生唯一的大事

今天在微信上看到一篇文章《好好活着，才是人生唯一的大事》，读后感叹不已，回想近两年来，因为父亲和兄长身体欠佳，自己也是身心交瘁地进了医院，真的是体会到好好活着并非易事，人吃五谷杂粮，哪有不生病的，当你到了医院时，你才会明白健康胜于一切，我尝试过那种欲哭无泪、担惊受怕的日子，这两年来，我都被折腾怕了。

去年父亲突然生病，半边身子都动不了，之前在麻城医院住过院，一直不见好转，哥哥将他转到鄂州医院，谁知道有一天突然发现血栓，连忙送武汉协和医院。医生将父亲安排在重症病房，立马要求做手术，不然会有生命危险，老娘在电话中哭哭啼啼担心父亲过不了这一关，我这边刚好也是有事走不开，立马让女儿和女婿赶到武汉。手术当天，两个孩子和我哥哥在医院陪伴，手术还算顺利，医院说最少要观察十天才可以出院，哥嫂都要上班，只有我可以安排时间照顾父亲，于是，我处理完事情后，也和儿子赶到武汉。

每天我和儿子分两班轮流照顾父亲，父亲身上插了不少的管子，一边输液一边输送氧气，身上还有不少监控血压、心跳的仪器，父亲总是趁我们不注意时，拔了管子，也许他是觉得这样太难受。

协和医院的病床是非常紧张的，整个湖北、湖南不少患者都来协和医院治病，一床难求，走廊都有不少加的临时床位。重症病房一共是六个床位,凡是能进重症病房的患者,基本上都是病情比较严重的,有几次眼睁睁地看着隔壁的病友离世,亲人们呼天抢地的哭喊声,心就会被揪得紧紧的,十分担心父亲的病情,生怕突然之间失去他,那种心情令我不堪回首。

每天面对一张张医药费的清单,说不出来的难过,人这一辈子真的不值,年轻时用身体挣钱,到老的时候,又拼命地用钱来保命,有人说过,这世界上最贵的床,就是医院的病床。几天时间,可以让你一下子回到解放前。

终于明白一个道理,努力地活着,哪怕不富裕也不可怕,可怕的是你拥有再多的财富也经不起医院的折腾。如果你想知道贫穷意味着什么,也请去手术室的走廊看看。如果你想知道生命意味着什么,请去深夜医院的急诊看看。在去医院之前,我总是为各种生活上的琐事烦恼,怼天怼地从不服输,但在医院走过一趟,我突然明白,世间之事,除了生死,都是小事。

奥地利诗人里尔克有句很有名的话:生活哪有什么胜利,挺住意味着一切。

所以,如果你觉得人生艰难,不妨去医院看一下。

你会发现,一切烦恼,不过是我们过不去心里的坎,好好活着,才是人生唯一的大事。

没有生过大病的人,永远体会不到在医院的痛,像在无人驾驶的飞机上,时刻都有危险。

整整在湖北待了一个多月,这是自我到南方工作以来,在老家待得最久的日子,父亲在武汉协和医院住了 14 天,虽然落下了半身不遂,但总算是保住了一条命,那一个月中,我流尽了这辈子最多的眼泪,着急、担心、焦虑,整个人都快崩溃,安排好父亲的饮食起居,我才敢回到广州,回来第一个愿望就是拼命赚钱,以前总觉得自己还算小康生活,自从父亲生病一场,我才明白,在医院时是那么无助,连半点商量的余地都没有,只有厚实的家底,才能承担成照顾家人的重担。

好不容易刚刚安顿好父亲,母亲却因为心梗突然去世,母亲走得比较

瑛子作品

急,连最后的一面都没有见到,当我赶回老家时,面对躺在冰棺中的娘亲,我哭得晕厥过去,我不敢相信一直身体还算健康的母亲,怎么会突然去世,我接受不了这个事实,更是痛得无法呼吸。

刚将母亲安葬才11天,父亲又突然不行了,医生说父亲一直是脑积水,积液压迫脑神经,必须马上做手术,不然父亲最多就只能撑过二三天,因为他已处于昏迷状态,无法进食,只能靠营养液维持生命,父亲已是86岁高龄,做手术有风险,有可能下不了手术台,当然,也有康复的机会,只是康复的概率很低,医生说只有20%的机会,我和兄长商量,老娘刚去世,尸骨未寒,如果再失去父亲,我们真的是接受不了这个残酷的事实,我们愿意搏一下,哪怕是只有1%的机会,我们也不愿意放过。

女儿又是第一时间赶到湖北照顾外公,当父亲从手术台出来时,女儿发来视频,我哭得像个泪人,苍天怜惜,也许是老娘在天国里的保佑,终于让父亲战胜病魔,原本家中请了一个保姆,我们担心一个保姆照顾不好父亲,专门又请了一个男护工,24小时照顾父亲,父亲也在我们的照顾之下,一天比一天好起来。

春节时,我专程回家一个多月陪父亲过年,看着父亲红润的脸颊自有说不出的欣慰,心想总算可以过几天舒心日子,父亲生日时,我们又一家人专程回家陪父亲过生日,虽然娘不在了,但亲情仍然环绕着父亲。

好不容易一家人团聚了,哥哥不经意地说出,最近单位体检时,他好像检查肺部有肿瘤,医生怀疑他是肺癌,让他到武汉做手术,我一听到就差点被吓倒,哥哥一直在安慰我们,估计问题不大,要做了手术切了病灶才知道是不是癌症,他好像无所谓一样,我却仿佛又一次掉进冷水中。

哥哥手术的那一天,我整个人都要疯了,一直在打嫂子的电话,手术做了七个小时,我就知道情况不太乐观,正常的手术三个小时就可以结束,当时嫂子还瞒着我,只是说问题不大,要等结果,其实我们大约都知道结果不好了,只是不想直面讨论这个问题了。

嫂子给我发来病理检查报告时,我整个人都傻了,我不敢相信眼前的事实,自己心里早已是苦不堪言,同时还要瞒住哥哥,结果还没有出来,哥哥却非常平静地告诉我，他的病情不严重，属于肺癌中最轻的那一种，手术后他就回到老家调养，只要坚持运动，应该是问题不大。

我还是不放心，专程让武汉的朋友到医院找主治医生了解他的病情，朋友一直在安慰我，说哥哥的情况不是那么糟，哥哥也比较乐观，劝我不要太担心，但我早已是坐立不安，忍耐不住，还是订机票往家赶。

每天换不同花样的炖品给哥哥进补，一天六餐换着菜式哄他吃，每天给他清洗伤口时，总是装得大大咧咧，背后一个人躲在房间哭，这是我唯一的兄长，这世界上只有他和我流着相同的血液，也是我有生以来，第一次这么尽心尽职地照顾一个人，也是第一次害怕失去他，一直觉得哥哥是那么强大，他不需要我的保护，却不知一场手术，一切都今非昔比。娘不在了，我必须挑起重担，哥哥说，看到我在厨房忙碌的身影，他总感觉娘还在，至少还有家的感觉。

我默默地对自己说，趁你现在还有时间，尽你自己最大的努力。努力做成你最想做的那件事，成为你最想成为的那种人，过着你最想过的那种生活。也许我们始终都只是一个小人物，但这并不妨碍我们选择用什么样的方式活下去，这个世界永远比你想的要更精彩。

哥哥是乐观的，从未看过他在我面前喊痛，哪怕是在医院拆线时，他都没有叫一声痛。我知道，他是怕我伤心，所以，他一直装得无所谓的样子，相反越是这样，我心里越是难受。急于想调养他的身体，燕窝、花胶、人参之类的补品，恨不得他都能接受，尽快恢复。因为每天都喝一些炖汤，哥哥有痛风的毛病，有时候我用花胶炖鸽了，痛风患者不能吃海鲜，我却忽视了这点，没想到却引发了他的痛风病，看着他肿胀的双脚，痛不欲生的样子，我说不出来的心疼，哥哥却调侃我借机谋害兄长，总是高蛋白、高脂肪的让他进补，一个月时间，哥哥胖了好几斤，我也一不留神跟着沾了光，好不容易减下的几斤肉，全部又回来了。

在老家照顾哥哥一个月了，那个时候正是我们的旅游旺季，为了照顾哥哥，我交代好公司的员工，他们负责现场工作，我带一台电脑负责远程指挥，白天又要操作团队，又要买菜做饭，说不累是假的，毕竟自己也是

瑛子作品

五十岁的人了，虽然说家里有保姆，但是，每一餐饭都是我亲自下厨，除了照顾兄长，还要经常陪父亲散步、喂他吃饭，这一切都很累，但是，看着家人在自己的照顾下，一天天好起来，所有的累、付出都是值得的，自有说不出来的欣慰。

这一年来，真的太操心了，头上的白发眼见着长出来，人也显得疲惫不堪，终于我也累倒进了医院，医生抽血检查我的身体时，惊诧我居然还能撑到现在，正常人的血色素是150个单位，而我才64个单位，必须马上住院输血，在医院住院输血做全身检查的时候，心里不免觉得无助、凄凉，幸好除了严重贫血之外，身体并无大碍，住了四天院，花费了五千大洋，医生告诫我，必须好好进补，要不然血液供不上心脏，很容易引起意外身亡。

自己生病时，看着孩子们跟着受罪，心里于心不忍。儿子第一时间赶到医院痛哭流涕，他说今后再也不惹我生气了，以前他不听话时，打他、骂他，他都不会哭，如今却看到孩子为我担心，说不出来的内疚。女儿和女婿也是忙前忙后照顾，又是送饭，又是陪我看病，看着他们疲倦的表情，想到自己照顾父亲和兄长时的疲惫不堪，不由地告诫自己，快快好起来，不要透支生命，只有自己强大了，才可以照顾好别人。自己身体健康就是给孩子们减负。

病过之后才有体会，没有任何地方，能像医院一样，折射出大千世界里的人生百态，在这里，你能看到非常多心酸的场面，让你直面最残酷的现实。更重要的是，你能抛开一个人在社会制度下的所有枷锁，直面作为个人最重要的东西——生命。

或许去过医院，你就会和我一样懂得：人只要健健康康地活着，才是一件很幸运的事情。

我非常庆幸，自己得的只是小毛病，起码还能健健康康地讲述这些故事，不少人甚至连这个机会都没有。

一位老师给我讲过她的一个朋友的故事，这个朋友肺癌晚期，已经扩散至全身，医生也无能为力。但她还是很坚强地咬牙坚持，希望能多活一阵，想多照顾自己的妈妈，不想让白发的老母亲承受失女之痛，也想看着自己女儿嫁个好人家。可在病魔面前，人类总是显得那么的无助，它不会因为你的祈求而放过你。

很多人在遇到挫折之后，总会有放弃生命的念头，他们会问活着到底有什么意义。但对于医院的病人而言，他们从来不问活着有什么意义，因为活下去本身就是意义。天地不仁，以万物为刍狗，真实的生活从来不会顾及人们的喜好，医院或许就是这个说法的最佳证明。

无论阶层、财富、地位、学识、家世……通通在医院里失去意义，在这里，大家都是同一类人——为自己的生命祈祷。

很多时候，我们想不开、放不下，是因为我们始终觉得，自己不应该经受这样的苦痛。但只要来过医院一次，你就会明白：世事无常，再有钱、有地位也不过是肉体凡胎一具，自身的命运就是那么地不可预测。

医院是一面镜子，照得出人的生命脆弱和倔强，也照得出命运的不公和冷漠。

如果觉得生活对你很不公平，那就去医院走走，你就会发现，真实的生活就是这么的不公平。这很令人心酸，让人欲哭无泪，但这就是现实生活，我们谁也没有办法去改变它。

人到中年，经历过苦难，也学会了坚强，同时也明白一个道理：人生苦短，且神秘难测，你永远不知道明天和意外哪个先来。如果生命的长度无法控制，那就请拓宽它的宽度，尽可能地去丰富和享受活着的每一天。

在没有你的地方疗伤

晨起，九月的阳光没有往日那般热烈，玲玲约我喝茶，看到她憔悴的面容，心中有一丝隐隐作痛，还未开口，就见到她潮湿的双眼，看着这个傻女人，经历了这么多，相信这次她终于懂得何去何从了。

"如果不是这次在医院度过，也许我至今都不会相信他是如此绝情，感

谢医生治好我病的同时，也治好了我的眼盲。"她无助地笑了笑，笑中有泪，泪中有太多的无助与失落。

23年，人生中有多少个23年，为了这个给不了她任何幸福的男人，她终于懂得放手了，如果不是这次的突发事件，如果不是经历这样的痛，我不知道她还要傻多久。

记得玲玲和他初相识时，玲玲之前遭遇过不幸的婚变，她说过，不会再相信任何男人，她不敢相信爱情，那些惊天动地、海誓山盟的爱情，不过是小说里的版本，直到遇上他，她再一次相信了爱情，如同飞蛾扑火，一直以来，她爱得那么卑微，她明明知道那个男人给不了她想要的生活，她依然傻傻地等。

起初这个男人对她还算是真心，虽然他给不了她名分，给不了她任何物质享受的东西，但最起码他们之间还是有真感情，二十多年过去了，玲玲一直相信他是真心爱她的，她为他打过三次胎，也为他拒绝了不少人的求爱，她天真地以为，只要有爱情，一切物质和名分的东西都是虚伪的。

从什么时候开始，那个男人迷上了赌博，一次又一次在澳门将自己的幸福断送，每一次输了钱之后，总是信誓旦旦地发誓再也不会迷恋赌博，可隔不了太久，就会重蹈覆辙，几年的时间，输了好几百万，原本就不是很富裕的工薪族，有多少钱供他挥霍？迷上赌博的人，往往都是六亲不认，失去理智。

玲玲这次突然生病，一个晚上腹部绞痛折磨得她浑身无力，她不想给孩子们添麻烦，她第一个想到的就是他，她无力地打通他的电话，他告知，单位安排他们在外地旅游。好强的玲玲，一个人挣扎着去了医院，最终医生检查出来是急性阑尾炎，需要马上动手术，做手术时，必须要亲人签字，无奈之下，她才告诉她的孩子。

孩子第一时间赶到了医院，无论玲玲和她孩子怎么打他的电话，他都不接，孩子开始有点挂不住了，为自己的母亲叫屈，玲玲无力多说，那一刻心中的失落远远超出手术台的痛楚，也在这一刻起，她知道，自己这么多年错得太离谱。

"他回来看过你了吗?"我看着她哭红的双眼,轻声安抚道。

"没有,隔了快半个月,他才回来,他说他知道错得很离谱,正是因为知道自己错了,在澳门输了钱,总想赶本,那个时候他已失去了理智。我和他说了,让他放我一条生路,我不想再和他继续纠缠下去,二十三年了,人生中有多少个二十三年,我的整个黄金年华都给了他,我明明知道他给不了我名分、给不了我想要的生活,可我从未对他要求过什么,我只是觉得有爱足以证明一切,如今我才知道我错了,我五十多岁了,我不想我晚年很惨,孤零零地一个人度过余生,我只想结束这一切,我会学着慢慢练习没有他的日子,我会学会坚强,我不想恨,也不想逼自己做傻事。"

玲玲说的时候,哭得是那么的无助,她无视茶楼其他异样的眼光,她眼神中太多的不舍,太多的委屈,她的痛,只有我懂,我却找不出任何安慰她的语言。

一壶香茶冲了一次又一次,茶淡了,泪水也干了。

放爱一条生路,当一个女人二十多年的付出,得到却是这样的回报,这是怎样的心痛。嫁汉嫁汉,穿衣吃饭,虽然现在这个年代,女人早已学会了自强和独立,但不管怎样,当自己在最困难的时候,那个男人可以不闻不问、漠不关心的时候,他已亲手杀死了他们的爱情,切断了一切后路,其实女人要的真不多,哪怕你对她稍许的温情,也足以温暖她整个心房。

天暗下来了,久不下雨的岭南,突然下起了暴雨,看着窗外的雷雨,心里说不出来的压抑,前不久我也进了一次医院,在病房中是最能感受甜酸苦辣的人生百态,女人总是在经历痛苦之后才学会坚强。

玲玲的手机响了,她将那英的一首老歌《梦一场》设为手机铃声,她一直让铃声响着。她说,她喜欢这首歌,只是她再也不想接听这个电话,我看到来电显示的姓名:熟悉的陌生人。

正如歌词中所说:我们都曾经寂寞,而给对方承诺,我们都因为折磨,而厌倦了生活,只是这样的日子,同样的方式还要多久?我们改变了态度,而接纳了对方,我们委屈了自己,成全谁的梦想?只是这样的日子,还剩下多少已不重要。时常想起过去的温存,它让我在夜里不会冷,你说一个

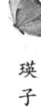

瑛子作品

钱塘晓月半轮秋

人的美丽是认真,两个人能在一起是缘分。早知道是这样,像梦一场,我才不会把爱,都放在同一个地方。我能原谅你的荒唐,荒唐的是我没有办法遗忘,早知道是这样,如梦一场,我又何必把泪,都锁在自己的眼眶,让你去疯、让你去狂、让你在没有我的地方坚强,让我在没有你的地方疗伤。

莫清荣作品

个人简介

莫清荣 女,壮族,生于七十年代。广西作协会员,鲁迅文学院少数民族创作班成员。出版有散文集《回望故园》,散文合集《时光书》。

钱塘晓月半轮秋

春天什么都好

1. 春风

  春风,她有一个旖旎的名字,叫杨柳风。南宋志南和尚的《绝句》里,有"沾衣欲湿杏花雨,吹面不寒杨柳风"的诗句,短短十四字,写尽了春风的风情万种。试想,杨柳依依,微风轻拂,行走在开满杏花的原野阡陌上,耳畔鸟啼啾唧,眼前春色三分,恁是无情也动人。

  是谁说:不到园林,怎知春色如许!春天,她那样悄无声息地叩响了我的门扉,把万物复苏的讯息轻轻地托风姑娘传递给我,我怎么能辜负她的一番好意呢?当一粒鸟啼啄破黎明,轻轻地跌落在我窗前的那一刻,我终于按捺不住沉寂已久的思绪,推开窗,让那一缕带着泥土气息的风儿,吹进这逼仄混沌的灵魂空间,让她,吹散阴霾,吹走沉郁,吹醒沉睡一冬的记忆。

  走在陌上,才发现,桃花早已开了。一夜春风吹过,朵朵桃蕊绽开粉红的笑脸,微风过处,片片花瓣纷纷扬扬在空中打着旋,有的吹落到脚下的春泥里,有的被吹散到江中,随水流去。当花瓣离开花朵,暗香残留,我听不见她落地时,那浅浅的一声叹息。

  小草儿偷偷地钻破泥土,开始跃跃欲试。只待春风的一声召唤,她就会褪去那份鹅黄的羞涩,重新换上翠绿的衣衫,把自己打扮得漂漂亮亮、清清爽爽的，去奔赴春天里的约会。

凭谁说：春风十里扬州路，卷上珠帘总不如。我只是想说：春风十里，桃花三千，不如你……

2. 春雨

"天街小雨润如酥，草色遥看近却无"。在诗人的笔下，春雨，就像明晃晃的酥油一样，给大地涂上了一层明艳的色彩。早春二月，当北方还是细雪纷飞、冰凌垂挂的时候，连春天的影儿也看不见、摸不着时，南方已是淫雨霏霏，薄雾缭绕。透过薄薄的雨幕，远远望去，朦朦胧胧，飘飘缈缈，淡淡的草色若有若无地映入眼帘，她让你那样真切地感受到，春天来了。

春雨，像一位多情的女子，丝丝缕缕，漫天飘洒。是谁，用一双纤巧的小手，密密地编织着这雨帘，整日整夜，不停不息。空气里，到处都是潮湿的气息，仿佛轻轻一拧，就能滴下水来。

远处，水平如镜的稻田，春水已慢慢滋长。几只白鹭从空中俯冲而下，翅膀掠过水面，溅起滴滴水珠。它们时而单腿而立，时而把头埋进脖子里，一副悠闲自在的样子，让人不忍去惊动它。就让它在雨里静默吧，静默成一轴丹青晕染的水墨。

春色三分雨。没有了雨的滋润，春天又会失去多少的生趣呢？

春色无边。

一阵风，一阵雨，旖旎了无边的春色。远处的青山，近处的树叶，在一阵春雨的洗涤之后，愈发地清朗，愈发地明丽，连呼吸也是甜的。

这样的日子，坐在窗前，听雨打窗棂，淅淅沥沥。把自己沉浸在一盏茶，一本书，一帘雨中，喝茶、听雨，时光也会慢慢地沉淀下来。只有此刻，心是属于自己的。所有的世事牵绊，红尘纠缠，都变得没有波澜，荣辱不惊。

倚窗而坐，风吹起书页，那些尘封在书卷里的故事，便弥漫着潮湿的

莫清棠作品

气息，从遥远的国度里纷至沓来，那样轻易地，就捕获了我们魂灵。在别人的故事里，流着自己的眼泪，是不是很傻？一切，已不想追究。那时候，只想静享一个人的清欢，守住内心的宁静，愿这一世的明媚，许我清浅笑颜。

终于明白，山和水可以两两相忘，日与月可以毫无瓜葛。你忘了也好，记得也罢，这一场美丽的遇见，我一直都会好好地珍惜。

拥有着无边的春色，干吗还去乞求别的呢？且把这一蓑烟雨，满城春色，当作生命中最美的珍藏吧！

3. 春天什么都好

春天什么都好。无论是沾衣欲湿的杏花雨，还是吹面不寒的杨柳风，一切，都让人感受到诗意，感受到生命的蓬勃生长。

春天是万物勃发的季节。小草拼命地喝足了水分，于黎明时分破土而出。冬眠了一季的小虫子，在惊蛰的雷声中伸着懒腰，只要有月亮的夜晚，他们就会出来一起歌唱，歌唱春夜里最动听的旋律。那些不甘寂寞的杏花、梨花、桃花、垂丝海棠，你方唱罢我登场，他们浓墨重彩，盛装出境，上演着桃红梨白的折子戏。成群结队的蜜蜂蝴蝶，来来回回在花丛中穿梭着，采集着清甜的花蜜。最早醒来的鸟儿，纷纷飞到向阳的枝头，筑起它们温暖的巢窠。一切，都在昭示着生命，彰显着繁荣。

勤劳的农人对于季节是最敏感的。顺应农时，看天吃饭，是他们长期沿袭下来的传统。"阿公阿婆，割麦插禾"，当布谷鸟的第一声鸣叫响起，农民们就知道，该安排农事，准备插秧了。他们查看水渠，整饬田地，翘首以望，等待春雨的如期而至。杜甫说："好雨知时节，当春乃发生，随风潜入夜，润物细无声。"春雨好像早已窥破了农人们的心事一样，总在他们最需要的时候适时降临。几场春雨过后，田间地头里，便多了许多披着蓑衣，戴着斗笠的农人。他们吆喝着耕牛，或驾驶着农机，犁铧经过的地方，一垄垄新翻的泥土散发着清新的气息迎面扑来。土地是农民的命根子，不管社会如何进步，科技多么发展，他们依然固守着自己心底最原始的信念：在春天播种希望，秋天就会收货累累的硕果。

一年之计在于春。春天，有的是希望，有的是憧憬。有的是蓬勃的生命力。春天，什么都好……

风动桂花香

白露已过，秋分不远，我的小城，桂花还在沉睡。每日走过的小路两旁，郁郁葱葱的桂树上，原本苍绿的叶子蒙上了尘世的灰，秋的气息愈来愈浓烈了。忽而一场秋雨，在九月的某个黄昏飘飘洒洒，从天而降，是否它会在一夜之间，洗净这沉重的污垢，催开那淡黄的蕊？

清晨，雨还在下，淅淅沥沥的，空气里忽然有了秋的味道。大街上，昨日还是夏裙翩翩，如彩蝶飞舞，转眼已是秋装上身，无数的雨伞如雨后的蘑菇突突地冒了出来，遮住了路人行色匆匆的脸。抱着一种奔赴事先预约的盛会的心情，我奔向那条熟悉的小径，想一睹桂花的芳容。

一路上，我摒神静气，呼吸着雨后空气里夹杂着泥土气味的薄凉气息，捕捉着空气里那一缕熟悉的馨香，直到雨伞撞向了头顶的桂枝，簌簌的雨点纷纷而下，我正疑心是否桂花不禁风雨，随风飘落，哪承想，连桂花的影子也没有，只有那一树一树苍翠的叶片，在秋雨的冲刷下愈发清亮，亮得逼你的眼。

那场预约的花期没有如期而至，原来，所有预设好的结局，并不一定有一个灿烂的开始，很多时候，并非一切如你所愿。我只能在这薄凉的秋雨里，回忆着去年那一场花开，等待着不久的将来，那一场美丽的遇见。

是不是我太心急了呢？每到入秋，就以为桂花会如期盛放。小时候曾经唱过一首歌谣："八月桂花遍地开，鲜红的旗帜竖啊竖起来，张灯又结彩呀，张灯又结彩呀，光辉灿烂闪出新世界。"那时候多么年少无知呀，我就以为，桂花肯定是在八月开的。于是，从第一场秋雨落下，我就开始了等

莫清荣作品

待。因为有了等待,每个日子里都有了花香。

在百无聊赖而又满是憧憬的等待中,无意间翻看去年的微信,才发现,我的小城,桂花不是开在八月里,而是过了立冬以后,小雪将近的节气里,她才姗姗而来,悄然盛放。那个时候呀,各种花草都已销声匿迹,我们这里却是满城尽是桂花香。目光所到之处,点点娇黄的花蕊,璀璨地开在繁茂的枝头上,遮住了苍翠的枝叶,桂花成了这个季节的主角,其他的花旦已然谢幕,只有桂花,素装粉面,娉婷登场,即使不施粉黛,不着红装,就已经独占鳌头,艳惊四座。在花仙子群聚的剧目里,桂花不是那艳冠群芳的花旦,桂花只是那一袭素装的青衣,她只需轻启朱唇,眉目间,自是顾盼生姿,辗转流连。

从花下经过,目光所及,繁星点点,鼻息所至,馨芬缕缕,令你不忍用力去呼吸,仿佛你只要稍微用力,那一缕馨香就会挣脱你,飘然而去,寻她不着。我只愿在这轻轻的一翕一合间,不曾惊动,不许贪婪,让这缕缕淡淡的馨香永远萦绕,萦绕在你的鼻息里,萦绕在你的眉间心上,永不消散。

我就那样徜徉在桂树间,轻按快门,绕着桂花树,不断地变换着角度,去摄下那一树一树的花开,拍下那一朵一朵娇黄的嫩蕊,留住这片刻的美丽,让她在我的心里永恒。任凭路上的行人用不解的眼光斜睨着我,他们不懂,我也无须谁懂。

我知道,任何错过花期的盛开,并不是所有的人都懂得去珍惜,去呵护。小城的桂花,那样与世无争,与人无求,默默绽放,用自己的馨香去装扮这个萧索的冬日,给这个黯淡的季节增添了一抹动人的亮色,可是,桂花终究还是逃脱不了被攀折被摇落的命运。正当我沉浸在满城飘香的那段日子里暗自庆幸时,几天后的清晨,却猛然发现许多较低处的桂花已经稀稀落落,近前来看,才发现那些桂花已经被人连枝折断,凡是人手能够得着的地方,到处是伤痕累累,还有零零星星的桂花跌落在树底下,落入泥土里,有些陷入了行人的履印中。不知那早行的人们是否能够停下匆匆的脚步,他们是否注意到,当你踩在这弱小的花朵身上,她不会喊疼,但会把她的香留在你的脚底下。路边店里的阿姨告诉我,昨天晚上,天色将晚的时候,许多人从家里拿来了塑料布围在桂花树下,不停地摇晃,桂花簌簌而落,他们把摇落下来的桂花大包小包地收集起来,拿回家里去做桂花糖,酿桂花酒。桂花糖是甜的,桂花酒也一定是香醇的,可是,我的心却分明感觉到了疼痛。

一直以来,我们沉浸在桂花的清香里,年年桂花开,似乎早已习以为常。我从来不知道,桂花还会结子。直到有一天,我又一次经过桂花树下时,发现浓密的枝叶间,一串一串如小芒果似的青果在枝头上熠熠生辉。同伴告诉我,这就是桂子。我一惊,早就喜欢的一个诗句突然冒了出来:"三秋桂子,十里荷花。"我一直很喜欢这句话,却一直以为这里的桂子就是桂花,却从来没有去想,桂子原来是桂花结下的果实。开花、结果,这自然界的规律,谁又能抗拒得了呢?

桃花,桃花

腊月初七日,周末,回家的路上,不经意间向车窗外瞥去,点点粉红的光晕刹那间扑入我的视线。急忙打开车窗,却看到路边一排排桃树那突兀的枝丫上,零零星星地举着点点嫣红。有的含苞欲放,有的渐次打开,虽然还没开到极盛,只有散落的花瓣点缀在苍老的枝条上,却给这个岭南的冬季增添了一抹亮丽的色彩,我的心头也为之一颤,有莫名的惊喜,也有小小的意外。

也许,桃花早已按捺不住冬的寂寥,它要赶在季节的前面,开出一朵一朵粉红,用自己热情如火的奔放,迎接春天的到来。"飒飒秋风满园栽,霜寒蕊冷蝶难来。他年我若为青帝,报与桃花一处开。"当年黄巢曾梦想着自己能够成为掌管春天的神仙,可以使菊花与其他花都开在春天里。或许,是花神一不小心算错了日子吧?桃花本是春天的主角,在春天盛大的花事中,它总是独占鳌头,独领风骚。它像一团燃烧的火焰,点亮了整个

莫清荣作品

季节的灯盏，驱散了所有的阴霾，在微风中，在细雨中，绽放着属于自己的妩媚。

都说二月杏花开，三月桃花红。可是，我的岭南，在腊月里，却看到桃花兀自盛开，这不能不说是一种奇迹。我把这一喜讯告诉了远方一位喜欢桃花的朋友。当年，我们曾相邀一起奔赴一场桃花的盛会。可如今花开花落又三年，那场文字里华美的盛宴却遥遥无期。她也感到很诧异，说腊月里怎么会有桃花开呢？那应该是蜡梅吧。

不。我清楚地知道，我在家乡从来没见过蜡梅，只在前几年到成都时，才见到了真正的蜡梅。而且，我每天从那条路上经过，亲眼见证了这些桃树由花开到花落，到长出嫩绿的叶儿，长出小小的桃儿，到桃子成熟，然后，看着树叶落光，看着枝丫挺立，从春到夏，从秋到冬，周而复始，日月轮回。

为了确认桃花确实开了，急切地问枕边的人：桃花开了，你看到了吗？他一副轻描淡写的样子：你才发现吗？前几天就开了呀。是吗？一直以来，我们忙于生计忙于琐事，不知错过了多少的花开花落。我们不解花语，花儿们却从来也不会计较，而是适时而开，甚至不惜违背自然的规律，一切只遵循内心的声音。

我从来没有刻意去留意，这些桃树是什么时候开花，什么时候结果的。只是一切听从自然的安排，恪守着自然不变的规律。我始终认为，那是植物的宿命，任何人都是无法主宰的。正如我们无法主宰自己的命运一样，花开花落，月圆月缺，潮起潮平，该来的总会如约而至，不该来的，我们想挡也挡不住。

就像这些桃花，它们在不属于自己的季节里兀自盛开，那样旁若无人，那样毅然决然，那样清绝凛冽，在腊月的寒风里独自妖娆，吐露清芬，向世人展示着它的傲然风骨与绝世品格。嫁与东风春不管，一切，好像自己做得了主一样。

都说花半开未开时最美，月半圆半缺时最亮。但花朵最终总要开到极盛，然后凋零。月亮总会圆到满盈，然后亏损。生命的轮回也如此。一个生命的消逝，必定有另一个生命的诞生，死亡，只是生命的另一种存在方式。

桃花开在腊月里，这本是一个奇迹。如果，一个妙龄的女子，在腊月里遇到一场桃花贸然的花事，是否，会交上一场命里注定的桃花运？又或者，会遭遇到一场无法逃离的桃花劫？桃花，似乎历来就与某种姻缘之间有着千丝万缕的纠缠，剪不断，理还乱。或者，又与某种劫数之间有着不可预知的联系，说不清，道不明。

诗经《桃夭》里，给我们描绘了爱情的理想境界。"桃之夭夭，灼灼其华"。风华正茂的少女，像初开的桃蕾一样鲜妍明媚。"之子于归，宜其室家"，这样的女子出嫁后，定能使家庭和顺，人丁兴旺。美好的爱情，它不一定要具有灿若桃花般的容颜，倘能夫妻恩爱，家庭和睦，就是交得最好的桃花运了。

但是，并不是所有的爱情都能有一个圆满的结局。有些相遇，从一开始就注定了一个美丽的错误。"死生契阔，与子成悦；执子之手，与子偕老"，很多时候只是一个古老的传说而已。

在孔尚任《桃花扇》里，秦淮名妓李香君，一个温柔、美丽、多才多艺的少女，邂逅了明代才子侯方域。一柄用香君之血所染，凭借侯方域之故友杨龙友起笔所勾绘出的桃花扇，以香君为情为爱不惜坠于媚香楼以反抗恶霸强娶之势所溅鲜血为底蕴，终成就了桃花扇这柄象征着对爱情忠贞不贰的传世之物。他们对于爱情的赤诚和忠贞，却在现实面前被击得粉碎，体无完肤。落得最后两人双双出家的结局。桃花朵朵，最终都化作了扇面上的点点血泪。

"舞低杨柳楼心月，歌尽桃花扇底风。"是缘？是劫？是爱？是怨？都化作一缕风，飘散无踪。

秦淮无语话斜阳，家家临水应红装。
春风不知玉颜改，依旧欢歌绕画舫。
谁来叹兴亡！
青楼名花恨偏长，感时忧国欲断肠。

莫清荣作品

点点碧血洒白扇，芳心一片徒悲壮。

空留桃花香。

一曲《桃花扇》，人间多少悲欢离合，历史多少兴亡交替，且随风去，且随风去。

不管在对的时间遇到错的人，还是在错的时间遇到对的人，无非都是一场桃花劫。

正如张爱玲之遇胡兰成。她遭遇了自己在文字的流丽中虚拟了百转千回的绮丽的爱情。可是，所有美丽的爱情只不过是虚构在纸上的别人的故事，到了自己身上，却是另一种截然不同的面目。在短暂的欢爱之后，回报给她的依然只有背叛。因为懂得，所以慈悲。冥冥中一切仿佛都有定数。张爱玲为爱情付出了自己终生的代价。

再如徐志摩之遇陆小曼，曾经为爱倾尽所有。《爱眉小札》里声声挚爱的热切呼唤，句句情真意切的殷殷叮嘱，把心一瓣一瓣地撕碎了摆在爱人的面前，最终却逃不过命运的安排。一生为爱，不懈追求。最终都化作一缕烟尘，飘散在红尘的最深处。

花朵自有花朵的宿命，人一样无法逃离。

这个腊月，我听到了桃花盛开的声音。于是，我安然地，等待着春天来叩响门扉。

六月散章

1

这个六月，大多天气都与雨有关，许多心情也和雨有关。虽然已是夏天，空气里却有着我所喜欢的薄凉。窗外没有鸣蝉的鼓噪，也没有烈日的蒸腾，只有低垂着的乌云，还有始终未断的雨帘。

我喜欢窗明几净的居室，喜欢纤尘不染的明快，喜欢把家里的每一个角落都收拾得干干净净，整洁有序。周末闲暇的时光，我喜欢把自己交付给家这一方温馨的港湾，为爱我的和我爱的人，营造一片洁净而清爽的空间，营造一种幸福与安宁的氛围。

一身简约的家居装束，站在梳妆镜前望着自己的模样，不觉莞尔。卧室、书房、客厅、餐厅、厨房，一切收拾停当之后，赤脚走在镶着按摩瓷砖、宽敞而明亮的阳台前，丝丝沁凉自脚底升腾而上，迅速遍及每一寸肌肤，那感觉真是惬意无比，心情也为之雀跃激荡。

打开向南的落地玻璃，此时的雨声分外悦耳。透过雨幕，我看到了阳台外那一株高大的法国梧桐正在雨中静默着，宽大的叶片在雨水的冲刷之下愈发的鲜亮碧绿，滴滴雨水顺着叶子的脉络缓缓淌下，在叶尖处凝结成了颗颗晶莹剔透的露珠。真想伸出手去接住其中一颗，任其在掌心滚动，可是，我清醒地知道我和它的距离。一只鸟儿掠过树梢，在空中打了个旋儿之后落到了地面，在积水深处划出一个晕圈，倏尔向远处飞去，翅膀也仿佛沾上了落花的清香。

围墙外面，一畦碧绿的菜地也在雨幕中苏醒过来。丝瓜爬上了藤蔓，豆角在架子上垂挂着，青的是辣椒，紫的是茄子，红的是番茄，它们贪婪地吸吮着雨水，努力地向上拔节，尽情地展示着这个六月里旺盛的生命力。匍匐在墙角边的南瓜秧，此刻也已是层层叠叠，碧绿的藤蔓在努力地生长，橘红色的花朵也在妩媚地绽放。在这六月的雨里，那些薄如蝉翼的花瓣从不甘示弱，每一瓣都倔强地盛开。也许，这就是生命，弱小的生命，在任何恶劣的环境下永不屈服的生命。雨水冲刷，那是对它圣洁的洗礼；暴风肆虐，那是给它顽强的考验。

眼前这一畦碧绿的菜地，让我想起了母亲的院子。母亲的院子里也有这样的一个菜园子，那里四季都种满了各种各样的蔬菜。墙角处还有几株橘树，每年春季就开满了雪白的小花。那里曾是我童年的乐园，以致现在回忆起儿时的往事，梦里还有橘子花开的清香。母亲精心地侍弄着那片菜园，她辛勤的汗水换来了我们口中美味的佳肴。如今，母亲年纪大了，她依然不肯放下手中的活儿，依然在那片园子里耕耘着、收获着。每当果蔬

莫清荣作品

成熟的时候，母亲就会打来电话让我们回去采摘。每一次回去的时候，我发现母亲的鬓角上又多了几根银丝，心中未免增添了几许酸楚。我多么希望时间能过得慢一点，再慢一点，好让我多一些时日，陪伴在母亲身边。

2

在整理大衣柜的时候，无意间翻出了孩子小时候穿过的衣服。对襟的棉布上衣，连着袜子的裤子，针织的小帽子，还有绣花的肚兜，印花的小围裙，这是孩子未满月的时候穿的。看着这些小小的衣服，我就会想起他很小很小的时候：粉嘟嘟的小脸蛋，亮晶晶的大眼睛，红润润的小嘴唇，肉墩墩的小胳膊，那是上帝赐给我的最丰厚的礼物，也是我一生当中最骄傲、最欣慰、最幸福的拥有。

孩子穿不着的许多旧衣服都送人了，虽然有的只是穿过一两次而已，还跟新的完全一样。唯有这一套我一直珍藏着，从不肯轻易地送了别人。我喜欢在孩子的每一个成长阶段，都选择一套最合意的衣服留下来，当作生命中永远的珍藏。每每翻起的时候，心中总是充满了柔软。

也许，我是一个喜欢念旧的人。总喜欢在一个清凉的早晨，或者一个安静的午后，去翻拣那些旧时光里不老的记忆。一首经典的老歌，一帧发黄的相册，一枚风干的叶子，一页精致的书签，一些昔日的挚友，一段远去的日子……这一切，总在某一个不经意的时刻在我的头脑中闪现，某些心情，也在那一刻被复制、粘贴，然后被永久地保存。在时光的缝隙里，许多往事如沙漏一般被过滤、沉淀，留存在记忆里的，则是永恒的经典。

就像此刻，当我无意间翻出了孩子小时候穿过的衣服时，我也在翻阅着那段时光。我的嘴角洋溢着幸福的微笑，心底也掠过一缕柔和的微光。也许，若干年后，当我的孩子无意间发现我的这一秘密时，我就可以安静地告诉他，这就是妈妈为你保留的财富，它们是你成长的印记，也是妈妈对你爱的见证。

3

窗外,雨依旧在下。淅淅沥沥的雨点敲打着窗棂,奏响着这个六月里最后的弦音。帘外芭蕉兼细雨,六月未央,夏天的味道也在逐渐浓郁。

坐在午后的光阴里,听雨打窗棂,某些思绪,正冲破笼罩着天空的阴霾,在那一刻呼啸而来。一些温暖,也在指尖悄悄地延伸。

一个下午,都在陪着婆婆串花灯。婆婆年纪大了,可依然保持着勤于劳作的习惯。闲着没事,她就到花灯厂里领回了大袋大袋的灯线,一个一个地串着。我们都劝她不要太辛苦了,可她总是闲不住。拗不过她的执着,只好由着她。一家人闲着没事的时候,就一起帮着她串花灯。

婆婆戴着老花眼镜,一副专注的样子,满头银发,满脸慈祥。孩子和他父亲在比赛,看看谁串得更快。我躺在沙发上,手中不停地串着花灯,一边和婆婆有一搭没一搭地唠着家常,一边和孩子你一言我一语地逗着乐子。

周末闲暇的时光,和着窗外绵延不绝的雨,在一点一滴地流走。我知道,我无法握住光阴的衣角,可是,我可以让我的每一段日子都无比丰盈,无比充实。即使没有阳光,这个六月,以及未来的每一天,我依然会努力地度过,让心情不再荒芜,让心空永远晴朗。

偷得浮生半日闲

午后的天空,因了一场雨的到来而显得有些阴郁。没有风,雨濯过的叶子在枝头上干净地静默着。偶尔几只小麻雀,叽叽喳喳地飞到阳台的晾衣竿上,用嫩黄的小嘴啄着被雨淋湿的羽毛。那样欢欣,那样无忧无虑,完全看不出一点懊恼。这一场如约而至的雨,仿佛是它们期待已久的盛宴。在这个燥热的初夏里,它们正好洗个清爽的冷水澡呢。

打开电脑,刚在上面敲下几行文字,忽然屏幕一下子拉黑了,原来是

停电了。想着手头上还有一大堆的事情要处理，却只能对着拉黑的电脑屏幕，无计可施。干脆就放下所有的活计吧，且趁着停电的机会，偷得浮生半日闲。

索性给自己泡上一杯菊花茶，第一次那样认真地看着花瓣在水中舒展的样子，看着淡黄色的茶汁自花朵间慢慢晕染开来，看着杯中的水由清澈透明变得澄黄明澈起来，脉脉的茶香氤氲在升腾起的茶雾中。吹开浮在水面上的花瓣，轻啜一口，一股清甜自舌尖蔓延开来，有沁入肺腑的舒爽。

躺在沙发上，随手拿起一本雪小禅的《终无言》，闲散地翻看着。时光就这样在指间无声无息地流走。小半生已经走过，所有的锋芒已经在岁月的磨砺中逐渐失去了棱角。不再追求轰轰烈烈，不再喜欢热闹喧嚣，守着一盏茶，一本书，一段时光，也能将日子过得活色生香，波澜不惊，如此就好。只有那些内心能守得住寂寞，守得住清静的人，才能处变不惊，荣辱不哗。

曾经，只为了一个地名的诱惑，而不顾一切，买了北上的机票，踏上了一个人的旅程。当飞离了地面的那一刻，漂浮在天空中看云朵从舷窗外一掠而过，终于体会到了，飞翔是一种多么美妙的姿势，拥有自由，那是人生最奢侈的享受。

在暮色中登上景山公园，俯瞰整个北京城，看万家灯火次第亮起，看故宫在眼前铺展成一幅幅壮丽的长卷，现实与历史，真实与虚幻交叠着，竟有一种不知身在何处，不知今昔是何年的迷惘。

与月儿走在夜幕中的长安街上，只为着寻找一段久远时光里的记忆。抬头，看见天空里偶尔一两颗星星在闪烁着。月儿说，北京的天空上很少能看得见星星的。你来了，星星就出来了。是吗？我笑，这么说，是我把星星给叫醒了。我来之前，它们一直在沉睡，我要把它们的美梦惊醒，让它们看一眼这北京城美丽的夜色，还有夜色中两个纯净的女子。

我告诉月儿，在我的南方，是经常可以看到星星的。尤其是晴朗的夏夜，漫天繁星就像无数的小眼睛点缀在蓝色的天幕上。你甚至可以看到启明星从天空升起，可以看清大熊星座的形状，七颗星星像个勺子似的排列着。天空很高，很远，很蓝，很干净，不染一丝尘埃。于是，我们数着天空上一颗一颗稀疏的星，想起了在故乡的月夜，想起了那一声声忽远忽近的蛙鸣，还有无数星星点点的萤火。

月儿的眼神里充满了羡慕。她说，等有一天她老了，她会在南方的某一座小城或是某一个村庄边上，盖一座有院子的小楼。篱笆墙边种满了蔷薇，在开满蔷薇的月夜里，品着茶香，数着星星，过着只属于自己的小小的幸福日子。

很多时候，我们总是忙于琐事而疏忽了心情。其实，忙碌只是我们惯用的一个借口，惰性才是人骨子里所特有的基因。不妨于现实的忙碌中，放下所有的羁绊，做一回真正的自己。

在光阴的河流里，我们都是一个匆匆的过客。活着活着，小半生就过去了。才知道，偷得浮生，留一点清闲给自己，原来可以这么美。

开到荼蘼花事了

荼蘼，是一枚绝色生香的词语。它让人无端地感到一种颓败的美丽。这美丽，有锦缎被撕裂般的决绝，也有壮士扼腕的惨烈。它让人想起了盛唐时期，长安街上的歌舞升平，也让人想起秦淮河畔，隔江犹唱《后庭花》的靡靡之音。

一直不知道荼蘼其实是一种花。第一次看到"开到荼蘼花事了"这句话时，只知道，荼蘼与一场花事之间，必然有着纠缠不清的联系。后来，才明白，荼蘼是一种蔷薇科的草本植物，夏季开花，花色雪白、酒黄，单瓣，有香味。更让人惊艳的是，荼蘼还有许多美丽的别称，酴醾、百宜枝、独步春、琼绥带、白蔓君、佛见笑、雪梅墩。每一个都风情万种，令人浮想联翩。

《群芳谱》上说它"色黄如酒，固加酉字作'酴醾'"。花香袭人，酒入愁肠，一半明媚，一半忧伤。在暮春初夏的风里，荼蘼就如一场轰轰烈烈

莫清荣作品

的爱情，盛开到了极致。不管结局如何，绽放过，美丽过，即使玉石俱焚，那惊心动魄的过程，也是一生之中不绝的回响。

开到荼蘼，明知道已没有了退路，仍然义无反顾。爱本就是一场没有救赎的赌注，心甘情愿，如飞蛾扑火，拼尽所有，从不计较，也不后悔。

"荼蘼不争春，寂寞开最晚。"在百花开败的盛夏，一场又一场盛大的花事已纷纷落下帷幕，唯有荼蘼兀自妖娆，暗放幽香。"三春过后诸芳尽"，荼蘼花开，青春散场，谁又能握住那转瞬即逝的光阴？生命中最灿烂、最繁华、最刻骨铭心的爱，谁又能确保它的永恒？

荼蘼就如一场如约而至的雨，在某个黄昏的院落，在寂寞的原野里，静静地盛开，静静地凋谢。即使没有人欣赏，它也极尽灿烂，终其一生的美丽盛情地绽放米酒色的花朵，将最后的花事演绎得淋漓尽致，绝世空前。透过雨幕，我看到了大片大片或雪白或酒黄的花瓣纷纷坠落，在地面铺上了一层厚厚的花毯，有的被吹落到稀疏的枝叶间，有的被风吹卷到小溪上，随水漂流，不知又将飘向何方。当所有的花瓣离开了花朵，枝头上依然残留着它的暗香。

说到荼蘼，让人想起"彼岸花"。它有一个分外生香的名字叫"曼珠沙华"，佛典中也说它是天上开的花，花开在彼岸，花开时看不到叶子，有叶子时看不到花，花叶两不相见，生生相错。"君生我未生，我生君已老。恨不生同时，日日与君好。"人世间本就有许多遗憾，在错的时间遇到对的人，或在对的时间遇到错的人，都是一样的缺憾而美丽。正如荼蘼，末路之美，不喜，不悲。

生命是一场没有预约的花期。一朵花的开放，必然以凋落作为最终的结局。尘归尘，土归土，湮灭在红尘的最深处。时光也在这样的循环往复中生生息息。花开时且明媚，花落，也不必叹息。

三千繁华，终需散场。这世间笃定的禅机，谁也参透不了。

仔细想来，人生不过就是一场荼蘼。盛大地绽放过，而后凋零。谁又能许谁下一个轮回。所谓的在下一个轮回里与你相遇，只不过是给予彼此灵魂的一种慰藉。再美的誓言，也会在时光的打磨中逐渐失去往日的色彩。

开到荼蘼花事了。荼蘼是春天最后最盛大的压轴戏，它给这场繁盛的花事留下了最完美的谢幕，是这夏天最后一抹花语最美丽的诠释。

青春已成过往，昨日不可追忆。积攒所有的力量，将生命绽放到了极致，已是无悔。

如果春天去看一个人

南方的春天大概是水做的吧。目光所及之处，双手触摸之地，总是充溢着一种湿漉漉的感觉。那雨吧，从去年冬天开始，就绵绵不断地飘洒，纷纷扬扬，仿佛这天地间充满了无处诉说的委屈，只有通过这细细的、凉凉的雨丝的倾诉，才能把郁结心中已久的衷肠一一诉尽。久违的阳光总是羞答答的，任你千呼万唤，也始终不肯露出她的笑脸，无端的，让人把对她的深深思念，化作心底浅浅的怨尤，埋怨这阳光的不解风情。

早上起来梳头，往镜子前一站，眼前只有一片雾蒙蒙的景象，一颗颗水雾凝结在镜片上，用手轻轻一划，晶莹剔透的水珠顺着镜面流下来。我看不清自己的脸，很多记忆也在那一刻悄然模糊。是的，很多时候，越来越觉得看不清自己了，不知道自己想要的是什么，也不知道要去向何处。是谁说的，越长大越迷茫，我，是不是越老越糊涂了呢？

那一日，看到小禅的新书《如果春天去看一个人》，光是题目，就有一种摄人心魄的美，不由得不让人动情。春天，是多么美好的季节，桃红柳绿，百花娇媚，春草初生，春林初茂，一切都刚刚好，多么适合去看一个刚刚好的人。没有迟一步，也没有早一步，你来，我在，目光交汇，相见恨晚，如此就好。

拿到书的那一刻，竟然有些爱不释手，迫不及待地翻阅起来。清新淡雅的封面，精美的装帧，美得令人心醉的文字，配上老树的画，一切都那么恰到好处。爱极了那一张书签，竖版的格子，是雪小禅亲笔书写的"如果春天去看一个人"，一签在手，见字如面，仿佛心心念念的知己，突然

莫清荣作品

出现在面前,竟不忍释手了。内文中,同样有小禅亲笔书写的一页页手迹,每一段,每一句,字字珠玑,光芒四射。读之,感觉与作者之间的距离那么近,近得只剩一张纸的距离;又觉得她文字里的高度,是自己永远只能膜拜,无法企及的。光阴能改的是容颜,改不了的是孤意与深情。一盏琉璃灯,一场莲花事,一味缱绻色,一朵欢喜禅,一章一节,一字一暖,唯美清幽的文字,记录下时光中的温暖与感动,生活的美,如花;爱情的烈,如酒;光阴的千丝万缕,剪不断,理还乱。在文字中,我们仿佛看到自己的影子,于文字中,寻找那个与自己灵魂相通的人。

　　如果,春天去看一个人,谁会在水之湄,在河之滨等我,相遇,相知。谁会寄我一纸红笺,告诉我:陌上花开,可缓缓归矣。谁人与你立黄昏?谁人问你粥可温?谁人与你捻熄灯?谁人与你书半生?谁人陪你顾星辰?谁人醒你茶已冷?

　　如果春天去看一个人,想走进那烟雨蒙蒙的凤凰古城,踏着湿漉漉的青石板路,沿着小巷,去探访沈从文先生。在一个湿漉漉的春天早晨,读先生的《湘行散记》,一帧帧颇具浓郁湘西风情的画卷,一封封滚烫烫、情真真、意切切的情书。多想沿着你的足迹,走一回沱江的水路,看江上往来的船只,看两岸不断往后退去的风景,想象你当年一路上的风尘仆仆,一路上的牵肠挂肚,一路上的心心念念。若非亲历,谁又能读懂,那是怎样一种深情?读沈先生的小说《在春天,去看一个人》,又是另一种心境。在沈先生的小说里,有纯美如落樱的爱情,有纯真善良的人性,有我们深深渴望的内心的宁静。读着这些故事,就像春天里去看一个美好的人,所有的初见,都如久别重逢,只一眼,就驻扎在彼此心里,根深蒂固,一见如故。

　　好想,在春天,赴我们的江南之约。江南,已成了我的一块心病,见你,已成了我心底念念不忘的一场顽疾。断桥上的残雪早已消融了吧,西湖边的垂柳早已披上翠绿的衣裳了吧,你是否还在旧时的小亭轩榭里,为我,点好了一杯不加糖的咖啡?咖啡易冷,唯情不灭,总有那么一天,我会踏上一段有你的旅程,去奔赴一场命中注定的约见。

那么，就让我们在春天，在这个美丽的季节里，写下我们美丽的约定：你不来，我不老，我们，不见不散……

母亲的另一个孩子

母亲有许多孩子，他们的小名分别叫冬瓜、南瓜、西瓜、红豆、绿豆、黑豆、茄子、辣椒、葱姜蒜等，他们都有一个统一的名字叫"庄稼"，母亲把他们当作自己的孩子一样精心伺候着，给他们最肥沃的土壤，给他们最充足的阳光、雨露，给他们提供最丰富的营养。

春天的时候，大地苏醒，万物复苏，柳枝开始抽芽，布谷鸟还没唱响婉转的歌喉，母亲就开始准备耕种了。晨曦初露，母亲抬头看看天，根据她多年的经验，昨晚太阳落山时，西边的天空晚霞红灿灿的，今早天上没有云彩，肯定是个好天气。她戴上斗笠，背着锄头，拿着镰刀出门了。她来到靠近河边的菜园，开始清理杂草。那些经过一冬肃杀的杂草虽然还没有复活过来，干枯的藤蔓却牵牵扯扯地爬满了地面。母亲用镰刀把杂草割断，晾晒在身后的土地上，不大一会儿，倒伏的杂草就像一床厚厚的棉被在母亲的身后铺展开来。把所有的杂草割下来后，母亲伸直腰板，虽是早春二月，天气乍暖还寒，劳作了一上午的母亲的额头却已经沁出了一层细细密密的汗珠。她用手背擦擦额头，捋捋花白的头发，脸上露出满意的微笑，像一朵开在原野的雏菊。

春天的太阳不是很烈，总像罩着一层薄薄的面纱，但那温度已足以让那些倒伏的杂草变得干燥起来。傍晚时分，母亲背上竹耙，揣上一盒火柴来到地里。她拈了拈几根草茎，估摸着这些草可以烧着了，就用竹耙把杂草归拢成若干几堆，从中取一把最细最干的草点燃了，引到草堆当中，借助风势，草堆迅速燃烧起来，呼啦啦的火苗噌噌地往上蹿，映红了母亲的脸，草灰也随着风儿扬起，飘到了母亲的头上、身上。不大一会儿，母亲的头发上、衣服上都沾满了草灰，连眉毛和嘴唇上都落了一层。母亲用手

莫清荣作品

一抹，脸上出现几道黑色的痕迹，像那只整天扑在灶台上的大花猫的胡子。杂草燃烧之后剩下一堆堆灰烬，母亲用水淋湿，把他们归拢到粪桶里，草木灰是种瓜种豆最好的肥料。

烧过杂草的地皮变得更松软了，母亲用铁锹一锹一锹地把土翻起来，用刮子一锄一锄地把土块敲碎，起垄、平整，就可以下种了。

选一个阳光明媚的日子，母亲把装在坛坛罐罐里的那些冬瓜、南瓜、西瓜、红豆、绿豆、黑豆、花生、玉米的种子翻出来。这些种子早在去年秋天时就经过精心挑选，颗粒饱满，珠圆玉润。母亲把它们分门别类用纸层层包裹，一样一样码放在这些坛坛罐罐中。这些坛坛罐罐搁在厨房灶台堆上去的木架子上，冬天在灶下烧火，种子们躺在陶罐的肚子里，暖和而舒适。生姜、芋头、红薯、淮山之类的块茎也放在灶台后面，再冷的天也不会冻坏，一到春天，它们就长出白嫩嫩的芽儿来。母亲剥开一层一层包裹的白纸，把这些种子放到竹筛里晾晒。她说，这些种子在冬天里都睡着了，必须用阳光来把它们唤醒，就像你们一样，冬天里喜欢睡懒觉，睡到太阳晒屁股才起来。晾晒种子很讲究，太阳不能太大，晒的时间不能太久，否则就会把它们晒伤。只要在上午的阳光下晾一两个小时，让它们刚刚苏醒过来就可以了。母亲看着这些种子，就像看着刚刚落地的婴儿，眼里满是宠溺。

南方的春天来得早。清明前后，种瓜种豆。春分一过，母亲就准备下种了。她在前一天晚上，把种子放入清水里浸泡一下，捞上来装入布袋里，第二天一早，就带着种子，挑着大粪来到地里。平整过的土地表面已经变得灰白干燥，但只要锄下去，底下的泥土却是深黑色、湿润的。母亲凭着手感用刮子的角一锄一个窝地锄下去，一行一列就像用尺子测量过一样，排列得整整齐齐的。她把草木灰撒在猪粪上，搅拌均匀，一个窝撒一把作为底肥，再盖上一层土，才把种子点到泥土里，绝不让它们粘着粪肥，怕太咸了会把种子沤坏。点下种子之后，上面再盖一层土。我问母亲，为什么要用手去抓粪肥呢？用铲子舀不行吗？母亲说，用手抓有模，一抓多少有个准，对待庄稼也像对待自己的孩子一样，不能厚此薄彼，要平等对待你给它一尺，它就会还你一丈。我知道"春种一粒粟，秋收万颗子"的道理，却不知道对待庄稼也要平等，是母亲宽厚的胸怀让我明白了这个道理。

整个春天，母亲白天的时间基本上就在地里过了。种完花生种玉米，种完绿豆种黑豆，种完南瓜种丝瓜、苦瓜。南瓜丝瓜苦瓜的种子怕冷，母亲用温水浸泡后，把它们装入布袋或不要的袜子里，每天淋水，等它长出嫩黄的芽儿后，就把它移栽到装有泥土的一次性纸杯或塑料杯中。每次我们用完了一次性杯子就顺手把它丢进垃圾桶了，母亲总是说，不要丢，留着有用呢。开始我们不知道她留着这些杯子有什么用，以为她想重复使用，总是背着她偷偷丢了，但每次母亲总把它们收集起来，原来是留着载瓜秧用的。于是，我们就主动为母亲收集着，一年下来，也有百八十个的。白天，母亲把这些杯子摆到阳台上，浇水、晒太阳。晚上，又把它们收到房间里，她说一来晚上下雾气温低，怕冻坏种子，二来怕老鼠或小鸟来啄食。刚长出来的苗儿就像刚落地的婴儿，娇气，经不得风经不得雨的，要细心呵护。一两天后，种子拱破泥土露出雀嘴一样嫩黄的芽，再过几天，芽儿慢慢生长，长出绿色的叶儿。细长的玉米苗，圆胖的南瓜秧，毛茸茸的葫芦秧，它们吸足了水分，就像婴儿喝够了奶，一天一个样，几天工夫就有一指多高了。天气也逐渐回暖了，母亲把这些杯子里的秧苗挑到地里，一棵一棵地移栽下去。她用小刀隔开一个个杯子，把秧苗连同泥块一起取出来，小心翼翼地双手捧着把它们放到事先挖好的小坑中，一手扶着秧苗，一手抓起旁边的泥土盖起来。这个过程母亲不用锄头或刮子，她怕伤着秧苗，全程都用手来完成。移栽好后，用水瓢绕着秧苗轻轻地淋一圈水，那样子虔诚而又庄重，好像在举行一个重要的仪式。

那些豆苗瓜秧们也是知道感恩的，它们努力地拔节，努力地生长，一天长一节，一天长几片叶，渐渐地长成一株藤蔓，顶部的触须开始打卷。母亲从山上砍来木棍或竹枝，一株豆子插一根枝条，把秧苗扶起搭在枝丫间，那些秧苗便倚靠着枝条恣意地生长，开叉，越长越绿，越长越密，直至开出淡白或紫红的花，结成细长或宽厚的豆荚。那些南瓜冬瓜之类的不爬上枝条，母亲割了一层茅草铺在地下，它们的藤蔓便向着阳光的方向疯

莫清荣作品

长,开出淡黄的花来。母亲说,南瓜的花有雌花也有雄花,只有雌花能结出瓜来,但雄花也必不可少,雄花可以掐来做瓜花酿,是一道非常美味的菜肴,但母亲每次摘花都要留下一部分来授粉。黄澄澄的花引来了蜜蜂蝴蝶,它们从这朵花飞到那朵花,辛勤地采集着花蜜,也把雄花的粉传到了雌花的蕊上,雌花的根部缀着一个小小的瓜儿,花一落,瓜儿就噌噌噌地长。碧绿的瓜苗,淡粉的瓜花也引来了萤火虫、小蜗牛等,它们专门啃叶子和花,也啃嫩嫩的瓜。母亲不用打药,她用自己的土法子。她用石灰粉混合草木灰撒在瓜秧上,萤火虫就不敢来蚕食了。下雨过后,石灰被淋湿了,掉落了,萤火虫又来了,母亲见一只抓一只,把它们装入小药瓶里给孩子们玩。这样,我们家的南瓜一个个长得都红红的,上面敷一层淡淡的白霜,活像一个个弥勒佛。那些丝瓜苦瓜则绿油油的,个个纹路清晰,色泽光鲜艳丽,像一个个挺拔的小伙子。豆角呢,则像一根根辫子从枝顶垂挂到底部,一丛丛,一簇簇,只见豆角,不见叶子。

　　和母亲去种花生的时候,我们帮母亲放种子,嘴馋的时候抓起几颗花生就想往嘴里送,被眼尖的母亲看到了,立即遭到制止。母亲说,种花生的时候不能吃,一吃就会被老鼠鸟儿听到了,它们会来啄食种子的。母亲用竹枝、茅草扎一个稻草人,给他穿上一件破破烂烂的衣服,戴上一个破斗笠,鸟儿们就不敢来啄食了。事实也是这样,别人家的花生种下没几天就被鸟儿啄去了很多,她们一边骂着"这些发瘟的鸟儿",一边补种,而母亲的花生基本是一次成功的,所以长得也比别人的快。同一天种的瓜豆,我们家的已经结果了,别人家的才开花,我们家的可以采摘了,别人的才开始挂果。因为长得早,常常有人看着眼馋,他们等不及自家的成熟,就趁着没人时偷偷摘了我们家的瓜果,母亲也从来不骂人。她常说,自家地里种出来的,又不值什么钱,谁爱摘就摘去吧。村里的大爷大娘身体不便,种不了什么瓜果蔬菜,母亲常常摘了送给他们。摘了丝瓜苦瓜,她从地里一路送回去,人家赞叹两句,说她的瓜长得好,长得鲜,母亲就像得了大奖一样,笑呵呵地从笼箕里取出几根送给别人,两半笼箕的丝瓜回到家只剩三四根了,母亲说,吃了明天还有,吃得越多,长得越多,好东西要一起分享。

村里有一个半癫半痴的五叔，老婆跟人跑了，唯一的儿子去打工，一年也难得回家一次。他常常跑到人家的菜地里，摘一些黄瓜丝瓜的来吃，摘了豆子大把大把地收进裤袋里，村里人一见到他就追着赶，他就装疯卖傻，拎起石子打别人，吓得那些伯母嫂子快快往家跑。母亲从来不骂他，还主动摘了瓜果给他，他常常躲到母亲的瓜棚豆架下，有时也帮母亲提提水，浇浇菜。别人都说母亲，那个疯子你理他做什么，母亲笑笑说，你对他好，他也对你好。你们骂他，他就打你，我不骂他，他就老老实实了。

春种秋收，母亲总会选长得最早最饱满的豆荚，让它在架上晒干，才摘回来剥开，翻晒，用纸包好，留住种子。南瓜丝瓜苦瓜也选长得最大最老的一个，挖了里面的籽晒干包好存放在瓦罐里，老丝瓜的瓤晒干还可以用来洗碗，洗锅，绝对的环保纯天然，不沾油污。母亲把装种子的瓦罐放在灶头前供奉灶王爷的地方，她说，有灶王爷的看管，种子一定会安安稳稳、规规矩矩地待在里面，只等春风来吹开它的眼，等春雷来把它唤醒。装种子的笸箩则悬挂在灶头上方的横梁上，干燥、暖和，老鼠蟑螂也够不着。母亲说，种子喜欢有烟火气的地方，泥土是它的温床，而笸箩就是它的摇篮，种子是个聪明的孩子，躺在摇篮里舒舒服服地过完冬，开春就到田地里安家落户。那些生姜、芋头、红薯之类块茎的种子，母亲则用草木灰将它们覆盖起来，卧在厨房堆放柴草的地方。清明前后，白嫩的生姜芽迫不及待地从草木灰中冒出头来，嫩绿的芋头秧也拱破灰皮，支起了小伞一样的秧苗，粉红的红薯秧像豆芽一样纷纷冒头，母亲轻轻地拂去草木灰，小心地把这些小东西取出来，拍干净它们身上的灰尘，像给小孩子洗脸一样，一块一块地清理干净，码放入笼箕里，挑到田地里，种入泥土里，等待着又一轮的庄稼成长，成熟，日复一日，年复一年。

母亲就像侍弄着自己的孩子一样侍弄着庄稼，庄稼也像她的孩子一样乖乖地听话，回馈给母亲最大的恩惠。庄稼都知道感恩，何况我们人呢。

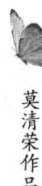

辽阔之海作品

个人简介

郭明晓 笔名辽阔之海。山东淄博高青人，喜欢读书，涂鸦写文，有单本《此心安处是吾乡》散文集出版，合集《淄博文学现场散文精粹》十年卷等。在杂志报刊发表多篇文章，参与征文多次获一、二等奖。获淄博文学现场金墨客奖。

钱塘晓月半轮秋

春水方生

  天空如此晴朗,一弯皎月倒挂,繁星点点。举国上下抗疫情特殊时期,蜗居小城,看不到更多的奇异美景。晚上,楼角一池迎春仿佛有一股巨力把它抬起,浅淡的灯影里仰脸对着深邃的夜空,一团鹅黄,一往情深。小城博物馆的门厅下一排瘦竹紧贴冰冷的楼体,甚至怀疑它们根本就没有生命的漂浮,像那些杳无踪迹的候鸟,整楼的风倒灌,让它们瑟瑟抖动,贴近了,才看见它们伸缩的羽翼,就那样绿着。

  究竟是春天,万物都在懵懂的发育中,即使这个春天的脚步迟缓艰难。万物通感,在无言的身体里,想象里,修辞里,也可能是因兴奋而叫起来。我相信这是那蓬迎春或者那道修竹篱笆带来的启示。一盆养了六七年的君子兰打苞了,这让人有点儿兴奋。在这之前,总猜疑这株君子兰是父本,叶子细长,叶片也不肥厚,开不了花。

  惊蛰了,这才念念不忘:春水方生。谁曾想,"春水方生"的故事更是精彩。

  "建安十三年,赤壁,火焰熔化铁索,曹公横槊临江,心如刀割,周瑜和鲁肃的眼中却放出光芒。这个农民家族的年轻继承人第一次确认了自己的地位,明月下的瓜田,变作星空下的大江大海,神思摇摆,竟能左右天下。"其中所说年轻人即是孙权。曹操不甘心。五年之后,兵临城下,相距月余,旧伤新痛涌上心头,却不敢轻举妄动。归结于没有把握战胜孙权。

孙权喜欢这种感觉。据说他居然亲自划船入曹营，奏乐扬长而去。曹箭如雨下，左边扎满了，孙权就调转方向，让他射另一面。这是草船借箭的版本。

春天来临，喜欢上"春水方生"这个词，四处打捞，原来出在自己不很喜欢的《三国》里。原来真正的《三国》并不是像自己臆想中的《三国》那样了无生趣。孙权写给曹操小字条"春水方生，公宜速去"，背后却附小贴士"足下不死，孤不得安"，而此时的曹公大度慷慨，谓左右曰："孙权不欺孤"，笑得像个铁憨憨。我愿意相信这是真的，因为真的很调皮，因为这些操弄着国权民生的大人物接地气，有烟火日里的真和暖意，即使是在战场。

"春水方生"一句，是威吓，是硬气，是晓之以理。"足下不死"一句，是卖萌，是傲娇，是动之以情。"天下英雄谁敌手？曹刘。"这千古名句，也经不住仔细推敲。认真说来，曹刘还真不是孙权的敌手。曹操全家都没有活过孙权。刘备的豪华创业团队凤雏、卧龙、张飞、关羽全死了之后，孙权依然活着。三国的世界里，孙权实在太年轻了。曹操死时，孙权三十多岁，刘备死时，孙权刚过不惑之年。曹公谓刘备"天下英雄就咱俩"时，一定是沾沾自喜，他不知道后生可畏。老对手坟头草深，老伙计消亡殆尽，孙权变成了旧日时光最后的守望者。最初的动荡里，似乎每个姓氏都有机会脱颖而出，所有人眼中都闪耀着野心的星芒。刘备起于桑树之下，孙吴起于瓜田，曹操斗鸡走狗，"其实连这桑树、瓜田与鸡狗都是后人附会，到底有没有那一棵高大如伞盖的桑树或月亮下的瓜田，谁又能说清？"因缘际会，三家腾空而起成《三国》，各编出一份帝王将相家谱。年轻的孙权终究是失败了。孰能不败？……渔樵江渚，孤舟雪夜，残月浊酒，让人感慨不休。

偶翻乡村书屋里淘来的白话精华版《史记》，卷八十七李斯。说他年轻时，看到办公处厕中老鼠吃脏东西又近人和狗，经常受惊吓。再看到粮仓中的生活环境优渥的老鼠叹口气说："一个人有出息、没出息就如老鼠，在于让自己生活在怎样的环境中而已。"他是楚国人，随荀卿学治理天下。预

料楚王不会有成就，就此别荀卿去往秦国，拜在吕不韦门下，后做秦王客卿。秦统一中，李斯参与谋划。随后，李斯的儿子们都娶了秦公主，女儿们都嫁给了秦诸公子。儿子回家探亲，门前车马数以千计。李斯曾深深叹道："我曾听荀卿说过，事物禁忌过分。我是上蔡一平民，当今臣子的地位没有比我高的了，可说福贵已极。物极必反，不知道归宿何处？"

始皇三十七年十月，出游会稽山，丞相是李斯，中车府令赵高随从。这一去，再无归。第二年七月，始皇病危，令赵高写诏书给大儿子扶苏到咸阳参加他的葬礼，然后安葬。诏书已封，还未交给使者，始皇终。随驾始皇小儿子胡亥，丞相李斯，还有五六个亲信知道，李斯建议封锁消息，一切照常办理中等待扶苏到来。诏书和御玺都在赵高手中，随手送给了胡亥一个人情，蹿腾胡亥继位。李斯不从，流泪叹道：既不能以死效忠，又到哪里寄托命运呢！赵高奉太子之命告丞相，丞相不得不遵命。于是乎李斯参与了伪造始皇诏书立胡亥做太子。再后来，赵高构陷李斯，再后来，二世二年七月，李斯定五刑。再后来就有了"指鹿为马"，二世昏庸至极，最后被赵高乘机胁迫自杀，子婴继位，三月后，沛军收押，再后项羽在咸阳把他们杀了，秦朝便这样丢了天下。

....

春水方生。草船借箭。指鹿为马。历史的长河里这只不过是三个成语。这个春天的疫情，也将在历史的长河里留下痕迹，其中的故事也将会警示后世。惊蛰一记。

雪中盛开的花儿

迎春花快开了吧？往年，来来回回去店里的路上隔着车窗寻找春天的模样。偶尔，发现一两株花树擎着串串般嫩黄花朵儿，心跳加速，迎春花儿开，醉人。后来，才知道自己所看到的是连翘花而不是迎春花。迎春花灌木丛生，又名金腰带，藤蔓匍匐在地，最长不过一米，花单生在去年生的枝条上，先于叶开放。连翘则是早春先叶再开花，株高可达三米多的花树。

　　有一次，相约大姐去一个古村落游玩，看葵花开，走累了，铺地坐在一家农户的屋后路边，脚边有很多匍匐在地的黑褐色略带针刺的藤蔓，生出诸多嫌弃。大姐说，别看这样子，它可是迎春花呢。迎春花是一种落叶灌木丛生植物，它与梅花、水仙、山茶花合称雪中四友。

　　今年的春天因为疫情步履蹒跚，雨水迎来一场大雪，滋润万物，迎春花儿也该芽苞鼓胀吧。雪中四友中最普通的算是水仙花。第一次见水仙是刚结婚那年去邻居家拜年，在厅堂一角一张浑厚敦实的高脚小圆桌上，圆圆的白瓷盘，一汪清水，几个大蒜头，竟然开着皎白花瓣裹着细碎的鹅黄花蕊，惊讶那份悠然和雅丽。羡慕有这样闲情逸致的人家，也更高看了这份情趣。相继知道这家有儿在广州这样的大城市里当兵做了高官，见识广，家事儿也比平常人家高几分。

　　我竟不曾养过水仙，真有些遗憾。山茶花是养过的。几年前，生意上的朋友春节前几天来送货顺便带来两盆直径大半米缀满了花苞的粉色、白色山茶花，那个春节过得特别美，忙完了吃喝闲下来就数花朵，昨天开了多少，今天来了多少，明天有可能开多少。也是那一年刚搬到高层楼上，家里白净整洁，花儿飘香，美不胜收。

　　北方太冷，很少梅花。有一年去苏州，在拙政园，有人教认哪是梅花树，哪是迎春，去时秋末，也未见它们花开之姿。记得自己刻意伸手触摸梅花树遒劲黑褐的老枝，略略伤感，这么的丑，竟开出最美的花朵儿。踏踏实实走在梅花林里是在成都朋友的苗木基地，几千株树形优美、各具风姿的梅花树，并且正是花时。那是阴历二〇一〇年的腊月阳历二〇一一年初春。老树新枝，疏影横斜，朵朵清奇，在凌厉的雪影里跳跃飞动，眼里，气息里，都是凉凉的甜甜的香。

　　生意的伙伴依旧，文字里的密友依旧。那些春天的花儿依旧。时光荏苒，春天的花儿依旧开，看花儿的心情却不再如此。免不了遗憾也更多叹息。这个春天还没有来得及购置几盆怡人的花儿，疫情来了，封令来了，

偶尔出门也是急急如律令,快去快回囤积水果蔬菜,守着阳台上韭菜盆景里的韭菜徒徒生长,竟生出许多的梦想来。

每一天最多刷屏是腾讯新闻,关注着每天都更新的疫情数据,担心着那些相识的、疫情严重的师友们,为那些能付出的医护战士们感动着,震撼着。很庆幸自己的小城天高水清,没有一例新型冠状病毒肺炎确诊病例,也庆幸认识的一位医生去援鄂,那是一个瘦瘦高高的大男孩,有担当有魄力。疫难中,他们才是雪中盛开的最美的花儿。

樱花盛开的气息

"在冬天的山巅,露出春的气息。"这首《春光美》是二十多年前听到的最好听的春天的歌曲。而今年的春节是最糟糕、也最无情的一个春节。今日立春,许多感慨,一团胡思乱绪。

1. 夜里,牙疼至醒,心烦意乱。冠状病毒肺炎疫情太严重,必须宅在家里。记忆有史,每年春节歇到初六,初七日人一定要行动起来。而今,疫情汹涌,迷茫忧心,每天刷屏最新疫情,关注湖北,关注武汉。

"珞珈山,曲径通幽,绿树成荫,郁郁葱葱的参天大树让人感觉仿佛走进了一座森林。"这里最常见的树有梧桐、杏树、香樟树,还有樱花、梅花……因为疫情,珞珈山,茶港巷,武大的樱花,在脑海里闪来闪去。

2. 原本喜欢安静,刚收到不许外出的通知时,没有更多不安。却是珞珈山有师友,惦念着。刷新疫情,再一次跌进迷茫里,真期望有绝处逢生奇迹发生。今日立春,是该有好消息了。

家有党员,一直在抗疫一线值班。每一天出门都几度担心,每一天家门打开就踏实了心安了。今天,儿子也正点冲上党员值班岗。

3. 夜里有梦,迎面而过珞珈山的师友而不识。是的,相识十年有余,未见一面,敬仰已久,他是一个奇人教授,又平易近人。武汉大学人教课微积分,笔下文字却细腻圆润,更多逻辑伦理纵横捭阖,永远忘不掉他对

"劫"的拆析,像极了这次疫情,千万磨难。

关注疫情,更多祝福,期待着师友安好。师友文字里得知师友父母在老家孝感,高龄,健康,疫情来临,唯愿平安。

4. 武大的樱花快开了吧?往年无论是在文字里还是微信里都能看到武大樱花盛开的美景,今儿又开始期待。

相信一定会的。在师友微信群里,欣赏师友用武汉几十张风景图片做背景、口哨版纯净且忧伤的卡布罗集市纯音乐、剪辑制作的微视频,很是感动,更多忧伤,也理解一个武汉人的无奈和感伤。"特别的日子,守着一块正在诞生史诗的土地。""这是一块低调的土地,就连这块土地上的美景也不乏低调。同样,在这块土地上繁衍的人类也习惯低调,与世无争。如今,一场史无前例的瘟疫,改变了5890万人的生活起居。于是,和这块低调的土地,同呼吸,共命运,便成了一种自然的选择。这是一块生了病的土地,这是一块就躺着爱的土地,这也是一块正在诞生史诗的土地……"

收藏了又收藏,本想着转发朋友圈,可是,怎么也转不成,不明原因。微视频不单是一个武汉人的心境,更多是疫情地所有人的心声,是樱花就要盛开的气息。

5. 这个漫长难熬的春节里,自身免疫力有所下降。很多年前的慢性阑尾炎像一个蛆虫啃食着躯体,束手无策之际,又犯牙疾,不想出门,却也要两天一次去超市买水果,非常时期一家人的日常生活必须要保证。

每一次出入小区门口都会龙飞凤舞签名签字,进超市一定是测头温,测手腕。几乎不说话不交流,人和人之间多冷漠多无情,即使这样,依旧很感激这个城市里那些和家人一样坚守在防疫第一线的职员们,是他们守护着一方人的平安和健康。依旧很庆幸自己的小城天高水清,岁月静好。每一个时代,每一次灾难来临,总有些人在付出,在贡献,在冲锋陷阵。

是的呀,哪有什么岁月静好现世安稳,不过是有人在替我们负重前行!正是因为我们背后的英雄在为我们遮风挡雨,才让我们享受着平安幸福的生活。

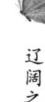

辽阔之海作品

钱塘晓月半轮秋

初心犹在

回家,初心犹在。

夜里有梦,见到了父母,我对父母说,过年了,给他们每人买一个羽绒服。母亲很高兴,张罗着去看衣服,我随后带着钱去。扒开钱包看了看钱不够多,就又去自己的地方去取。母亲选了自己看好的羽绒服,说给父亲买的羽绒服略小一丁点儿,也还行,穿起来利索。父亲对穿衣一向很不讲究,也没有过多要求。

母亲的样子很清晰,是她健康时的模样,一遍一遍回味着梦里的一些细节,心跳到嗓子眼。很久很久没有梦,偶尔得梦也不见父母。这一次,很满足。黎明和家人迫不及待说梦中的情景,说着说着哽咽泪流,一个梦,带来多少年缺失的亲情,无尽悲伤着为这短暂的相聚而欢喜。

可叹"父母在,人生尚有来处。父母去,人生只剩归途。"多么想再和他们在一起过个年,再去给他们置办年货。父母在时,每年的腊月二十七八都要回去,鸡鸭鱼肉,多少都会带些。如外一定要买上些白糖红糖,讲究给家里送甜头。

家人说,回去一趟吧,顺便带些肉回去,今年肉贵,其他也没有稀罕的东西。是的呀,父母相继去世的这几年,一如既往地为哥哥弟弟送年货。送了年货才踏实,固执地认为父母一定收得到,相信他们的魂魄犹在,一定是在老家里的某一个角落里蛰伏,或者在老家院子里的枣树上游荡。

老家院里一直有枣树。祖母在时的老院子墙角有一棵一抱抱不过来的大枣树,结的枣子大、甜,伯母经常哄着我们姐妹上树,摘下来最新鲜无裂痕的枣用酒来醉,过年时吃就像吃到了鲜枣。晒干了的枣整个冬天都被祖母藏得严严实实,唯独过年了才拿出来蒸年糕。

后来盖了新院子,父亲又栽上几棵,几经挪房现在还剩一棵也已有一抱粗,每年都结很多枣。弟弟也栽上一棵小枣树,嫁接成冬枣树,枣子大,寿命长，直到十月一叶落尽了还满树紫红大冬枣。是的，枣树连着老家里的脉。

回家，回家。想来想去还是需要去超市。大人的年货，孩子的礼物，一样都不能少。晚上特意去了超市外的一个商店买祭品，那里的祭品质量好。这秋上，婆婆也走了，自此，再没有人可以喊一声娘亲了。

还好哦，还有好多亲人在，还有年货可以送，即使累也幸福。老家里枣树蓊蓊郁郁，葱葱茏茏，柿子树上满满的方柿子，犹如挤挤挨挨的小灯笼，山楂树上密密麻麻的大山楂做来山楂罐头酸甜正好，核桃树几个大核桃更诱人……

回家，走一走，看一看，牵起思念万千。回家，放下尘世之累，初心犹在，新景陡生。

恋恋风尘遮疏影

"有一种收成，除了自己，没人知晓，或许也无须人人知晓。"或者，不是为了文字，而是为情谊抒写，也是一种收成。给自己打气：写，写，写。

年近，整日里叽叽嘈嘈，除了忙吃忙穿，更单调些，也不大敢想外出，偶尔会被到处忽而冒出来好多的人吓住，越活越胆小。狐疑这碎影子是怎么生出来的，细数流年打包归因于深冬。春生、夏长、秋收、冬藏，天之正也。

天寒地冻大雪日，一个藏字，意义饱满。听《春江花月夜》时，解析成一种能量，一种精气神，用以自慰。就像树木的根，冬储后，有着源源不断的能量爬上树干、树梢、树叶，欣喜油然而生。

"早卧晚起，必待日光……此冬气之应，养藏之道也。"藏一颗心在世间百态风情万种里，静默相待。《史记》里，孔子向老子请教做人的智慧，老子说："良贾深藏若虚，君子盛德，容貌若愚。"

草木之姿，静然潜居。

　　蛰伏着，愧疚着。晚饭后小时间，跑到相近的新华书店，挪上高脚椅，轻启萧红的散文十章，她写道："手脚抖颤着，在黑洞洞的隧道里，仰起头看见有那么一小束光。"抬头，玻璃窗在霓虹闪烁，一个个匆忙的身影虚晃着成一团暖气。这个冬天不算冷。

　　有朋友送来了知了鬼，说是夏日里自己捉来淹好存着的。禁不住激动，内心里生出翅膀来。小时候夏玉米长到半尺高，就开始捉知了猴，从土里刚爬出来、还没有蜕壳，黄褐色。它们看上去有些憨厚木讷，有些像驼了背沉默少言的小孩儿，有的则像乡下老公公，因为它们都拙态可掬。黄昏时，从小树林，玉米地边，一只只钻出来，多的时候会成群结队。它们行动缓慢，不急不躁爬到树身上、玉米叶子上，按着规律去完成自己的蜕变。知了猴温和，又跑不快，大多半被大人孩子捉到。也有脱衣早的，抓到放在蚊帐里，梦醒时分，它变成一只真正的蝉，天亮睁开双眸，发现它也眼睛清亮，安静停歇在白纱布蚊帐里。这样的早晨，便拥有了阳光的明媚与柔亮。

　　跑到后门屋外的丝瓜架下，仰脸会看到许多栩栩如生的蝉蜕，此时，绿色的瓜藤生机勃勃，金黄色的柔软花朵，椭圆花瓣像阳光一样打开，已经结好的丝瓜大小不一，长得恰到好处水嫩嫩的…

　　眨眨眼，些许兴奋。最喜欢唱儿歌：你怎么这么帅，你怎么这么俊，你怎么这么好看哦。是的呢，时光不歇，人情不老，只生欢喜不生愁。守一炉火，揽一本书，循环一曲高山流水，便什么都有了。即使没有，眯起眼打个盹，也许眨眼就有一个不很糟糕的白日梦，口干舌燥，恰好手边有橙，寻了日用壁纸刀，轻轻划出弧线，酸酸甜甜……，日子的味道。

　　做着不太好的生意，想什么才是最好的生意。有人说，最好的生意是让用户回不去了。是的呢，所有好的产品都让人没有它就不能生活。就像我们没有手机和手机里面没有微信的生活一样。真正成功的生意模式是给用户铺垫一个台阶，用户踏上去就回不来了，而不是竞争。

　　记得有一家店里的童装样式新，风格独特。前几日，吧吧跑很远特意去看，却关门大吉了。行走在小城的街道上，两边商店里琳琅满目，衣食住行，能用到的寥寥无几。这是个物质泛滥的时代。相对应的生意又会好到哪儿去呢?

一代缺吃少穿穷怕了的人群，困惑也是必然。冯唐说："其实自由自在的生活极大程度上与财务无关，而是和一个人的心智洞明不可避免地纠缠在一起。"人又是什么呢？影星靳东说："人，绝大多数是悲观主义者。时间流逝，青春流逝，亲人流逝，收获的也带不走。"

可是，还是喜欢着这清淡且冷酷的日子。底色无论怎样褐色还是铁灰，总有些许鲜活色彩在悦动。米歇尔·福柯说："人比自己认为的要自由得多。"得空抱着的书是汪曾祺的散文集，很是喜欢，满满都是日子的味道。走《葡萄月令》，感觉自己在葡萄园里干了一年，从葡萄枝干出窖再到大雪纷飞入窖，从第一片叶芽萌发，到最后一片叶子落掉，从第一枚绿色米珍珠到紫红透亮装筐运走，欢欢喜喜也陪伴了一年，而忘记了其中的艰辛。他的土豆花，更让人惊叹，当时他的处境很糟糕，他却欢喜得不行，他只要安静做自己喜欢的事。许多的残酷经历他都当是上苍的恩典，没有半分的抱怨。

文字里生出的暖意可抵三九严寒。而很多人一为文人，便无足观，清誉不值半文，沽名钓誉。魏晋时期的王戎，蹭竹林七贤的圈子，随被阮籍戏叱为俗物，也还是厚着脸皮不走，终于混了个竹林行走的资本。"竹林之游，亦与其末"官之实惠，士之令命，都有了……

而有些抒写，只为温暖里行走。有所得，有所悟，有所获，有冲动，有感激，有祝福，有欢喜，更有一份信心在萌动。

陌上花开

一本书，一杯清茶，一丝春风，就是完美春日！

闻着春天的味道，感知天地交心的气息。春风一缕十里欢歌，如诗，温婉流年；如酒，迷醉不知归途。春水初生，春林初盛，热闹而欢喜。

避不开似锦繁花，醉美在花树下慵懒倦怠。手里却是很多年前从一个

辽阔之海作品

大篷车上淘来的张爱玲的《雷峰塔》。不知道她为什么叫这个名字,大概是她自己心里的雷峰塔吧,书是一个叫九丽的女孩子的成长家事。后来又得了她的《小团圆》,断断续续读完,故事极相近,忽而顿悟,无论是《雷峰塔》还是《小团圆》,都是她捂在心口的朱砂,若不是有写文的癖好,绝不会拿出来示人。

喜欢她的冷。喜欢自有喜欢的缘由。不擅交际,多少有社交恐。自由职业,唯我是尊。张爱玲不爱与人说话,也不会说讨好人的话。孤冷而寂。倘若她委屈自己去维系关系,那份对人际交往的恐惧,也会让她过得如坐针毡,文字里的她天马行空,爱恋挥洒自如,怎不是她坐地日行?

"汝之蜜糖,彼之砒霜",不过是如鱼饮水,冷暖自知。她的冷淡,倒也真是成全了她。仰慕着她,似乎也多了一份热闹里的寂静。

这个春天,忙忙碌碌尘世之外,一枝花下,久久逗留而无语,凝视花叶慢慢张开,一股清气环绕轩逸,一枝柳上,停住一点柳笛的向往,看叶芽缓缓泼墨,蠢蠢欲动。这便是北方的春天了。

去年夏,得了一株清香木,闲暇时,站起身走近它,弯腰嗅闻,枝上挤挤挨挨一分钱币大小碧绿的叶子摇曳,似有清凉香气灌入肺腑,满心喜悦,疲累而退。入冬前移进室里,同样用心打理,却日渐黄萎,一排排对生的叶柄上圆圆细叶不经风也会萧然落下,冬天没过完,一片叶子都没了,想着大概是水土不服,才熬不过冬天,一声叹息后,连带花盆放置室外小仓库一角。前几天有薄荷钻出紫色幼芽,惊喜那倔强的小生命时,它黯然落寞在那里。这几天,同室大呼起来,远远问:有蛇?答:快看,没死。什么没死?跑去看,掐一掐它的枝子,柔软而有弹性。原来它一直在,不管你嫌弃还是喜欢。这几天,叶芽鼓胀,小似米粒的绿,一天天展开,薄如蝶翅,影娑温雅……这是它的春天了。

物语里的春天丰富多彩而又缄默无语,唯天地懂得。而人呢?那么多人漠然混沌,又那么多人谨小慎微。有一个叫海子的诗人每年都会在荒芜中站起来迎接春暖花开,他伫活在诗里和远方。给人们一警醒:活着,不单是活着。

这几天,一个读过些许书的流浪汉霸屏,引来流浪大师之言表趣谈。趋名逐利不该是这样子的,无论怎么的风潮推波助澜,也不该把这样蜗居一隅做事读书的人推至风波浪尖,这该是一个时代的悲哀。

无论怎样的人,都会恣意在自己的春天里。盘点几年来自己喜欢过的电视剧,前年是《琅琊榜》,去年是《如懿传》,直至当下打开手机视频,也还是经常翻看其中的精彩片段。究其因是真情动人,胡歌成了梅长苏,周迅成了如懿,或许这是他们演艺事业的巅峰之作,也许是他们最用心之作,让精彩变成了经典。

寥寥春日,清点看过的花,赏过的景,收获了,摊开手掌,空空如也。这个春天因此更加虚空。春天,如此亲近,在一呼一吸之间,小城,路边的花树,荒草庇荫的河流,旧光阴,安静中任时光老去,任容颜沾染古意的禅,不言不语,任风起云涌,俯下身,与一株追赶春天的草对饮,在情不知所以里一往情深。

顺时针的方向旋转,寂静无声,原野上早已半坡的花朵,云霞葳蕤,一场细雨一个节日的到来,是多少故人舒适的归宿,卧的姿态,让人不忍叨扰。可总有初生抱着波光,在枝杈上托举着明艳的花蕊,如此,又激越着滚烫的躯体。

也好,陌上花开,可缓缓归。

柔软的、温柔的日子

拿起一个橙红的大柿子,一股凉气抵紧手指,下意识地捏了一下,坚硬的凉变得柔和,忍不住再捏一下(呵呵,柿子捡着软的捏)。这个柿子可以吃了。在手心里转来转去,柿子有了温度,食欲一点点爬出来,拿起一把很小的汤匙开吃。

小汤匙,是吃烤红薯时顺带而来的,橙黄色,小巧精致。家门口的大超市,超市门口有组橱柜,其中一个专卖冰激凌、奶茶和烤甜薯。卖烤甜

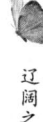

薯的是一个高高大大有点儿胖的帅青年，他的甜薯烤得透烤得软，很多次都买不到，或者是烤上一天的甜薯，晚上不会烤很多，晚上有大半的时间是买不到的。每一次买烤薯，他就会左手拿起一个三角的牛皮纸袋子，右手夹着眼看就要流出油来的甜薯轻轻放进去，然后迅速放下夹子，抬手插进小汤匙。

看一眼小匙，再看一眼柿子，色彩相得益彰，可是，从哪里下手呢？壁纸刀，圆圆的围着柿蒂划一圈，轻轻启开，完整的带着少许柿子肉的柿蒂下来了，把柿子拱在手心里，用小匙顺着外皮内层轻轻旋动，拉出小匙时带出来的柿子肉已经成了拉着丝的浓稠柿子汁了，划一圈后，中间有些坚挺的果肉拉出来……这才是最好吃的部分，吃着吃着，看着那块经典想起了鸭蛋、鸭蛋黄。每一个咸鸭蛋里的蛋黄也是如此经典。

这种吃法很勾人。真会忍不住再吃一个。一个柿子，足以让人安静下来，可以想想未来，还可以搜罗段子，所有的一切便会有了意味。焦躁的时候，还可以对着一个石榴出神。壁纸刀，切下石榴蒂，还需要翻转再切下榴花蒂，晶莹的石榴籽怀抱琵琶，真好，忍不住顺着黄色的瓤壁划几下，剥成几块，再一小块小块的剥净石榴籽。啊呵，一小碗闪着粉色荧光的石榴籽真馋人。

吃，也许要耐心。会吃的人，豁达。因为在生活中能用美食疗愈自己，能享受素淡如水的日子，能用烟火换来心之所安。忙碌上一天，回到家，一头钻进厨房里，熬粥、蒸饭、摘菜、炒菜，可以打开灯，也可以不打开。开启油烟机上的照明灯，在火灶、水池、电饭锅之间来来回回，开、关那些红色荧光键。这是一段安静又美的时光。如果忽而恰巧有家人凑近，自己会吓一跳。

物道上说，如果没有了苏轼，中国将少了一束光。如果世上有诗人和吃客两种人让我选作，我一定会选吃客。苏轼在方寸的灶台之中，硬生生地做出了大家都厌弃的猪肉新吃——红烧肉。他半生寂寂，白须萧散，一身伤病。但是在他的诗文里哪有一点点寂寥在？"竹杖芒鞋轻胜马，一蓑烟雨任平生。"慢著火，少著水，用心等待，等到火候足时自然美。味蕾上的满足，是用来积蓄内的欢愉，在人间里活出豁达自在。

恰比如清风明月是一个人的事，简单的、不简单的吃，更是吃出滋味来。三毛说："粉丝是春天的第一场雨，落在高山之巅，冻成一根根的，山民便可以背下来卖。"诗里有了温暖的烟火味道。踏踏地走在路上，一缕风过，树叶在脚下打旋，多么像酒醉的蝴蝶，这是一首歌的名字，这首歌最近很火，舞曲也很火，广场舞刷满了屏。

听着这首歌时，家人同村的姨来了，说是要去看牙医。我陪她去，顺着牙医叮嘱又去买了消炎药。招呼她坐下，我给她剥柿子吃。她走后，我剥她送来的石榴吃。一个柿子，事事如意，一盏清茶，些许雅意，随手挪移，便是一场修行。汪曾祺说："生活，是很好玩的。"把寻常日子过得有声有色，需要一颗从琐碎生活里发现诗意的心。身边一草一木，寻常一蔬一饭，都有味……在生活的夹缝中活得摇曳生姿。

店后面相邻店家里有一株高大的梧桐树。夏天，有偌大的树荫罩下来。走出去，也不会被太阳晒头。捡着第一片落下来的梧桐叶时惊了一下，哦，秋天来了。秋去冬来，这棵梧桐树，树叶落了一大半。为此，喜欢上每天捡树叶，一柄一柄，上手一大把，停下来，若有所思……

没有一枚叶子会和另一枚相同的叶子重叠。可是，可是，她们的影子却是相似的。《酒醉的蝴蝶》循环着，开始想念远方那个叫叶子，叫知秋的女子了，想念那个在西湖上吃过东坡肉，在都江堰喝过奶茶，在宁波大街的细雨中奔跑的那个女子了。"花开花时节，月落月圆缺，原来我就是那只酒醉的蝴蝶。"

晚　饭　花

"晚饭花就是野茉莉。因为是在黄昏时开花，晚饭前后开得最为热闹，故又名晚饭花。"原来是我们这里的喇叭花，现在还开呢，前几天在排水河北坡上看见过，娇艳艳的。

喜欢读汪曾祺老人的书，枕边、案头、网页上的收藏里，都有。他被誉为"抒情的人道主义者，中国最后一个纯粹的文人，中国最后一个士大夫。"这个老人博学多识，情趣广泛，爱好书画，乐谈医道，文字里趋向宁静、闲适、恬淡，更多追求心灵的愉悦、净化和升华。

读汪曾祺的书，读着读着，就像在听一个老头坐在对面讲故事聊家常。自然，哪有这么幸运呢。他所写都是他所熟悉的城市，家乡，也都是家长里短，也都是凡人小事。也不单单解闷好奇，还有不平。比如小说《陈小手》里陈小手被那个团长一枪毙命。挺好的一个人，一下就死了。汪曾祺老人的笔干净利索手起刀落。他的笔触简洁明了，叙述跌宕有力，还有一个最最明显的特点就是篇章里大都有美食随行。

他的文字都不是为文而文。好似闲来无事，记来解闷，或聊以自慰，或想家，或忽而地想起某一处景或者某一个人，都是身边事。在《国子监》里也看到他为了写这个文扒了很多资料，他写到"为了写国子监，我到国子监去逛了一趟，不得要领。从首都图书馆抱了几十本书回来，看了几天，看得眼花气闷，而所得不多。后来，我去找了一个'老'朋友聊了两个晚上，倒像是明白了不少事情。我这朋友世代在国子监当差，'侍候'过翁同龢、陆润庠、王垿等祭酒，给新科状元打过'状元及第'的旗，国子监生人，今年七十三岁，姓董。国子监，就是从前的大学。"

原来他也是需要匡正一些事。十之八九的文字却都像溪塘里集满了的水唱着小曲自流淌出来。他的文字多市井多民俗。一个巷子，一条街，都似常见的样子。不免想，谁的身边不是这样子呢，可是描出来就生硬了，好像自己不在里边。他的《秉异》好奇怪，那个人哪有什么怪异啊，只不过做生意上心了些，走运一点。他的《戒》又是个什么戒？那是一幅少男少女纯情画。他的小说里每个人都有模有样，有声有气，都像自己认识的人。

小城里，理发的、修车的、卖水果的、超市、商店都各有千秋，却描不来，服不服的，差距太大太大了，都在。只知道好奇，不知道窍窍。大概这就是功夫不到。多看多想勤手脚。

想起沈从文。他的文字多女子，是多情的浪漫的，是一股清风。汪曾祺的文字更多是炊烟,是俗世,是一缕青烟。更多想起废名,他的文字是一个冰清玉洁的世界,是一个纯真少年的梦幻之旅,即使他的命运多舛。

废名、沈从文和汪曾祺的小说里人性美、人情美,诗意、抒情。废名的小说中藏匿着禅趣,沈从文的小说里显现出神性,汪曾祺的小说则表现的是生活的诗意原质。汪曾祺的小说是对于高邮乡镇旧事的记忆,是恬淡平静、和谐温馨的"田园牧歌",抒发着他所追索的空灵闲适、清新超脱的儒雅境界和健康人性,有明显的民间地域性特点,而且所描写的对象大多是民间的市井人物,拨开压在他们身上的层层阴云,发掘蕴藏在他们内心的美质和情操,张扬他们生活中的美和欢乐。《故里三陈》中的陈小手、陈四、陈泥鳅……这些小人物的生活并无多少光明可言,但,他们都在各自微贱庸常的营生中以出色的劳动创造出了一种美,使他们的生活充溢着一种生命的欢愉,是自然的生命原生态。

刚好读到他的《晚饭花》:夏天很凉快,上面是高高的蓝天,正面的山墙脚下密密地长了一排晚饭花。王玉英就坐在这个狭长的天井里,坐在晚饭花前面做针线。……李小龙每天放学,都经过王玉英家的门外,他都看见王玉英。晚饭花开得很旺盛,它们使劲地往外开,发疯一样,喊叫着,把自己开在傍晚的空气里。浓绿的,多得不得了的绿叶子;殷红的,胭脂一样的,多得不得了的红花;非常热闹,但又很凄清。没有一点声音,在浓绿浓绿的叶子和乱乱纷纷的红花之前,坐着一个王玉英。这是李小龙的黄昏。要是没有王玉英,黄昏就不称其为黄昏了。……有一天,一顶花轿把王玉英抬走了。从此,这条巷子里就看不见王玉英了。晚饭花还在开着。

文字里的世界,该是最美味最甜糯的世界。愿你出走半生,归来仍是少年。他们在文字里做到了,真是羡慕!

秋　日　道

音乐无国界,静下心来,打开的第一支音乐竟是 Where You Want Me,

辽阔之海作品

很好听,循环播放。"我为奔跑而生,总是追逐着日出的方向,从未需要过其他人,直到你的出现……"禁不住流泪。

家婆驾鹤西去,最后的告别仪式上,给她化了妆,粉粉白白的脸,慈祥安静,亲朋好友都说像一个小媳妇出门,好看极了。好吧,走吧。费尽了千辛万苦,还是没把她留住,尽力了,尽心了。

仲秋前,为安抚家婆回到家里,一院子蒿草高过人,灌木丛里那棵银杏树默默无声寂静生长,枸杞藤爬来爬去肆意生长,院墙外枣树上枣儿都红了,任凭它由青到红而落。放下家婆的遗像,有这些蓬蓬勃勃的生命陪伴着,一切都是自然而然的样子。

仲秋后,一身疲累,回到自己老家为侄子过生日。什么也帮不了,一头栖到床上昏睡。大姐喊我去摘枣。弟弟院子里有一棵冬枣树,冬枣挂满,虽然还没熟透,却也酸酸甜甜能吃了,弟媳扛来了人字梯,不忍大姐上,我上,捡着有红晕的大的圆的摘好多。下午,家人又拉着我上到二楼顶,去摘后院里那棵斜倚在屋顶的长枣树,说拿回家蒸蒸吃。一树的大长枣,都红透了,一伸手便落下来,脚下是后阳台顶,落满了熟透了的枣子,没有人捡。挨着的屋顶,便是父母在时居住的房间。一脚一脚踩下去,慢慢挪动,不敢弄出大声音,总怕惊着父母。即使父母早已走远,即使房间早已换成侄子的婚房。

人生是一本厚重的笔记,让它丰盈起来的,恰好是这或短暂或深刻的感触的点滴叠加。也是一边离别一边迎接。道家常言,一生二,二生三,三生万物。这三分冥冥之中被注定的命运,能够创造出无限可能的人生。三分被注定的命运是上天赐给我们的礼物。更相信能懂得用七分的心,去珍惜这三分天赐的礼物,人生就可以修得十分的圆满。转眼,满地的小孩子满地跑,抓得抓,挠得挠,大人们远远看着笑,一切伤痛便会被治愈。门口的山楂树上,密密麻麻的小果子鼓胀,就快熟了。

人,自己有着自己的人生密码吧?窄小而又迂回的,错综而又交织的地下通道是一个逆向的精神进化史,理性像滴漏的沙子,随着时间的推移,一点一点地消失,进入变异和遗忘,直至消失。

这个秋天，忙碌而嘈乱，苦累而伤痛。依旧有遍地的花开遍地果实，而更多被忽略被遗忘。早晨，走在花砖人行路上，路边的木槿上零散着粉色的、白色的花朵，一团一团的鸭拓草开着幽幽的蓝色花朵，美好如初。

我们没有未卜先知的能力，算不出最美的相遇在什么时候，也猜不出怎样的离别不伤痛，岁月是一条河，左岸是无法忘却的回忆，右岸是值得把握的岁月年华，中间飞快流淌的，是静好的时光。岁月就藏在点滴细节里。还好，有文字，把生活的每一个节章用最无憾的话语记录下来，总会发现生活中的无限美好！缘分、福分、情分来了，有时候捂着嘴笑，有时候含着泪笑，这就是人生的样子吧！

等风也等你

一夜秋雨，绵里藏刀，晨起，一地落叶。太阳升起来的时候，清新如故，肃杀气息偃旗息鼓，又是一个艳阳天。可以想象过去的这个夜，发生过多少绞杀多少杀伐的故事，这是季节的厮杀。也正如我们的日子，看似正常，而同时却有着许多不可说也不需要说的隐秘，大大小小的，也似乎每个人都经历过。

静下来，依旧需要音乐来安魂。《我和你》，依旧喜欢刘欢和莎拉布莱曼合唱。这首歌第一次听是在二〇〇八年奥运会开幕式上，转眼十多年了。《我心永恒》，第一次听，该是二十年前了吧？那一次，我们从小镇上骑着摩托车去县城里的电影院看刚上映的《泰坦尼克号》，回来时，摩托车慢跑气，幸好带了打气筒，在路上打了两次气，才勉勉强强回家。那是最令人难忘的第一次去电影院里看电影，电影票也很贵。许多年过去，依旧喜欢看电影，捎带着喜欢着写影评。

或者，没有必要逼迫自己写什么，就这样毫无目的的敲打，便是最好的时光，清心而寡欲，真的很好。昨晚听了一曲美国乡村谣，觉得好听，便转给了朋友听，既是打扰，又是问候。也不管朋友怎么想了。中午有微

辽阔之海作品

信进来，是江苏的画匠，说去了相邻的东营市，路过淄博，如果有时间也可能过来一趟，这真是有朋自远方来。

中午，在前窗打进来温柔光线里，眯着眼想生意。一个不起眼的人，由模糊渐清晰。小五十，瘦瘦小小，小头，小脸。小小的眼睛，不停地眨动。嘴唇秀小微薄而柔软。他是一个农民，举止言词都像一个农民，安分，卑屈。他的眼睛比一般农民要少一点惊惶，但带着更深的寂寥。经常在店门口一停，扔下电车去县城。他有两个孩子，都是女孩。大女儿参加工作了，还没结婚。二女儿还在上中学。最近，他又去县城。问他去干啥，只说去玩。很纳闷，他可是个大忙人，家里养着羊，种着地。春天种西瓜，倒卖西瓜，秋上收自己家玉米前开着托盘车给养牛户拉玉米秸存储，大小钱都不漏，空闲了干劳务。

忙过来忙过去，下午早已忘记他时，他喜颠颠地回来了。再一次勾起我的好奇心，又觍着脸问他到底去干啥？他才勉强说：家里养着几条鱼，去买鱼食。还说小城里倒是有一个卖鱼食的，可都是过期便宜货，说完推起电车一溜烟走了，还好像有些生气又无奈的样子。他家里居然养着鱼，这是让我念念不忘的。家人说了一个事，也是让我念念不忘。一位在职人员离婚了。离婚也不是什么蹊跷事，离婚的原因有多种，也怨不得谁谁谁。想来想去，是自己的原因，认识那人，便觉得许多的不应该，老思想呗。

低下头，瞅见脚上的运动鞋，是 New Balance，第一次穿这个牌子的鞋，很舒服，暖暖的，像在棉絮里，儿子给买的。晚上出去走步，环着小城的枝干路走，都一样干净整洁。这个季节，路上最多也最难整理的是随时都落下来的树叶。不时看见有清洁车路过，晚上也不停歇，环卫工人是功臣，人行道上都少见落叶。清、净，晚一点，晚一点会更多寂静。灯光温柔，树影斑驳，不远处体育场上有广场舞音乐时缓时快，几个年轻人在探讨鬼步舞，有人在舞动，有人在静看。小城的夜，安静极了。然而万籁有声，万家灯火渐渐隐下，幽蓝的夜里飘忽着一种又积极又消沉的神秘的向往，一种广大而深微的呼吁，悠悠泛泛，悄怆感人。快要入冬了。

转眼又是早晨，空气氤氲，阳光奕奕，便是极好的小阳春，身体各处都觉得舒舒服服，饶有清兴，不很肃杀，空气里潮润润的。新麦、旧柳，红的、黄的、褐色的树叶，散过了絮的蒲公英，粉色喇叭花，黄红褐色的蝴蝶，几棵月季顶着细碎的最后的花朵，河堤上秋草黄黄安静忧伤，河堤下芦苇跋扈摇摇荡荡……一切都是它们该有的样子呢。

回眸一笑

2019年的秋冬，几乎没写几个字，免不了遗憾。偶读一点散碎文字还必须是自己喜欢的。越来越不喜欢自己十几年前突发奇想的网名，太空且硬。然日子"山长海阔，万无一回。"这八个字很文艺，很有味。嚼嚼又喜欢。

这八个字很历史。它来自唐朝人刘濬的墓志。擅长渲染离愁的作者把它写到白纸上，擅长铭刻记忆的工匠把它雕到石板上，擅长掩藏往事的壮汉把它埋到地层中。就这样，过了一千多年。

刘濬客死他乡，落叶归根，泉下若有知，真要跪一跪他忠诚且顽强的夫人。墓志把其夫人李氏的壮举写得荡气回肠："行哭途跣，扶梓还乡，寒暑四年，江山万里。"文中的"山长海阔，万无一回"看起来很像讲生死，其实说的也是李氏长途跋涉的艰险。跋山涉水，穿过四季，李氏接回了丈夫，自己名字没留下。对李氏而言，这无关紧要，接下来她还要活上漫长的四十年，将刘濬的父母侍奉终老，将刘濬的孩子培养成人，最后才肯死于长安。那一年，唐朝大大小小发生了好多事。也正是那一年，三十岁的李白来到长安，牛气冲天不可一世，结果投了很多简历都石沉大海，蹲在墙角一脸懵态，不得不开始怀疑自己的人生。

世界熙熙攘攘，好在这一年里发生的好多事都被有意无意地记载下来，流传到人世之间。事无巨细，虽然多八卦。热闹喧嚷的长安城之外，死去四十多年的刘濬终于和妻子团聚，合葬到了一起，随之埋下的还有那块刻

着"山长海阔,万无一回"的小小墓志。

宇宙间星河寂寥,地球上山长海阔,每个人都渺小如尘埃,但刘澻这粒尘埃即便悲惨地死了,仍然有一个"丽如朝蕣"的李氏想让他回家,为之不惜背负星河、穿山越海,这是最让人动容的地方。

山长海阔,那么长那么阔,是地理横绝,是山海无情。当所有的悲欣随风消散,还有人穿过山海,只为拥你入怀。回山转海不作难,倾情倒意无所惜。

与山海比,时间出手更狠。不管"丽如朝蕣",还是"豆蔻梢头二月初"。专家打开辽代的张文藻墓,一桌上好酒菜赫然入目,仿佛热烈的轰趴昨晚刚散,主人宿醉未醒,那一桌杯盘狼藉还未来得及收拾。只是片刻的恍惚,哪知道,世上已千年。

草木山海的无情,朝花夕败的残酷,谁没领教过?活在这世上,繁尘杂事海海,坚强亦如我们,早就习惯了沧海桑田、白驹过隙。如果有人想着你,念念不忘,耿耿于怀,孜孜不倦,还是需要认真美一美。

世事一场大梦,人生几度虚惊。这年就要过去了,和往年一样,依然山长海阔,注定有去无回。这一年,猪肉在涨,鸡蛋在涨,牛肉羊肉房价在涨,好像没有不涨价的东西——对了,有些东西还就真没涨,小镇大集上白菜九分钱一斤,大葱两毛九,萝卜一毛。我还在开店照看生意的同时断断续续地涂鸦书写,偶尔神经兮兮几次。

我不怀念,你呢?

大雪一过,冬至已至,黄昏落雨,不见雪来,见怪不怪。雨过天晴,冷中窥暖,倾听 Workingman's Blues:我把自己放在一片凋零的叶子上,以便风来时可以飞得高一点,再高一点,可以看见你落日下的身影。我把自己等候在一棵树的时间里,随着年轮的增加让记忆深一些,再深一些,以便能听见故土之下潜流的回声。我把自己放逐在冷暖旷野里,等雪来时,能饮一杯,让思念漫山遍野。

谨以此,作别 2019 年的日日夜夜,我和你。

所迷失的

  冬天来临，便无端怅然。也不是很冷，就已经缩手缩脚，莫名的静电也不时吓人一跳。是什么时候开始有了静电呢？也好像很久了，即便是买衣服时特别注意材质，也还是偶尔被电到。

  很小的时候没有。一直记得，自己在别人穿不起来棉大衣时却穿着一件天蓝色棉大衣。好几个冬天，裹着它走雪路上学，从及脚踝到膝盖以上。也恰那几年长身量。穿着那个棉大衣，觉得很美，那时几乎没有同龄的孩子穿棉大衣，很多大人也没有，唯有不多跟风潮的有职业的年轻人或者农村里有头有脸的人物才有的。而我有，就因为母亲是裁缝，大概她也是试着做一件大衣教练手，就可以接这种大件活了吧。

  那件衣服陪了自己很多年。想起来更多的是怀念，再也见不到那些生养我的人了。夜里有梦：要出门做事，脚上的鞋就坏了，很尴尬很着急，对着家人喊"你看你看，鞋坏了咋出门啊？"急醒了。莫名其妙，想不出有啥事这样子糟心。

  昨日忙到下午，忘记了这个梦时有电话进来说这个月的税没报好。一阵忙乱，急急去行政服务大厅补办，很要命，要处罚。十五号之前自己报过好几次，都打不开外网报税页，问了几个报税的人，都是小规模纳税人升级成季报了，也就等着了。在十五号到二十五号之间也没有收到报税分局指令改正的电话，晚了两天才电话告知，就走了巨额罚款，咋也想不通，莫名的窝火，自己有失误，却无法来弥补，糟糕到极处。接下来还需要来来回回跑税分局，服务大厅，补办了税务再交罚款，费时间费人力费心机，一路都糟心。

  慢慢来吧，情绪跌到低谷后，所有的环节都在十七点停下来。回到家，熬粥，炒菜，揣着食物睡觉最疗心伤吧。

  一觉醒来，忽而想起前日晚饭后，坐在书店的高脚椅子上，看萧红的

辽阔之海作品

散文十章,她写道:"楼梯是那样长,好像让我顺着一条小道爬上天顶。其实只是三层楼,也实在无力了。手扶着楼栏,努力拔着两条颤颤的、不属于我的腿,升上几步,手也开始和腿一般颤。手脚抖颤着,在黑洞洞的隧道里,仰起头是不是会看见有那么一小束光。

"可是从祖父那里,知道了人生除掉了冰冷和憎恶而外,还有温暖和爱。"

"所以我就向这'温暖'和'爱'的方面,怀着永久的憧憬和追求。"

萧红,那么苦命,真让人怜惜,真让人心疼,都怨那个旧时代。现世好多了好多了,许多的,许多的期待升起来……

天地有情

大雾,能见度不足五十米,不适合外出,室内温暖如春。又犹如孤舟靠岸,只需静坐。在多雾的午后,也类似所有午后,惆且怅然,与偌大的时空对望,想来的都是故人旧事。

昨晚,哥来家里喝茶,说起老家里一些人一些事,我在一旁并不答话,却独自想着,小时候提着小篮子去菜园地里摘甜瓜,好似那时的甜瓜特别甜。那时的路也特别长,还记得我哥用自行车托着我去几千米外的大姐家,上坡,骑不动了,哥很无奈:咱们歇一歇,慢慢走一点再上去骑,我摇摇头,要哭出来,然后若有所思,再点点头。那时大姐刚结婚。

他只需不停地讲,我就不肯从往事里醒过来。秋末时,弟带来他自己门前山楂树上的山楂果,尝几颗,太酸了,放着吧。老家门前果树已成气候了,有樱桃树、核桃树、海棠树,既能观赏,又有收获。这些都是在父亲初现阿尔茨海默病时,村里环境改造时弟弟种下的,好种树的喜好不知不觉传给了弟弟。父亲已经走了五年了。一兜子山楂,不能吃,又舍不得扔。心血来潮,拿来做山楂糕,山楂罐头。坐着,听着哥讲,一颗颗山楂很费劲地去核,偶尔站起来去熬糖水,煮山楂。和他说起南边山区父亲外婆家的表哥时，山楂罐头弄好了，尝一口，酸酸甜甜的，他起身走了，没吃。

季节，草木，流年，单一的，又复杂。独处，许多流逝都不尽完美，却叫人钟爱。过度一些旧格局，越见简明，只剩身外一些不叫事的小事了。有许多的时间，可以用来摆脱孤单，可以听风、赏雪，看群山妩媚，看群魔乱舞。张开十指，去捕捉，不再唏嘘各种迷惘，偶尔，一种惊讶会诞生，那才是摸到了真实的心跳。

如果要叙述冬天的形状，必定也如日子，细细碎碎、密密匝匝。如果冬天有颜色的话，一定是落霞一般的流光，亦如这漫天雾霭。冬天是空的，到处空空荡荡。冬天是满的，那些空洞的荒芜的凋冷里有着细细密密的初生而暖。人事一消磨大半，带着棱角的疼痛偶尔会捅破深藏于沉默的不甘心。然，风物舒朗，真的需要孤单一会儿，用无所欲交换一些无限的、安心的草木春秋，坐实自己理解的一切，比如以平生浮名换取一杯浊酒。又想，天欲雪，可饮一杯否？还有一瓶刚刚打开的葡萄酒。

用一首歌，打开内心的妩媚来激活冬天的空洞。草木山水能抚慰人的精神，文字，在客观里，能治愈时间老去中的恐惧。音乐，则会带来趣味。长驱直入心里，牵着情绪，让人笑，让人哭。偶尔，打开一首诗，惊骇了好一阵："但如今，突然面对着坟墓，我冷眼向过去稍稍回顾，只见它曲折灌溉的悲喜都消失在一片亘古的荒漠里。这才知道我的全部努力，不过完成了普通的生活。"

这诗寥寥几句，掠过心湖，波澜涟漪。它是说，不管如何努力生活，所有的历史和时代还是往前走，谁都是历史长河中很小的一部分。这首诗的作者叫穆旦。这首诗的主题是悲观的。可是，可是，我依旧喜欢这些细细碎碎密密匝匝看似大空却大满的日子。抬眼，雾后初晴，一切都冲洗了一般，树木清新了很多，枯草都精神了不少。我相信天地有情。

一枝鸢尾落素签

清晨去店里,从车里出来,一低头,路边绿化带里,有一朵紫罗兰色花振翅欲飞,相邻还有一枝花苞挺立,傲娇欲放。一下被她们的仙姿吸住,放下手中的储物盒,打开手提袋,找手机时,有车一辆一辆从大路上滑过,顾不得他们困惑的眼神,蹲下来,拍下。

一圈一圈打扫卫生,忙完了,打开一体机,看一看进销台账,打开销售程序,这是每一天必须要做的。顺势打开电脑,浏览自己喜欢的链接。又想起那朵花,一直觉得那是一些熟悉名字的花草,却怎么也想不起来叫什么。描述蓝色花朵搜索,出来蝴蝶兰,自然不是。再返,看到了一样的实体,竟是鸢尾花。

鸢尾花是爱的使者、相信者的幸福,是等爱漫上来。蓝色鸢尾是赞赏和仰慕的象征,紫色鸢尾则寓意爱意、吉祥与信仰者的幸福。民俗传说中鸢尾是一个姑娘的名字,她是千金小姐,美丽聪明,喜欢跳舞,16 岁时喜欢上她家里干活的长工,一个破衣遮不住帅气俊朗的小伙子。他父亲棒打鸳鸯,小伙子也越来越担心无法给予鸢尾幸福快乐的日子。鸢尾爱不能爱,断不能断,不再快乐,不再跳舞,最后在一片不知名的白色花海里绝世。从此这片白色的花海,变成了好多颜色,每到花开的季节,就像是有千万只蝴蝶在飞舞,远远望去,又像是鸢尾在翩翩起舞。再后来,人们就把这片不知名的花叫鸢尾花。

最著名的还是凡·高的鸢尾花画。画布三分之二的面积是一片蓝色,浅如海蓝,深似墨团,甚至花叶也绿中偏蓝,构图上,鸢尾花的整体"内倾",与画布左上角的一簇野菊呼应。野菊赭红,与土壤色相谐。赭红与蓝涌入视域,恰似一种躁动,一种惊醒。二者相接处,有一白色的鸢尾花,朵大,茎长,花蕊正对前方,在一片一簇中特立独行孤傲的身影,彷徨于躁动、忧郁中而绝望,成了绝世名画中的亮点。1889 年 5 月间的凡·高,将心魂留在了画布上。细细观摩,画中色彩丰富,线条细致而多变,左边的白花与最右方的浅蓝花相呼应。画中三三一的布局三色,引领着观者视线,花朵律动和谐,栩栩如生。

她像一只蝴蝶飞到了眼前,竟也是紫蓝色的,她是鸢尾花中的爱丽斯,是好消息,是使者,是想念有迹。喜欢着小城的生活,有季节轮转,有时令花草。来来回回的路上,一树一树繁花,一波霞红连着一波鸭黄,一波桃粉连着一波翠绿,就连路灯杆上也有环周花盆,养着水灵灵的草花。坐在车上,会突然闯进一枝桃粉,一枝明黄,晚上走步,也会突然发现一架紫藤,楼下小院里飞出杏花白,偶尔会被一墙遒劲的爬山虎藤惊得一愣一愣的。

在老家小区的绿化带里,也有一片一片的鸢尾花。以往也觉得好看,却也不去追问它的名字,而今,这一小片鸢尾略显瘠薄,很多时候以为它们是萱草,萱草的花却是明亮的黄花菜。很好奇自己,很奇怪地特别注意了这一枝花。

走着,想着,鸢尾,蝴蝶,一条河,一道坡,一方晴天,一洼绿地,一声鸟鸣,一朵花开。晨曦而出,日落而归,种子,野草,树木,蔬果,许多不为人知的琐细事物,搭构成时光转轮上的生命色。

看着鸢尾花,莫名想起《蝴蝶自在》,长醉:花顺着水流,无止又无休,听琵琶独奏,那变成了翅膀的手,怎么也难挥走爱恨情愁……梦里飞来,梦醒离开,只留眼神,思念空白,望着天外,等待。

欢喜中庆幸,在烟火与荒芜中寻找,眉心有倦怠,转身又红尘。

一本书,一束光

小空闲,抱着云水大寒日赠送的书,暖意四起。她送我的,相比是她喜欢的。第一次见,瘦瘦的有些单薄的她,一袭布衣布裙,心目中的样子,文字里的样子,天姿秀出。

守一炉火，读这本魏晋网红们的头条故事，尽览魏晋风骨与高贵风流，品味卑微与高贵。书封后页写道：他们是政治家、哲学家、文学家、诗人，他们有的大智若愚，有的从容儒雅，有的行止彪悍，有的异想天开，有的天姿秀出，有的坦然慷慨。他们走着走着用自己的体迹变成了流过溪涧的酒觞，和暖的阳光，挡风的披帛，变成了活泼只能欣赏而无法复制的个体，绘出来一个范本：俯仰天地的情怀，高贵，率真又令人喜爱。

很喜欢这本书的语言。无处不在的调侃，史事钩沉本不是现代人所喜欢的题材和内容，而这本书的作者却用很轻松很率真的调子开启，由浅入深，循序渐进，亦步亦趋，挖掘到了魏晋骨子深处，触摸到的是魏晋精神的灵魂游动，而非历史中魏晋凸显的刻板、无趣。

相比这作者也和魏晋网红们一样有坦率的世俗，有直白的奢侈和狡黠，又才华横溢，霸气侧漏而优雅。同样有着"好看的皮囊和有趣的灵魂，把无聊的人生过得声势浩荡，在世事慌乱里活色生香，一样地被命运按在地上反复揉搓，也要从尘埃里骄傲地开出花来。"

《在深渊里仰望星空》，书名诗意。微雪的冬夜，围炉夜话的谢安对着他的老乡袁宏感叹："最后离开的人应该把讨论过的人物记录下来，看来要你写了。"这时的谢安不得不出山，入仕途，努力和世道周旋。袁宏呢，写无精打采的公文之余，《后汉记》三十卷写完了，也还是秘书。他依然接了，依言写了《名士传》，晋以来正始名士，竹林七贤和中朝名士的故事。在这个基础上作者加上了"三曹""建安七子"，以及谢安和袁宏的时代。文字开阖有度，纵横辽阔，又趣味横生。

作者自序是"在最深的黑暗里，人睁开眼睛，看见满天繁星"。他说，搭个样子，放在这个熙熙攘攘的时代里，昏暗拥挤令人焦虑的十字路口。期待路过的人睁开眼睛，看到光。

刚开始读，便被吸引住，就觉这是少有的好书。一定是有一束光，刺透壁垒，带来清新气息。作者名北溟鱼。自然是条大真鱼吧，想起了"北溟有鱼，其名为鲲。鲲之大，不知其几千里也。化而为鸟，其名为鹏。鹏之背，不知其几千里也。……鹏之徙于南冥也，水击三千，抟扶摇而上者九万里，去以六月息者也。"

他对所写到的魏晋名士定位总是一语中的。曹操：取暖靠抖的时候，也要敲着空碗唱歌。曹丕：在对人生的失望里保持微笑。阮籍：人生总是得到一些，失去一些，但什么也不想失去可以吗。嵇康：古痴今狂终成空。向秀：现实太残酷，越聪明的人越痛苦。阮咸：一直被模仿，从没被超越。谢道韫：有些人，从未有过交集，但最后，倒是一起走到了地老天荒。王徽之：也许想着你，不需要见到你。……都是经典，才更入心。

历史可以无限细腻地复原过去，也可以是一种感情交流，人同此心，便是人生问题，我们遇到的，他们也曾遇到过。像过山车，折返跑，有高潮有低谷，都是无法预期的，在获得最大世俗成功的时候，也会沮丧空虚。回到他们的时代，站在他们身边，看到了他们眼前动荡而迷茫的人生。

时间变了，世道变了。他说，但人生这个难题依然横在你我他面前，翻开他们的答案，不管对错，他们都写得认真，潇洒而美。再看他最后参考的文献和书录五十多册，阅读参考量之大也很让人赞服和敬佩。他说他像侦探一样，打碎了历史早已拼好的拼图，想获得一个新的图案，想要以一千年后的一个现代人去照见他们的内心。同样，他们也遇见我们一样的人生、职业、家庭、爱情等等问题。

这本书刚刚开启，还需要慢慢读来。我抑制不住内心的激动给云水留言：谢谢亲，送给我值得细细品味的一本书。也同样地祝福：无论怎样的境遇，依然能自我克制，更愿意努力去补偿才华不能及的境界。许多的繁华绮丽都在清冷的背景上，不失望，也不绝望。痴迷文字不是错，也只有文字才会不朽不灭。

辽阔之海作品

浅浅眉作品

个人简介

浅浅眉 努力在生活的烟火中，烹出一枚文字的馨香。

那一地烟头的温暖

每天你都有机会和很多人擦肩而过,而你或者对他们一无所知。不过也许有一天,他会成为你的朋友或者知己。

——金城武

雷打不动地每天奔忙于尘世的喧嚣中,偶然驻足,发现自己来不及感叹世事易变,流年易逝时,时光已经从身边溜走好远!

那是最美的一种际遇,不需刻意,别样的思绪在安静的夜晚里悄悄泛起,随即那一点温暖便涨满了整个心房,触动就这样在一个毫不相关的瞬间突然掠过心头,让我不由自主地回放那个已记不清季节的夜晚,那个伴随自己大半个夜晚,不远不近、忽明忽暗的烟头星火在心中燎原悸动时,都会极力幻想揣测那个闪烁星星点点烟火后面的人到底是什么样的?

遗憾的是,模糊时光里唯一记得就是一位男士,他是蹲是坐、是高是矮、是胖是瘦、是年轻是衰老,我都无可得知!留待余生的就是不断重复地去想起,一个人,就一个人静静地回放、再去惬意地享受那随着岁月不断前行中潜入脉络越深的暖意。

二十年前,与爱情无关的婚姻生活因我内心的排斥,凌乱。

一个不会游泳的人一不小心被推到了河中央,挣扎、颓废、绝望充满着本应该幸福甜蜜的新婚生活。内心在争取和放弃中决斗,任性地把自己和生活搞得一团糟。这时,突然的怀孕让我烦躁而茫然的心有了间歇,品味着这没有爱情的婚姻所缔造的生命,心仿佛坠入了无尽的寒冬合着忐忑复杂的情绪几乎要把我淹没,就像一尾缺氧的鱼,随时都会窒息。

在医生用淡漠没有表情的语气第五次问我到底是留还是不留时,茫然无措中用仅有的理智回复医生需要考虑,然后在心情的山回路转中对自己身体忽然就有了小生命的惊叹后,心软了些许且带了丝丝期盼和淡淡的喜悦。从得知怀孕后的崩溃过渡到雀跃后我心被滋生出的甜蜜填满,毕竟我的骨子里刻着传统的家庭模式。

揣着一份惊喜的我和至少到那刻心里还满是疏离感的老公,准备做一个关于孩子要不要的谈话,"你自己想好了再决定这个孩子去留吧,我好像帮不了你!"看着事不关己的他毫不在意的回答,我用手哆嗦地抚着小腹蹲下,发自内心的绝望,由骨髓漫延至脊椎再推向全身扩散,那种失望,痛彻心扉,抵不住全身的颤抖……世界上的人,有着各种各样的生活方式和命运的轨迹。许多时候他们做不得选择!

第一次吼叫着,发泄着,随手能拿到的东西几乎都被我砸向地。

随后他的反应让我们发生了更大的相互讥骂,因着他脱口而出的一句什么话,一切都戛然而止,我在他惊恐的阻拦下跑出了家。

泾河像一条细线把这个城市泾渭分明地划分为南北两岸,春末夏初还是盛夏的夜晚,我已经记不起来了。甚至那个晚饭后到底发生了什么样的争吵,我脑子亦无残存的痕迹,大概的轮廓记得愤怒至极的我没带任何物件地从家逃跑。从西河头的家跑到东河的一个小公园边,天很黑了!

不知道持续了多久的小跑,在实在没力气而突然停步的地方恰恰是河堤和巷路之间拓延的一个小公园,我刚好停在堤和路即将汇合交叉的边缘。

路灯爱怜地探视着我的背影,知道身后的万家灯火像就要落幕的帷布,抓紧时间,揪拔着冬青丛,努力把整个身子探向河面,任由决堤的泪水冲

浅浅眉作品

刷着莫名的绝望。那时候的动作可能像一个要跳河自杀的人，紧急的刹车，纷杂的脚步都没能阻止我号啕大哭。可能身后来过很多人，只听脚步稍作停留后便陆续走开。

我清楚是什么纠缠在心里久久地盘旋，一直不肯面对已成的现实，把一切怨恨、无奈、落寞和不甘心全部强加给他，他也觉得委屈，他说他妈的他也是受害者！那么，谁不是呢？路都是自己走的，没人拿刀逼你的呀！心在痛快的眼泪流逝中悄悄地觉醒……

始终执拗地用独身一世的打算，跌跌撞撞地踏着一路的青春走，坚持遵循着自己内心的意愿，拒绝着这个斑驳陆离的世界所带来的任何诱惑，为着所谓理想的生活样式，于是不管不顾地成长为自己想要的模样。因为亲情的压力，长大后的不快乐也没有让我放弃自己的方式，并努力地想做一个骄傲的好女子。可是尘间的许多事情如同脚旁的落叶，我虽尽力保护，它却终究要被踩碎，在人生即定必须完成的章程里，被亲情温柔地掩埋。

宿命轮回的跌落再现，快风干的眼里再次涌上一层泪水，无法压制澎湃汹涌的失望悲痛，用又一轮狂哭纾解，无力理会后背的眼光，只想让倾泻下来的泪水把妥协掉的理想和内心挣扎的点点滴滴冲刷掉，不在以后的生活中留下一丝一毫的痕迹。

当马路都沉睡了，看着波澜不惊的河水从容收拾起我的泪水，冷漠地继续流动着，泪水就是想挤也流不出来了。就在这个时候我发现了他！

7米开外的路栏边，一个矮着抽烟的身影，模糊不清。路灯影射下的光圈暗影里，唯一能分辨的是烟头一闪一闪下的身影轮廓是一个男子的背影。

那是一个什么样的人？老的？年轻的？会因为什么事这么晚不回家呢？……

一切的不快仿佛被一把无形的东西隔开在身外，心中一下子被那个模糊朦胧的身影填满，大大的问号，好奇的猜想占据了头脑。忘记了自己处在危险之中，连鸟儿都歇息了的寂夜，孤身一人的我居然生出八卦的心思好奇地猜想着这个同伴。以致在我以后不间断的偶然回忆中，一直想不通那时的我怎么就没有把他想成是一个趁火打劫的坏人!

时间在我的猜想和他不断的烟头星火中溜走,出门没带任何东西,时间对我也没有了概念。随着哭泣放松后的心情,无力和疲惫感袭来,终于放弃一切幻想,我抬起灌满铅般的腿,准备走回家。

出了河堤拐上连一辆车都没有的静悄悄的马路,望着长长的影子一步一步挪着,看着自己摇摇晃晃的影子,这样走下去会不会晕倒,突然就害怕了,偶然的回头发现那个烟火依旧在几米开外处时隐时现,心瞬间就觉得安全了。

知道身后有人,心没了惧怕,一丝暖暖的感觉,缕缕侵骨。身上有了力量,步子走得快了、急了,也稳了。

大概这样子走了不久,老公卷着风从车上冲到我面前时,本能地我回了下头,一个踩一脚烟头冲过来的身影止步在树影下。大路两旁的梧桐树据说无论怎么规划城市道路都没被砍伐掉,它是我一直喜欢的风景,可是,我想探究的真相却让它掩藏了。

坐上车我让老公陪我回了趟他待过的地方,看见围栏上插满了长短不一的烟头。才知道他不是一直情绪性地吸烟,而是为了让我在一回头就看到有烟火,有人在……

一个男人对着一根又一根的烟头吹,不让它灭,就像一个慢镜头,它随着我清浅流年里的岁月,会时不时地回放和闪烁在我或艰难或欣喜或惬意的人生道路上,带着美好,带着暖意!

倒 春 寒

浅浅眉作品

每年春天一到,总会着急地褪换臃肿的冬装,早早地洗净归拢衣橱,借着春日的暖阳,兴冲冲抖开春衫,好像借着薄薄的衣料让蛰伏一冬的骨骼接受洗涤和熏陶春的气息及那自由的欢欣的气味儿一样,往往这种迫不及待的过早更换后,都会再迎来一次比冬天狰狞和冷冽的倒春寒,我也是

一次又一次地自语，明年一定等过了倒春寒再拾掇冬装。

　　四季更替，春季轮回一年又一年，我的自语也演练了一次又一次，就像今天一样，在冷风加雨雪中缩脖忍耐，一个冬天都没如此寒冷啊，就算这样也不愿把那些归拢整理好的冬装重新翻开。或许一切都不用那么刻意，或许一切都不用那么执着，打开只是徒手之间，就如同我太多的想象、太多虚拟、太多漂浮的词，都沉溺太久，以至在我坐在温暖房间，敲下倒春寒这个词时都忘记了。季节的倒春寒犹如生命中的黑夜雷电风霜，不是单一冷冽的狰狞，而更是轻漾或镶嵌于生命里一道风景罢了！

　　而当生命遭受倒春寒的那刻，我肯定那一年和我过去的几十年有所不同，它一直用一种我不可感知、预测的形态直逼我走进一些忐忑，一些不安，又有一些的信心满怀。年末了，当我正以一种得意忘形张臂告别时，医生却用几乎雀跃的语调揣测属于我生命的时光。归寂，归寂，一些疼痛犹如细细的针，绵柔地扎进肌理，一些血液、肌质、发丝甚至一些骨质的坚硬体，都被一丝寒风搅起涟漪。

　　跨过那个年是孩子面临的高考，我在第三个医院给出的同样结果里决定不管不顾身体里长出来的炸弹，一切等孩子高考完再说。心情遥寄在远方，安静下来，一些空隙，开始呈现事物的深处，掠过一些升腾的感觉，思维透亮，骨骼轻盈，从指缝间透来的阳光，让灵魂丰润，开始撞击在固定的轨迹里，屏蔽一切，信守虔诚。

　　病情被得知讯息的父母知道，愿望被现实打碎，给孩子被动地贯上压力，从恳求到吼叫发泄着他的担心害怕，其实不是不愿意接受治疗，是借着孩子高考的筏子逃避手术以及疼痛，那时害怕极了疼，总是控制不住自己去想用刀拉开皮肤肌理的疼，越想越不敢面对。

　　置身于假想兼葭的絮白中，总相信我在一双张开的大手之内；总相信属我的路途上帝早已为我铺好。我终于拿起闲置了50天的住院单走进了医院，去面对病情，接受治疗。我只要拿出我的十二分的向上，我的百倍的努力，我的甘愿的奉献、付出，相信属我的静怡、阳光都将会从我的窗外升起。

感谢上帝对我生命的恩待，整个术后我所害怕的疼并没有预期的不可承受，且在医院经过穿刺，术后各种病理活检后给出了确证为已摘除的良性肿瘤。那刻我知道于我生命里的一次倒春寒结束了，而陪伴关怀着我的亲人、我的朋友们，和我同样感受到了太阳不单单是能带给热的爱意，它是能量，它是希望，它更是光明。

一直用一颗真挚的心，在浅浅的信笺上涂画；人间，以为用心地呈现，总能承载所有的美好，结果却是错的。同样的空间、物事、人，不是由碰撞、撞击的质子构成，那是非得上帝一双万能的大手才能促成。茫茫人海，霭霭时光，不是每次的倒春寒都和你的生命有着巧合的机缘，一时的时段错落，让生命熔铸出深沉意蕴而已。

我感谢现实的杯里，我享有秒于星月潋漾的念想，更有满怀柔光暖暖陪伴的良人与友人；我感谢倒春寒的悸跳，让原本意识里赤裸的物事，瞬间脱落，在那些物内物外的所缚里，我看到飞跃的时线，我看到微笑的时光。季节自有季节的纹理，生命自有生命内里的青苔，我安享一份默然于寂籁里自在地行走！

电 灯 泡

毕业前夜，分别在即，严赫找借口约了鲁贝尔出来，两人见面还一语未发，只听一声"嗨！"就见鲁贝尔的胳膊被不知从哪蹿出来的黄豆豆挽住。

然后三人行围着校外湖畔走了一圈又一圈，黄豆豆一会中间，一会左一会右，始终插诨逗趣惹得三人笑声不断，莫名的鲁贝尔总觉严赫欲言又止，没曾问出的话语被黄豆豆逗笑转移，无奈的严赫直到离校告别都没再一次鼓起勇气向鲁贝尔告白爱慕！

七十年代的孩子分别后除过写信也别无其他的联络方式，没有鲁贝尔地址的严赫在远离家乡千里之外的上海一待就是二十多年。因为一场

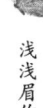

同学聚会，往事苏醒且历历在目，昔日的严赫对于黄豆豆当时的电灯泡事件如鲠在喉，始终愤愤不依。而对于此事件，黄豆豆同学表示忘得一干二净！

这是同学会上的故事，因为缺少了事件主人公鲁贝尔，严赫对黄豆豆同学直接赐名"电灯泡儿！"

起初对学校那会儿的青涩感情蛮好奇，后来被不断提起，就反应麻木，权当是看了一场青春的断片。

因为年节，因为二十多年后的首次聚会，同学会聚了一场又一场，不同的人不同的事不同的景，到年节过完后不得不散场。

在这个高科技发达的时代，告别依然老套，在送别严赫的站台，少了黄豆豆的电灯泡，故事有了另一个版本。

原来离校那年，在严赫出发去上海时，和十几个同学一起登上列车的他发现自己忘记带水杯，因时间紧迫还是因物质缺乏，来不及找到卖水杯的黄豆豆灵机一动，跑去买了一瓶黄桃罐头，递给严赫告诉他路上吃罐头填填肚子，罐头瓶就当水杯用吧。遗憾的是严赫握着黄豆豆的罐头水杯，却满眼满心地是寻找鲁贝尔。

在看着严赫毫不在意地把她贴着罐头瓶叠成鸽状的信随扬起的手送回到自己脚下时，性格开朗洒脱的黄豆豆用一滴别人看不见的泪埋葬了那还未发芽的情感，转身走开。

在陌生都市疲于奔命，于纵横阡陌荒凉的光影里青春和年少都被时光抛掷，那个罐头瓶水杯被严赫细细收藏了五年，他一直期待着牵手黄豆豆的机会，只是时间，足以将心底的那点冗长念想洗得发白，尔后因灵魂的疲惫而安身立命，所有的情感没有缺口，无法启封，只好妥妥地掩藏，最后遗失予沧桑的尘世。

听完这个故事莫名就想起了白落梅的一句话：曾经的我为了一场婉兮清扬的飞雪，而耽误了一场姹紫嫣红的盛宴，做了唯一一个缺席的人。其实在我们纷扬的一生中，总有那么一些人，是你过河投下的石子激起的浪花，溅湿衣衫，偶尔总有人用煮茗的薪火，烘干衣衫照亮前路。

电灯泡只是岁月里某一处的怀想,而青春的故事永远是一场接着一场,在我们简单沉稳的中年,让那一场情非得已的羁绊寄予烟雨流年,将这些人连同自己,交还于生命岁月开出的无语花,静静地,不扰风尘。

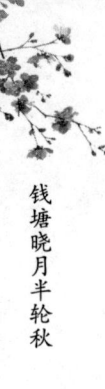

钱塘晓月半轮秋

钱塘晓月春来早

乔 樵

又是一年春来早,钱塘花雨缤纷潮。阳春三月,惠风温畅,春和景明。

上苍是最富有想象力与创造力的魔幻大师,它从袖口轻轻抖出来的春天里的每一件物品,都具有神秘又神奇的色彩,让人惊讶得说不出话来。

比如,钱塘春潮、拂晓春月、雨里梅花等,都是人世间最美最神圣的华夏之景,或荡气回肠,或明朗颤抖,或沁人肺腑,都是不可描绘的心境与意境。

这些构图,这些画舫,这些景观,这些场面,似曾相识,又似曾相见。坐在电脑前,想想以前的日子,有一种如醉如痴的感觉。对!这些都是真实的故事,真实的生活,都曾发生在身边。

丽质往往容易破碎,华美也常常抵不住寒风的侵蚀。有那么一段时间,寒风四起,风雨飘摇,但寒风过后,风停雨止,春暖花开。尽管笔迹已模糊成了落叶,但这种感觉的确还存在,往事历历在目,昨日之景还在心间。

曾几何时,我们相约一起,三五成行,把酒言欢,不曾醉;

曾几何时,我们夜半同题,几十篇章,挑灯夜读,不曾累;

曾几何时,我们晨钟暮鼓,与诗为悟,晴耕雨读,不曾悔。

那是相知相伴一路同行的岁月,十几年的春秋,与文为伍,写就了青葱的岁月;十几个冬夏,红袖添香,默读了霜染的年华;几千个日日夜夜,激情欢歌,抒发了人生的朴素和厚重。

人的本性中有着永不满足的贪婪。物欲的膨胀，使得贪婪无限度地增长。躬身自醒，物欲文学流行之时，自己一度沉溺于追求辞藻华丽的误区，编撰着脱离沃土的人文小说中而不能自拔；在文学的小圈子里，因为一点小名气沾沾自喜、自鸣得意时，以忙碌为由，又失去了文学创作的动力与源泉。

最悲哀的是，在应该珍惜的年代里不懂得珍惜，而在懂得珍惜的时候，却失去了珍惜的机会。

然而，尽管我对春的感觉有点迟钝，不管你珍惜不珍惜，春去春又来，春来无痕，春来有迹。

时间是药，了却寒风的恨意，踏春去吧！

三月的春风煦煦扑面，三月的小雨淅淅飘落，几个人，一群人，有着相同爱好与梦想的朋友们，又聚在一起，燃烧起文学的焰火。就在这三月的最后一天，日当云空、晴空万里的这一时刻，钱塘晓月跃出了地平线，这是一个翻页，是一个折点，又是一起新的起点。

真的，挺好，挺嗨，挺圆满。

看着一张张熟悉的笑脸，读着一页页默契的文字，有一种暗流涌动，从里到外；有一种春爽沁脾，从外及里。

嗯，这才是生活的味道，须好好体会与品尝。

往后余生，愿我们惦念过往，不畏将来，携手同行，笑对生活中的风风雨雨，任凭时光荏苒，潮起潮落，把每一天活成自己喜欢的模样，为短暂的生命，抹上浓墨的颜色。

明月清风，喜欢你于无声处

乔 樵

1. 今夜月明星稀，凉风清爽

惆怅的我，坐在黑暗里，把所有的门户紧闭。意识里，你站在窗外窄

长的小路上，不停地跳着独孤的舞，清风拂过你的裙摆，蓝衫勾住了弯月，将你长长的身影拉到窗内。

于是，我动摇了，悄悄地把紧闭的门留了一条缝。

你旋转着，卷着尘土，飞扬着秀发。

飘了进来。

我端起一杯黑黑的咖啡，把你装进这小小的玻璃杯里，微笑着一口喝下。

苦中带甜。

感觉吧，你就是一个飘零又精灵的魂，能够感觉到，可怎么也抓不住。或许只有把你的清纯与经历泡进咖啡里，才能找到自我，这是一种久违的感觉。

当然，把融你在咖啡里，这是我的知觉，与你无关；这是我的选择，与咖啡无关。你只能接受，不能有任何的异议，我就是这么霸道。

出门，仰头看天，是一片忽明忽暗的夜。站在路边，遥望无助的星，心底总会莫名地慌，莫名地堵，各种各样的声音纷至沓来，扰乱了我的心。

是谁在夜晚吹响了痴迷的萧，又是谁在窗外弹起理查德的琴呢？呜呜咽咽地吹，嘈嘈切切地弹，不绝于耳！

这春天的劲风、繁杂的声音，让我无法控制自己的思绪，无法拒绝春天里蠢蠢欲动的念相，你眼角微微卷起的笑意，像是一缕星光，均匀地洒在诱惑的心房。

很期盼，在这个寂静又寂寞的晚上，你踏着月光敲响我心的门。眼光与眼光沉默地对视，深情地凝望，手与手相牵，让情感在月光中流淌。

五百年的渴望，难道在昨夜缘聚，今夜缘散了吗？

2．昨夜，去了酒吧

酒吧是逃离喧嚣、亲近喧嚣几近疯狂的地方，这个看似杂乱的地方能够给杂乱的心情以思考的空间。我坐在角落里默默喝着酒，闪烁的灯光、刺激的音乐、尖叫的人群，在我的意识里，仿佛离我很远。

面对繁杂的生活压力，我很清楚，这一切都不属于我。一口一口酌着酒，品尝着淡淡的麦芽香啤酒味道，想着时光如梭的10年、20年、30年，一幕幕影像从眼前滑过。

"嗨！"一个略带甜味京味、冲劲十足的声音在我耳边响起，着实吓我一跳。我几乎停顿了一分钟，才慢慢转动了脖子，抬起头，打量着眼前的不速之客。

嗯，是个披着长发，细高挑的女孩子，看样子，不到三十岁，我的第一判断，这是一个酒托。酒吧赢利，酒托是不可缺少的。

"让我陪你喝会酒，好吗？"

声音轻轻，有点甜，还有点犹豫，听起来还算舒服。

"噢，当然，可以！"

我有点情不自禁，大凡老男人，都逃不脱这样的请求。而且，我还有点帅，有点小钱，也不在乎这点酒钱。

我说完，点支烟，深吸一口，看着跳动的人群，并没有正眼看她，带着男人的傲冷。她坐在我旁边，旁若无人地对着服务生用手指画了个美丽的圈，甩出了几张老人头。

两箱啤酒，摆成了心型，堆在了桌子上。

她左手拿一瓶，右手拿一瓶，两个瓶子一碰，硬塞给我一瓶，看都没有看我，一扬脖，半瓶酒没了踪影。

她的一连串动作勾起了我的好奇，我拿着她塞给我的酒，怔在那儿。她喝酒的模样是迷人的，她的眼睛里闪着光，还存在那种清清纯纯的感觉。

她喝完了，用渴望的眼神看着我。我没有犹豫，同样的动作，把瓶里的酒喝了底朝天。

她露出白白的牙齿，甜甜地笑了；我甚至惊奇于她的美丽，更惊奇于这种给客人买酒的酒托。

喝完一瓶，她又拿起两瓶，同样的动作，同样的程序，半个小时不到，桌上啤酒少了一半。就这样，我们碰一下，喝半瓶，没有什么话，喝完一

口，相互微笑着，享受着空气中流动的情愫。

所有的啤酒不知不觉喝完了。酒精开始起作用，脑子有点兴奋。我学着她的样子对着服务生也画了个圈，甩出老人头，又把啤酒摆出了心型。

她把脸扭了过来，正对着我，红嘟嘟，莫名的可爱。我拿起酒，递给她。她接过酒，又抢过另一瓶酒，抓着我的手，把我的手按压在她的腿上，把头很自然地靠在了我的肩膀上。

尴尬、温暖、幸福、无奈、小心、刺激，说不清楚哪种感觉。我就那么半挺着身子，一动不动地坐着，嗅着她头发散发出来的清纯的味道，好久好久。

酒吧的音乐变了，歌手开始唱歌。缓缓亢奋的音乐，激昂的歌声，敲打着我的心脏，快要敲碎了我的灵魂。我闭上眼睛，轻轻地，伸手揽住了她细细的腰肢。

昏暗的灯光里，梦在慢慢地散开，就这样静静地旋转着。她好像睡着了，世界与她无关。

我体内的暖流在慢慢流淌，聚聚散散。一种昏眩，一种震颤，弥漫开来，我竟出现了爱的幻觉。

3. 前天我参加了一个同学聚会

聚会中，谈得最多的是同学之间的私情，也就是所谓的爱情吧。其实呢，这就是同学聚会的话题，你爱我，我爱你，绕不开又永远不能忘却的故事。

女同学喝了酒，肯定会说，多谢当年不娶之恩，要不然，亏死了。说来说去，呵呵一笑，这都是青春萌芽时，一种不可捉摸、完全不可理喻的情绪。

我的初恋似乎在高中，喜欢的是我的同桌。

她是个瘦高美丽的女孩，用现在的话说，有点"飞机场"，或者是发育没有成熟，但并不影响我对她的喜欢。

我喜欢她的长发，经常会给她的秀发上放点生物毒刺，让她回家梳理；我喜欢她的长腿，经常会在她的腿上洒点墨水，让她回家冲洗；我还喜欢她身上甜丝丝的味道，青春的梦里，经常有她的影子。

她可能喜欢我，也可能不喜欢我。我不管她喜欢不喜欢，我还是执意地做我喜欢的事。她为此，在书桌中间画了一条线，假如，我越过了线，她会用笔扎我，用铅笔盒砸我，肯定有一次急了，还在我胳膊上咬了一口。

我至今没有弄明白，这是不是初恋。有人说，恋爱的感觉是相互的，而我是单相思，我只能承受喜欢一个人的滋味，这就是：尴尬，温暖，幸福，无奈，小心，刺激。

离开家乡前一天的下午，我约了她，跟她话别。

我们走在铺满落日余晖的碎石路上，默默走着，都找不到恰当的语言形容当时的心情。

我们坐在石头上，遥望着晚霞，手里攥着折断的柳枝。她终于开口了，她说："你去的地方远吗？"

"嗯，很远，我也不知道。"何去何从，我真不知，人生的路很长，我只能沿着路走，具体多远，到底有多远，谁也不知。

她再也没有说话，只把头靠在我的肩膀上，我就那么半挺着身子，一动不动地坐着，嗅着她头发散发出来的清纯的味道，好久好久。

那个时候，我清楚地知道，我们与青春擦肩而过，也可能与她永远分离了。

临走的那个清晨，我提着背包，从她家的门前路过，凝望着黎明时一望无际的天空，真的有一种冲动，想见见她。

可是，我还是走了。

4. 明天，我将何去何从

这个问题浮上心头，瞬间即逝。多少年来，经常想到，那个夕阳西下的日子，那块石头上的温度，那头没有束起来的长发。

　　门开了，又合上，一次次叩我心扉，让我晕眩，无法把持方向。下一秒钟是什么？是甘心为你而折翼，呼喊着奔向你；或是断了念相，再无纠缠与思念！

　　爱的结局，几乎都是悲痛的。而爱的设计者，几乎都是飞蛾扑火，心甘情愿的。而爱的过程，与人生一样，往往是重复与循环，这就是定律吧。

　　我们渴望得到爱，要求是如此的简单，愿望是如此的美好，可是，我们往往遭遇寒流，就像春天的天气一样。

　　你在三亚露着腰，她在东北裹着貂，我在四川，一会露腰、一会裹貂，忙得不可开交！每满30度就立减15度。爱与天气一个脾气，就是这么任性。

　　善良纯洁的憧憬，总是被冰冷的现实所拒绝；风过后，月暗了，风停了，原来的梦想却成了泡沫，杳无踪影。

　　一切都是瞬息，一切都将过去，而过去的，基本上都是永久的怀恋，都是不可多得的财富，尽管都是匆匆，太匆匆，但是多年以后，想起来，还有甜甜的味道。

　　不管多忙，给自己一点时间吧。

　　没有星光的夜里，我喜欢这种黑暗。漫步在黑暗里，可以拾起遗落在心最深层的故事，整理一下淡淡的收藏，思念一下心中一闪而过的她。

　　人与人的邂逅、相识，是谁也想不到的，可能是缘，不以人的意志而转移。

　　月圆似镜，悬挂在深邃而神秘的夜空，冷冷的清辉融在徐徐的春风里，化作淡淡的薄雾，笼罩着寂静的大地。

　　"落花无意似郎意，流水无情尽侬愁。"这声音缥缈着游走，瞬息即逝。我寻着音尾望去，一对情侣站在草地里相拥相抱，月色中似乎传来了痴痴的笑声。

　　又是一个夜晚，我做了一个梦，梦里，我们一起写诗，诵读，一行一行的诗句，由远到近缓缓出现：

我选择了你
相伴而行
就像在漆黑的深夜
选择了一盏不息的航灯

我选择了你
找到归宿
就像在疯癫的日子
选择了一张甜蜜的嘴唇

我选择了你
相视一笑
就像在繁华的都市
选择了一条安静的小巷

我选择了你
心安理得
就像在灼热的阳光下
选择了一片温柔的清凉

我选择了你
同沐风雨
就像在生活的路上
选择了一生平坦的旅途

噢,我看到你了,你眉角飞舞,轻轻挥起短短的笛,吹出了飘忽的音,呜呜咽咽地吹,嘈嘈切切地弹,不绝于耳!

噢,你是魔女,这声音是你的妖术,我已进入魔蝎的怀抱,又该如何呢?

此刻,我刹那的心悸,摔倒在梦想的旷野里。

安静·旅者
苗夫先生

安　静

1

总想着建好一个园后,能好好地睡上个三天二夜。然后,在一株树下安静地醒来,静静地欣赏着我植的花草。看空蒙大地上云卷云舒,花海生辉,小桥留韵,湖光山色映为一体……待到云脚初开,阳光乍现,两株树影缩短,再延长,挨近……在那一场夜雨雨声中,品一幅绝世的画,写一首安静的诗。一颗躁动的心,就这样安静地闲歇下来。

2

安静属性静谧,但它不属于独孤。因为静谧它有思想在流淌。诚如人生,我们在出发、抵达、攀越一座又一座高峰。从沥沥谷雨到橙黄的秋分,从面朝大海,到种菊南山,人生最安静的行走,便是一颗内心的洗礼和历练。立冬过了,脱了壳,该是一种澄明从容中安静地撑开一把伞,一行诗里,它把该删减的删减了。某些意境之外的孤独,因为走过,因为坚持和删减,所以呈现安静,呈现一种人格意义上的孤美。

花有花的清芳。

树有树的风骨。

湖有湖的静美。

人有人的傲气。

3

"待到你我花甲，我为你支好画夹，先描斑驳树影，再画几棵葵花。"——某人说，这是等的境地，或是守的真谛。村上春树说："偕心愿以见，不论经年，以草木，以荒原，言诗情"。落叶已然成为一道剪影，一潭清凉凉的池水边，佝偻着。我以樱雪烙，以红叶诗，以枯木的形态，安静地招呼着，安静中剪辑着，光影中，一页页彼此的擦肩。

4

篱前植菊，屋后修篁行到乡野，一院，一屋，一个刹那，或许，只是为了一谷桃源梦；或许，等的是一幅梅花雪。我想把诗歌点亮在今晚茅屋的灯火里。

这是一组景象，我们或许只是花开繁芜时的一个过客。那么，安静地书写，该是一种知足。安静不但可以留给岁月，更可以传承。给自己续上一杯翠芽的茶，回望曾经的曾经，那些走过的山山水水，抚摸过的岁月痕迹，它们就是一首奋斗过的诗歌。

我在远方造景，只为给自己的灵魂一个不朽的安生。

旅　者

1

不断在征途上行走。或许走就是一种状态，就像一片树林总是拉着身影去蜕变，或青或黄！那些穿胸而过的，并非只有风雨，还有峥嵘岁月，

以及岁月里的侵蚀和磨砺!

而意境,就是你身后的长路,深邃且宽阔。

2

秋,写过的信笺太过于潦草,蚀了风骨。雨,默读过的诗篇,过于温润,有时候,守,便成了掌心的安好。静默和寡言居然是最美的最长情的告白,青衫和瘦马终究是属于古道的。抬头时,黔北呈天青色。时光在左,风景在右。思绪,在诗歌里流转成湖。

3

流年不小心在鬓角开了一朵花,竟然是那样耀眼的白。三毛说"如果有来生,要做一只鸟,飞过永恒!"其实,永恒是脚下的路,那些大片大片的延伸是未知的风景,而我们,永远在路上,踏着乡音,守候一种意义上的完美和永恒。

4

有些渐去渐远的,不是时光和背影。坚守总是固执成心底,愈走愈近。原来,意念是不分季节的,疯长可以佐酒,一个人的独酌,杯里看一些花草在荒芜中低语,看那些树与石对话,浅尝的何止是醉?再打开行囊时,除却风雨,还有余温相伴!以及天涯未知的旅程。

5

又要启程了,怀揣诗意的行囊不为旅行,不预定方向。只为在未知的路上,遇见未知的自己!

孝敬，让幸福多一点
点石成金

孝敬是一个老生常谈的话题，其实也是一个敏感而又沉重的话题，以至在平时我们很少谈论和看到这样的文章，其实它却与我们息息相关，须臾不容忽视。

孝敬是一种文化，是一种氛围，是一种关爱，孝敬一直是中国家庭的幸福密码，是中华传统文化的重要构成，是一个国家稳定的基石，它可以让家庭兴旺美满，可以让社会和谐温暖，可以让国家充满力量。

孝敬与贫富无关，与年龄无关，与文化无关，有的人一贫如洗仍然对父母孝敬有加，有的人腰缠万贯仍然把父母拒之门外；有的人在孩提时代就能帮父母做些家务，有的人到了花甲之年仍然不赡养老人，把年迈的父母送入敬老院；有的人目不识丁却对父母嘘寒问暖，有的人进了高等学府仍然是对父母无情无义。究其原因，是我们的家庭教育出了问题，是我们的学校教育出了问题，是我们的社会出了问题，我们要认真反思，及早对症下药。

孝敬其实是一种回报。孝敬并不玄妙，也不是高不可攀，它其实就是一种身体力行的东西，想想我们牙牙学语时父母的养育，把我们拉扯长大，付出的心血不言而喻，正如诗中所写"谁言寸草心，报得三春晖"，所以我们要学会孝敬父母，这其实也是一种回报，我们不要紧紧盯着小时候不听话时父母的那一顿打，紧紧盯着小时候做错事时那一顿骂。俗话说"玉不琢、不成器，木不雕、不成材"，任其生长，我们就不能成为国家的有用之材，所以我们不要以怨报德，要多想父母的好，多报父母的恩，用一种爱来孝敬父母，用一种情来孝敬父母，让父母老有所养，享受天伦之乐。

孝敬是一种幸福。父母在，人生尚有来处；父母去，人生只剩归途。

说的是多么的经典,父母在,我们就找到了心灵的家园,找到了心灵的归宿;父母不在,我们就没有了所谓的家,家园充其量只是一个休憩的驿站。试想,当我们下班归来,陪父母说说话,唠唠嗑,下个棋,喝点酒,其乐融融,对谁来说不是一种幸福呢?

孝敬是一种资本。记得汉代"察举制"时便注重"孝廉"这一科,一个人只有做到孝廉才可以有资本做大官的。记得在宋代有个叫李定的人,怕丢权失位隐瞒母丧不报,后被苏轼弹劾,可见,在古代孝敬也是一种资本,有了它你就会受到朝廷的重用。其实现在孝敬也是一种资本,有了它,你就会受到邻居的敬重,受到单位的关注,受到朋友的帮助,与你交心共事放心,这样对你的事业、对你的生活都有帮助,起到事半功倍的效果。俗话说,"百善孝为先",一个人如果连起码的孝敬父母都没有,这样的人是不可交的,因为他早晚也会背叛你。

"经济供养、生活照顾、精神慰藉",是中国人从古至今实行孝敬的基本内容。这方面,一家领导人也给我们做了典范,当然,我们身边孝敬父母的例子也不胜枚举,在我回老家参加表姐儿子结婚的婚礼时,发现她在孝敬方面做得就很好,在我二舅去世后,二妗子与儿子分开生活,感觉过得不是太如意,后来,我表姐把其接回家中,对其精心照料,经过一段时间的调理,见面时感觉二妗子容光满面,脸上洋溢着幸福的笑容。

孝敬父母,要从小开始,从自身做起,不能自己不孝,反让儿子孝敬自己,这是不可能的。所以我们要如《常回家看看》歌词中所写的那样,陪着爱人,领着孩子,回家陪父母聊聊天,帮妈妈洗下腕,给爸爸揉揉肩,让父母感受到你们的存在与快乐。

孝敬父母不是一句空话,趁着父母健在的机会,让我们好好地尽一下孝心吧,莫留"子欲孝而亲不在"的遗憾吧!

龙门石窟
点石成金

一山一水便是美景,若是再搭上一花和一石窟,这个城市就具有了得天独厚的优势,也是不可多得的好去处,洛阳就属于此种情况,被南宋诗人陆游赞誉为"永怀河洛间,煌煌祖宗业"。那年,我有幸慕名到洛阳龙门石窟进行一次拜访。

那日,香山寺的钟声犹在耳畔敲响,四面八方而来的游客带着惊喜与膜拜,在静穆的山壁间体验着流传至今千年镌刻的石窟。放眼伊河,那源远流长的流水,就像血液一样滋养着山上的一草一木,放眼望去,这里风景如画,让人们惊叹这里鬼斧神工的美景。

龙门石窟,凿刻在美丽的伊水两岸的崖壁上,森罗万象的一个个石窟犹如蜂巢般密布,南北长达一千米,并于2000年11月30日被联合国教科文组织列入《世界遗产名录》。龙门石窟凿刻于北魏和盛唐时期,据说,公元493年,孝文帝拓跋宏讨伐南朝,九月从平城迁都洛阳,孝文帝信奉佛教,就把在平城开凿云冈石窟的理念带到洛阳,当他浩浩荡荡带着文武大臣巡视伊水龙门时,皇帝老儿东瞧瞧,西看看,最终看上了这块宝地。随即命令大臣在龙门西山开凿了古阳洞,接着,一个个石窟在伊河两岸的峭壁上产生,一时间,石匠们的斧凿声不绝于耳,从此,拉开了长达四百余年的开凿龙门石窟的序幕,一直到宋代。据资料显示,龙门石窟现存窟龛2345个,造像10万多尊,碑刻题记2800块,佛塔60多座,为我国石窟之最。

洛阳容纳了龙门石窟,龙门石窟也让洛阳名扬天下,它给我们留下了宝贵的财富,让我们见证了历史的变迁和沧桑。漫步江边,让我们看到了那精美绝伦的壁画和一座座巧夺天工的雕塑。在奉先寺你可以领略到卢舍那大佛那俯视芸芸众生的睿智微笑,在药方洞你可以领略到最早的石刻药

方,在古阳洞你可以领略到书法界珍品"龙门二十品",在石窟寺你可以领略到飞天的浮雕壁画。整个龙门石窟具有鲜明的中原王朝皇家风范,造像风格突出了圆润流畅的线条美和更富有人情的韵味。比如奉先寺的卢舍那大佛,开凿于唐初,它劈山造势,气势恢宏,他除了身上稀疏的弧线衣纹外,不曾有任何琐碎的雕刻,面部丰满清秀,圆润和谐,微含笑意,宛若一位睿智而慈祥的中年妇女,似向人间芸芸众生传达着慈祥与和悦,这是古代艺术的朝圣和礼赞,是中国雕塑史上伟大的典范之一。

时光悠悠,龙门石窟承载着多少人的信仰,抚慰过多少人的心灵,人类文明与荒蛮的历程,就这么一点一滴融进这凿刻的石窟中,它见证朝代的风云变迁和文化的繁荣演变。

浏览龙门石窟,当你感受着历史的亘古和艺术愉悦时,你又会感受到龙门石窟留给人们的失落和遗憾。断头缺臂的造像不胜枚举,当然这里面有历史和风雨剥蚀的原因。最让其受到伤害的还是遭遇到的重大浩劫,也可以说是一场文化的掠夺,而钉在耻辱柱上的,便是北京和洛阳的民族败类岳彬、马聋图等人,他们听说龙门石窟的雕塑能卖上好价钱,便伙同美国人普爱伦,从1930年始,将闻名中外的艺术瑰宝及一大批珍贵雕刻盗往海外,使文化宝藏受到了极大的创伤和破坏。之后,相继有人内外勾结把一批批珍品运送到欧洲等一些国家。我们的国家当时正处于水深火热之中,文物的保护得不到加强,只能眼睁睁看着这些强盗们把老祖先留给我们的遗宝一件件运走。据不完全统计,现在能觅到踪迹的就有64件,不知踪迹的多少就不得而知了,当我看到这样的场面时,我的心在流血,傻傻地伫立在那儿发呆,当时也只有望洋兴叹的份,落后就要挨打在这里得到了充分的体现。龙门石窟当时也可能真的疼了、累了,静静地屹立在那儿,期待着我们民族的强大,去早一点修复和找回自己遗失的东西,重现自己的风采。

最后,我再一次审视这个龙门石窟,与其相知与对视,感觉它虽然有点苍老,有点伤痕,但仍然让人看到了希望,看到了力量,凝眉沉思。我仿佛听到那一阵阵风起浪涌,石匠们的吆喝声和叮叮当当地凿刻声,唤起了中华儿女的觉醒，大家万众一心，发扬工匠精神，去追求与创造震惊世人的新的功绩与辉煌。

约会樱花
边城木木

自从樱花入驻宿松，每年三月必定与她有一场美丽的约会。或三五知己相邀，或同事、朋友即兴。是春天的请柬，却之不恭。每次都是乘兴而去，兴尽而归。

一入花丛，顷刻忘情，不知来路。那是一大片的香雪海。触目所及，全部是白的粉的花朵，像一团团云雾，也像一群披着白纱的翩翩起舞的仙子，袅袅婷婷，让人不知今夕何夕。它们有着绸缎的质地，有着明媚的笑与清澈的姿容。有的打着苞苞，有的羞涩地开着，有的已开得有些慵懒，似乎在轻轻叹息：我开君未来，君来我已败。虽不说开败了是粗服乱头，但也真的有些颓唐了。不过，大部分的樱花正值花期，在热烈地开放。像是在对着自己心仪的恋人，悄悄地说着自己的爱恋与痴情，说着一生一世，说着永生永世。徜徉在花丛中，我们也安安静静的。这是个圣洁的地方，不宜大声喧哗。只能安静地看，安静地听，安静地闻，安静地呼吸。如果稍稍弄出大一点的声响，唯恐惊扰了这些纯洁的芳心。

先于我们到来的，总有许多的游客，也有摄影爱好者与画家，诗人。其中有一些是慕名而来的专门寻访樱花芳踪的。年轻人居多。是呀，樱花是少女的，自然也是少男的。每一棵樱花树下，都走着朝气蓬勃的俊男美女。他们或相视而笑，或悄然无语，只在默默地阅读樱花，阅读彼此的眼，彼此的心，让樱花树见证他们的爱，他们的情。所有想说的话，想唱的歌，想写的诗，漫山的樱花给他们作了最好的代言。

百度了一下樱花词条，据日本权威著作樱大鉴所述，樱花原产于中国喜马拉雅山麓靠云南一带。那就说明樱花的祖先在中国。但历代墨客骚人，

对樱花的描摹与吟咏,也着实不算太多。白居易有诗:"小园新种红樱树,闲绕花枝便当游。"明代于若瀛的诗中提到樱花:"三月雨声细,樱花疑杏花。"有限的几句诗,却又并不知是否是蔷薇科樱属。或许只是山樱,或樱桃。而日本对樱花的种植更为普遍,而且早已深入人心,加上千百年来对樱花的文化打造与品种改良,日本的国民,对樱花非常喜爱,以至将樱花定为国花。如今国人也无不喜爱樱花,中国的樱花品种也培植得越来越繁盛。最著名的莫过于武大的樱花与科大的樱花。每年三月中下旬凡有樱花处,皆游人如织,不论天阴天晴。

且不说樱花的明媚鲜艳,便只是那种皎洁的粉,与明亮的白,与那一派纯真稚气,不遮不掩的模样,便足以令每一个一睹芳容的人,难以忘怀,一见倾心。花是开过了即好,不必去管它花期短长。每一种花属,都在努力地开放,在属于自己的季节。你看它开得纷繁复杂,又安静如处子,它芬芳给谁看,美丽给谁看,它只是要努力地绽放了自己。想起《红楼梦》里的一句诗:淡极始知花更艳。淡,符合秉性素淡的人的性情。樱花,用这句来形容,应该是最恰如其分的。还有咏海棠的:"玉是精神难比洁,雪为肌骨易销魂。"亦非常吻合。谁也不愿意随手摘下一枝樱花——是爱,是惜,是尊重,是舍不得。

樱花是淡,樱花是雅;樱花是天真娇憨,樱花是清丽脱俗;樱花是初升的蛾眉月,是早晨清新的露;是纯洁,是永远的忠贞;是少女的心,是年轻人的爱情;是永远的不变——我记得你最初的色泽与芳容。哪怕多年后,我打马走过万水千山,你还在那里亭亭玉立,你还是那么明亮雅致,干净澄澈,这才是我最初的心,最初的恋,最初的河流,最初的晨曦——最初的晶莹剔透,生生世世不能改变。

每次与樱花约会后,十天半月都会神不守舍,每天抱着手机屏幕,呆呆地盯着拍摄下来的樱花图片,像对着最初心仪的那个眼神。间或,还能憋出几首诗来。有时是古典的,有时是现代的——都不能画出樱花神韵一二。

三月，我与洋畲有个约会

卢如昌

阳春三月，我与洋畲有个约会。

洋畲是一个山清水秀、美丽富饶的地方。说起洋畲，人们早已耳熟能详，因为它是中国美丽乡村建设样板，洋畲村曾获"中国特色村""全国生态文化村""全国一村一品示范村镇""福建第一批优秀住宅小区"等荣誉称号。这些含金量高的金字招牌，远近闻名，吸引了一批一批业内人士和游客前来参观游览。

洋畲村地处新罗区龙门镇的西南部，这里山水秀丽，风景迷人，既有别具特色的自然景观，又有美不胜收的人文景观。"水光潋滟晴方好，山色空蒙雨亦奇。"洋畲村，她犹如一位乡村美女，身着流行色，既蕴含朴实又流溢现代时尚，更具无穷无尽的魅力。我走进洋畲，被这如诗如画的美景所诱惑。

3月23日上午，我随"魅力龙门行"文学采风团一行，行驶在乡村公路，车窗外青山含黛，晓风拂林，扑面而来的山风沁人心脾，令人心旷神怡。

经过二十余分钟的旅程，车子从五星村折回，将我带到这个唯美村庄，人间天堂。

抵达洋畲村，放眼望去，我惊讶地发现：春山烟岚，绿意流淌，满眼醉人。

车子在楼宇前停下，我下车参观，呈现在眼前的是一座风格别致的楼房，抬眼，一块高悬"梁明山水画院"的匾额映入眼帘。画院坐落在景色宜人的洋畲村，山水画回廊沟瓦的装饰风格与云遮雾绕的青山绿水融为一体，真可谓：春山烟岚洋畲村，梁明画院掩其中。

我步入院内，被这洋溢着浓郁的文化气息所感染，大厅墙上挂着大气山水画卷夺人眼球，超越了江南景色的婀娜，春天般妩媚多姿……我走到

大画家梁明那幅《春山烟岚》画作前,观赏着、品赏着画中的早春洋畲村,陶醉于画家笔下春山烟岚意境之中。

移步继续观赏,在《闽壑烟岚》巨幅山水画前,我仔细欣赏,认真品味。虽说我是外行人,不懂专业,说不出道道,但外行人看热闹。大画家的画作着实震撼,梁明笔下这幅大泼彩山水画卷,山间雾气浮动,阳光温暖和煦,逼视夺人的现代气息,他的高超艺术表现在创作里,那种怡然自得,充满人间春意。

在梁明画室的艺术墙上,我读到梁明的简介:梁明,1962年生于福建龙岩,祖籍广东梅州,1984年毕业于福建省工艺美术学校,1991年毕业于中央美术学院。现为中国美术家协会会员、福建省美术家协会副主席、福建省美协山水画艺委会常务副主任、福建省龙岩市美术家协会主席、福建省龙岩市艺术馆馆长、副研究馆员。还有他的造诣很高,获得一连串全国各类书画大奖……

从山区走出来的著名画家梁明,以大泼彩、泼墨为主要表现形式,创造出独具特色的"可居、可游"的山水世界,表现了源自传统又超越传统的艺术新境界。

据介绍,2018年8月21日,梁明山水画院落成,占地3000多平方米,并举行揭牌仪式。有展览厅、培训教室、画室、交流室、学员宿舍等,功能齐全,该画院集书画展示、教学和住宿、游览于一体,梁明山水画院落户洋畲,与这个"中国特色村"相得益彰,给这个"全国生态文化村"美誉的新村增添了厚重的文化内涵。

洋畲村绿色植被保护完好,空气清新。被誉为离城市最近的"原始森林"。春天给山坡换上了迷人的春装,我们来到农民公园,感受到浓浓的乡村生活气息。

我漫步在公园林荫小道,心情如此的轻松和惬意,置身其中,体会那一刻灵性的升华,一朵白云,一声雀鸣,一株树,一棵花草,我们亲近自然,都只是为了忘却世间万般纷扰,使心灵似山水般洁净无尘。

徜徉洋畲读风景,村在林中,路在绿中,房在园中,人在景中的绿色家园新景观。眼前风景不断变幻，让人目不暇接。洋畲村既有与天下相同的美丽，又有她自己独有的迷人风姿和韵味。时而漫步静心欣赏，我们时而驻足拍摄留念。人在画中，画在眼中，眼前所呈现的美景深深地印在了我的心中。

  从公园这边往对面凝望崭新美丽的建筑群，一排排、一幢幢现代"山居"坐落在山坡上，错落有致，红顶白墙，格外醒目。我们又来到这片建筑群，仔细观看，典雅端庄，清一色的"山居"，特色鲜明，味道十足，是一道道亮丽的风景线。我向一位当地女干部询问道：像这样楼房有多少栋？随同女干部介绍说，这种楼房建筑保持"歇山顶"模式，全村总规划190套，已建好102幢，依山而建，总共五大排，层次分明，整齐划一，每幢二层半单体或部分双体建筑，大部分采取两户连建，建筑面积265平方米，绿化2米，幢与幢间距9米，前面路4米。全村村民跟城里人一样，住上了别墅式民居。此外，还规划建设了停车场、村部、学校、柑橘交易所、农家乐、民宿等配套公共设施，吃、住、游"一条龙"服务。洋畲村村容村貌建设独具闽西建筑风格，全国各地慕名前来参观考察者络绎不绝。

  接着，在村干部的引领下，我又来到村部参观新农村陈列馆。步入陈列馆，仿佛推开一扇历史的大门，馆内的展板主要陈列了村情和发展历史相关图片和实物，不仅浓缩了洋畲村历史记忆，也向世人展示"中国特色村"洋畲村的发展变迁。我们时而驻足流连，时而浏览遐思，一件件物品承载着历史，一幅幅图片记录了进程。陈列馆虽是面积不大，却内容丰富。通过历史变迁、科学发展、农村文化等展览，再现了洋畲村村民艰苦创业、大胆探索，建设新农村，实现致富奔小康的历程，一股改革创新、干事创业的氛围扑面而来。

  洋畲村立足独有的环境资源，大手笔勾勒新农村发展美丽蓝图，如火如荼地建设美丽洋畲。让洋畲村既有田园风光，也有生态景观，更有文化气息、文化品位。洋畲村从农业综合开发到新农村建设，实施"六改"（改水要路、厕、圈、房），"五通"（通水、电、路、电话、有线电视）新村基础设施建设，打造原乡生态旅游特色品牌，无论农村经济发展，还是农民

生活水平，老百姓在吃、穿、住、行等方面都发生了重大变化，实现了由贫困到温饱、再由温饱到小康的历史性跨越。在陈列馆里，我们不仅能感受着洋畲村人民艰苦创业、奋发而为的历史氛围，更有一股力量激励大家不忘初心，砥砺前行。

走进洋畲，恍若置身世外桃源。春雨绵绵中，我打一把红伞，在洋畲村倘徉流连，欣赏秀美乡村景致，陶醉其中。无论是人与风景之间的际遇，或是人与人之间的际遇，都是因缘注定。此时，我停下脚步，让心灵飞翔，让内心走进了这美丽意境里。

秀美洋畲，等着你！若你来了，相信一定不后悔，倘徉穿梭其中，赏读风景，你自己也便成了风景。难道不是吗？

九仙峰游记

卢如昌

闽西漳平境内有两座名山，一座位于官田乡豪山村境内苦笋林尖，为漳平第一高峰；一座位于吾祠乡境内的九仙峰，亦是漳平名山之一。

九仙峰属戴云山脉，在漳平市吾祠乡境内，海拔1355米，距漳平县城一百二十多千米。九仙峰有九个形态各异的山峰，山势雄敲高峻，峰峦迭起，似神龙奔腾，云蒸霞蔚，美如仙境，乃仙居藏佛之胜地。

——题记

1

大年初一上午，我们起了个大早，开着车奔向九仙峰。

"莫道君行早，更有早行人"。我们一路说说笑笑，不久来到九仙峰的山脚下，发现就有人开始登山游览了。这时，眼前出现一条新开的登山便道，跟往年大不相同，车子可以直达山顶。有一批批人陆陆续续开车上九仙峰,有的开小车、皮卡车,也有的骑摩托车。喜欢爬山的我禁不住蠢蠢欲动,便提议车子停在山下,徒步上山,大家纷纷附和。

千里之行始于足下。我们一行人兴致勃勃,沿着土路向着九仙峰方向走去。进入九仙峰辖区便步入了一种迷人的仙境。沿途茂林修竹,松涛阵阵,枝头挂绿,野花吐蕊,景致迷人。走了一段路途,一片茂密的毛竹林进入人们的视野,真美呀!翠绿的毛竹倚山挺立,千姿百态。远看,竹子们像一片绿色的海洋,近看,像一位位身着绿衣的少女在舞动着她那曼妙的身姿。一阵清风吹来,竹子左右摆动,发出了沙沙的声音,好像是在欢迎我们的到来。穿行在这个绿色的海洋中,令人陶醉。话不多说了,还是你自己有机会来走一走,看一看吧。相信你一定会陶醉在这美丽的画卷中。

竹林间,一条狭长陡峭的土路蜿蜒而上。我们一刻也不停歇,一步一步、一个劲儿往上走,阳光透过竹林间隙照在身上,温暖极了。

大家走一会儿,坐一会儿。大约半个小时后,走累了同伴们在就近路旁的小石块坐下。我一直走在前头,超过了许多。此时,我也停下脚来歇息片刻。放眼四处,啊!好美呀!山山青竹翠,坡坡绿涛涌。怪不得人们把这叫作竹海。九仙峰的毛竹林是绿色宝库。据介绍:境内的彭炉、彭溪、内林村都盛产毛竹,家家户户都有竹山,毛竹是这里农户的主要经济来源。竹山多的农户,笋竹年收入有十几万元,十分可观。

顺着蜿蜒崎岖的山道,继续盘旋而上,一路上同伴们互相鼓劲,一路上惊叹着自然天成的美景。我们已经到了半山腰,停下来歇歇脚,拭拭汗,一抬头,啊,湛蓝的天空下,顷刻之间,林木复苏,百鸟争鸣,山风拂面。让人一饱眼福的同时,忍俊不禁地拿出手机拍下了这一处处绮丽的自然景观。在拍摄过程中,一对年轻夫妇牵着孩子的场景吸引了我的目光,父母给孩子鼓劲:"加油,再坚持一会儿,快到了""坚持就是胜利,一定要坚持到底。"我上前打招呼,跟他们谈话交流,得知他们想通过登山体验爬山过程的艰辛,让孩子从小增加阅历、开阔视野。真可谓"天下父母心呀"!

山道两边的植被郁郁葱葱，山中微风轻拂，很是惬意。我与同伴继续向上攀行，一位女同伴唱起歌儿，歌声嘹亮清脆，在山间萦绕。她说，唱歌既可以减轻劳累，又可以放松心情。就这样我们和着哼起小调。一路走一路歌，一路上不断地欣赏着山间美色、奇峰秀木。虽然山高路远，爬山艰辛，但大家感觉不会很累。人生跟登山一样，只要心中有一座山，怀有一个坚定的信念，朝着既定的目标奋勇前进，不犹豫、不气馁、不退缩，就能看到自己的希望。一旦登上高峰，更有一种感慨："高处自有风景在，人生本是多尘埃""是真高敞处，别有大乾坤"。

我们走走停停，谈笑风生，顾不得腰酸腿软，汗流满面，经过一小时长途跋涉，终于到达山顶，眼前顿觉豁然开朗。站在山顶，山下景色一览无余，极目远眺，山峰逶迤，白云缭绕，烟云袅袅，朦朦胧胧，犹如仙境，好一幅浓墨重彩、疏密有致的山水画！而我此时就身置其中，临风而立。"会当凌绝顶，一览众山小"的豪情便油然而生。

2

我们一鼓作气登上九仙峰的主峰，只见峰顶处矗立着一座九仙宫，刚修葺一新。九仙宫坐西北朝东南向，砖混结构，歇山顶式，飞檐翘角，琉璃瓦顶，精巧肃穆。宫内正堂悬一匾额，上书"九仙宫"三字，醒目赫然。殿内供奉观音菩萨、圣主帝仙、马氏真仙、张公圣君、萧公圣君、洪公圣君、五谷真仙、薛公真人、关公元帅，集九仙一殿。九尊法像，庄严凝重，佛身镀金，祥云佛光，栩栩如生，不愧为造像之珍品。九仙宫的东南面墙上，刻着一块"九仙宫功德碑记"及三块"捐资芳名榜"。九仙宫建成，共襄善举，功德无量。勒石为碑，纪名其上，永世流芳。

据清道光十年版《漳平县志》记载："九仙峰在和睦里，石马（码）、彭卢（炉）之间，长荣之界，雄敞峻绝。上有仙祠，山后有朱仙洞，石室幽深，六月生寒。发脉经黛烟山、仙帽山抵县。通志作九星山，称其九峰叠耸，有石窟，号称仙人插剑处，雨不溢，旱不涸"。又据传说，很久很久以前,九仙峰最高的峰巅有座庙宇,住着一个老和尚,道法神灵,常与八仙谈论道法,最后都得道成仙,人称"九仙"。因此,故名"九仙峰"。据了解:九仙宫始建于宋元年间,因年代久远,几经修葺,现庙宇早已损毁,仅留存遗迹。

故老相传,九仙宫矗立在九仙峰顶处,东望彭炉,西向石码,北临彭溪,南近内林,诚建宫庙之佳壤,合龙水之格局。为传承和弘扬佛教文化,吾祠乡彭炉、后坪、彭溪、岩头、内林等村前辈、有识之士首倡,恢复重修九仙宫,村民及各地信众纷纷响应,慷慨解囊。九仙宫开工兴建始于丁酉年春,竣工于本年农历十一月十四日。是日,举行隆重开光仪式,村民信众,虔诚朝拜,重修善举,备受称赞。

我们来到了九仙宫,进入殿中恭恭敬敬地点上一炷香,许一个心愿放入香炉中,看着香雾袅袅升起,然后默默地祈祷,美好的祝愿已在心中诞生。让这一年的心愿能够得以灵验。

3

俗话说得好:山不在高,有仙则名;水不在深,有龙则灵。九仙峰的美可以归纳为险峻、秀丽、旷远、清幽的特色。九仙峰的东北面有一处山泉,引起我的好奇心。我们沿着一条狭窄而陡峭的小路,从山顶往下艰难行至半山腰,只见山崖洞内有一泓清澈的山泉。我从洞窟里舀一瓢山泉水,鞠饮一捧,顿觉清冽甘甜,沁人心脾。流水不腐户枢不蠹,但是此情此景还是让人望而止步,纷纷在山泉边摄影留念。

有一位同伴说:九仙峰还有一绝是高山杜鹃花,每逢春夏之交,杜鹃花竞相怒放,恰是一幅绚丽画卷,令人陶醉。杜鹃花娇艳而不俗,不与牡丹争芬芳,那一片耀眼的红色,却把春天装扮得如此美丽。九仙峰的杜鹃花定会让人大饱眼福,更会吸引喜欢摄影的人用相机留住永恒的瞬间。到那时,花丛间蝴蝶、蜜蜂采蜜儿忙,如若花丛间美女们展示着妖娆多姿的身姿,在花丛间留影纪念,可谓是:人间四月芳菲尽,坐拥杜鹃花

中游!

爬山是很消耗体力的一项运动,中午时分,我们围坐在一处草坪上小憩,喝点水吃点东西。我身边一位女同伴是很会享受生活的,这次来时,随身携带着饮品、食物,我们从附近打来山泉水,吃着随身带来的食物,喝着清甜甘洌的山泉水,浏览着周围的美景美色,耳听着山中鸟儿的鸣叫声,此情此景犹如神仙般的生活,无比惬意。

此次九仙峰之行,给我最大印象是雄峻而不失灵秀,旷幽而不失神韵。九仙峰是自然景观与人文生态相互交融,形成一处意蕴深邃、旅游开发前景极佳的胜地。"人间真福地,隽秀九仙峰"。风景这边独好。

初夏游园
尹桂珍

初夏的庐陵生态园,已是绿肥红瘦了。

满园的树木,无论是乔木或灌木,处处可见深深浅浅浓浓相间的绿。整个生态园除人工湖上面,都被绿色包围着。据介绍,园里植有乔木4万株,灌木400多万株,草皮10万平方米,简直就是绿色的海洋。阳光透过丝绸般的云层照着大地,微风轻吹飘拂,一点都不感觉夏日的炎炎。昨晚的一场雨,更是让园内青翠欲滴。清新的空气里弥漫着绿的味道,沁人心脾。

周末已到,游人纷纷前来。一进园,分明听见女子哈哈哈的笑声,声音清脆欢快,穿透苍穹,传入我耳。蹑过小径,绿荫长廊下,只见一群年轻人在玩游戏。欢快的笑声出自这群年轻人。他们放松的状态,如蝴蝶的翅膀,扑扇扑扇的。我被他们孩童般的游戏所感染,驻足观看着,痴痴地笑,傻傻地乐。

湿漉漉的小径,因荫蔽而生苔藓,滑溜溜的让人得格外小心。轻脚慢步,穿过小径,来到白凤仙子石雕旁。雪白的白凤仙子美丽地飘落在人工湖畔，细心呵护着脚下那一群羽毛洁白的乌山鸡。泰和乌山鸡，乌鸡白凤丸，无人不知，无人不晓。乌鸡白凤丸，女孩时就吃过，美容养生，调理妇科炎症。白凤仙子的传说，来自泰和。白凤仙子雕塑与田螺姑娘建筑造型遥相对应，增添了庐陵生态园神秘的色彩。

田螺姑娘建筑造型坐落在园北一个广场中央，高十几米，非常引人注目。高高的底座是灰黑色大理石材质，经工匠精心雕琢而成，像盛开的花朵托住上面金色的田螺。它是一个音乐喷水造型，节假日开放。音乐响起，金色的田螺姑娘从田螺里缓缓升起，洁白的水柱从地下向上喷射而出，如洁白的花朵，盛开在空中，声势夺人，蔚为壮观。喷完水后，田螺姑娘又回到田螺壳里，看不见了。好神奇呀！

田螺姑娘有一个美丽传说。一只神奇的田螺，看上了勤劳的农民小伙子。每天小伙子去劳动，田螺就变成美丽的女子，帮小伙子做好饭菜，然后又变回田螺，静静地等待小伙子劳动归来，默默地关注小伙子惊讶地享受美味佳肴的表情。很多天过去了，小伙子实在好奇，假装出门，却偷偷躲在一边，窥探那个为他天天做饭的神仙。终于发现是自己养着的一只小田螺，她是一只田螺精。小伙子夺门而入，田螺姑娘来不及回到田螺壳中。后来，他们结为夫妻，幸福生活着。奶奶和我们讲田螺故事的情景依然清晰。奶奶说女孩要像田螺姑娘那样善良，以后才能找到好人家。

不觉来到九曲桥，登上拱桥顶端，生态园尽收眼底。螺子山，文星塔，是生态园最具代表性的景点，它们是生态园的制高点，无论站在园内哪个位置都能看到它们。螺子山完全被绿色覆盖着，簇拥着充满文化气息的文星塔。夜晚，文星塔金光闪闪，与闪闪发光的九曲桥也是遥相呼应，美丽迷人。

宽阔的湖面，波澜不惊，一片宁静。不远处的湖面，干枯的荷梗上撑起一片片绿掌，过不了多久，这里定是"接天莲叶无穷碧，映日荷花别样红"的景象。那时候我还会来的，我不会错过这飘满荷香的盛夏。

生态园湖心岛上，园艺工人正在修剪花草，吱吱的电锯声打破了宁静

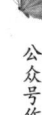

的气氛，但并不破坏人们的游兴。在孔雀园，铁丝网围栏外，游客们正在欣赏孔雀开屏呢。手机频频举起，拍下美丽的瞬间。孔雀开屏如扇子，七彩的羽毛，轻盈的舞步，曼妙迷人。今天的孔雀心情特好，它居然张开羽霓衣裳绕着圈儿，让游客们欣赏到孔雀开屏的全方位，真是美丽惊艳，游客唏嘘不已。美丽的孔雀更是吸引孩子们的眼球，每一个路过的小孩定会驻足许久，即使孔雀不开屏，它们也会逗留网前，隔着丝网，与永远也不搭理他的孔雀说着话。

踩在橡胶桥上，有轻舟荡漾感。软软的橡胶垫排列在水面，围着白色的栏杆，构成一座浮桥。浮桥垫子着蓝色，栏杆着白色，煞是耀眼，别具一格，是生态园又一亮丽的风景线。浮桥从湖心岛拐着几个弯，然后直通对岸。人在桥上走，如踩着海绵一样，桥在荡漾着，有点蹦极的感觉，倍儿爽。桥左边，白天鹅和黑天鹅，悠闲地游着，悠然地唱着，分明是在向游客炫耀它们的极乐世界。桥右边，宽阔的湖面上有几条脚踏船。游客穿着红色救生衣，坐在船里，用脚踩着让船前行，看似悠闲。是呀，何尝不想做回自由的天鹅呢？

来到仿古街，青石板铺就的路只有几十米长，三两分钟走到尽头。我却百走不厌，每次游园，必漫步街头。因为沿街店铺颇具特色，仿古的建筑基本是小木屋，可以做店铺。所有的房屋都租给了私人。家家户户装饰得古色古香。走进古街，有种穿越之感。有一户人家，墙角一只三角梅开得很有特色，沿墙而上一直爬上了二楼。红色的花儿点缀着墙体，如画上去一样。屋主人真是用心。生意并不好，但屋主们似乎不为生意而来，完完全全是为桃源般的生活而设。家家户户花前花后，游鱼细石，流水潺潺，古玩收藏，瓷器艺术品，茶盅，弹琴唱歌，呈现着悠闲自在的生活状态。果真是天上人间。

其实，每个人有每个人的生活方式。悠闲也好，忙碌也罢，只要对心，都是蛮好的。住在生态园旁边，只要有空，随时进园，不花一分钱，无须旅途劳顿。门前风景胜远行！

读《浮生之光》
凤凰生

许多的写作女子,她们对文学敬畏而忠诚。她们并非胸怀大志,而是坚守生活和创作的初心。你想哦,中国的女子一般都是操持了所有的家务,她们要学习要写作,就得与时间赛跑。每天晚上和周末,很多男人可以去打牌、喝酒、聊天,但她们却是见缝插针,勤奋笔耕,了却文学欣赏、文学创作之心愿。

《浮生之光》是一组写碎事、诉柔肠的随笔散文。有着雨巷丁香的模样和波澜迭起的心思。事物与情思交织在一起,泛动着宁静而清澈的光辉。隐藏和披露互为交替的法则、轻描淡写与浓墨重彩并用的手段,将万千柔肠演绎得淋漓尽致。

《浮生之光》整篇随笔写了六个部分。各异的情景和随之生成的心绪,描画了作者的世界观。人间百态,情景堪怜,所以如同一帘缠绵的幽梦。心事杂陈,此消彼长,所以"才下眉头,又上心头"。

第一部分文字写6月初高考的日子,在家安坐,看着窗外,听人言语,若有所思,心胸开朗。"反复亲近过的这座小城……还有那一份悠然,抵至心头,便会微笑回首。"所谓美景当前,司空见惯,时令变幻,波澜不惊。只是喜欢生活罢了。

第二部分文字,写到想起半月前与梅的一通电话,说起了一直在写作历练,引发了很多心绪。彼此合拍,贪恋文字,心中温暖。叫人回味啊。看来,梅,是文友。可能是红袖文社当中的一位重要成员。

第三部分以眼前电视节目的内容为引,荡开心事。"我们对生命有一种渴望。"付出,索取。大爱,大痛。一种社会责任感,一种正能量,油然而生,扎根在心间。

按我理解,电视上播放的是,灾难发生于某处,很多人参与救灾,生

死以赴,场面惊心动魄。

作者作文,常用诗歌手法,朦胧隐约,有留白。

这一部分文字沉甸甸,很有分量。写得相当好。我们一起再读一番:

"电视上播着一些灾难,那些用不同姿势的生死以赴场景,让人感动得泪流满面。还有一些血腥味犹存的记忆,它会萦在心头,绕在耳边,束住手,缠住脚,最终缚紧你的灵魂,把你死死地钉在锈迹斑斑的十字架上。

"我们对生命有一种渴望。付出,索取。自然而然地平铺它的弧度。只有正能量才能使我们深层次的隐忍和静默,有些阴晦得以撼动,得以松懈,而后丝丝逸散。便会有那么多浓郁的温暖喷薄而出。淡了玫瑰红,也惨了米粒白。

"这些来自天地间大痛与大爱。有如深陷肌肤的刺青,被涂上眼黛的颜色,妖娆横生。只待你迷茫中的一眼,便暗自花开,恣意欢喜。这力量如此持久而强大!千帆过尽,缭乱平静的心海,涟漪漾开。

"生命开满不尽人意的花,虽难得圆满,却一如罂粟般,妖冶而令人痛彻心扉。不自主的呼吸深深浅浅,一茬一茬,接二连三,像战场的炮弹狂轰滥炸。我从中滋生了勇气和抗力。迂回张扬中,磨灭了轮回的伤痛。

"对那些陌生的生命,突然有了更大的关切。生是路,爱即是行走吧。眼睛随着电视镜头,涉过路途上的青翠和昏黄,一路苍茫,但义无反顾。见识了一些坚强与坦然,见识了何为负负为正,痛痛为安。"

第四部分,听一首古曲《傍妆台》,看席慕蓉《写给幸福》,想起梁实秋和一位船员说过的话。胸怀感恩。"一些感念聚在一处,隐忍着许多的痕。它们在爱的土里沉睡,一如在水里睡莲的种子,冰清薄凉的相守,许久以后,它们会苏醒,在眉睫嘴角处绽放渴意无限的花。"

这个部分具有典型的形散神聚特征。

第五部分,这是一个故事。讲到前不久回到家乡山村,本来不问世事,只为消闲,然而"一位朋友坐在眼前,茫然的眼神,对着我的茶杯。沉寂静默中听得见未眠的思量",怆然与悲凉,苦痛与怜悯,使得自己不得安宁。故事凄美,唤起读者的同情心。

作者没有说这位朋友遇到怎样的变故。凤凰生觉得这位女性友人的婚姻正在破裂,或者已经到了无可挽回的地步。作者是用了蒙太奇的手法写她。

陌上花是一种对照物的安排。"我与她对话时,阳光正好,暖着我周围的草树",这是制造反差效果。

不完整的故事,却带着不尽的悲伤。简单的情节,体现了高度的浓缩。这是悲剧里剥开淋淋血泪的艺术功夫。

第六部分是对前五个部分的总结。写的是生活感悟。人生是有波折的,不必患得患失。有道是:岂能尽如人意,但求无伤我心。我感觉吧,这些作为结语的文字,犹如清晨挂在枝叶间的露珠,清澈而明亮。

读了《浮生之光》,心中五味杂陈,但是,无法更细致表达。我们看到了作者美妙的文句,灵巧的艺术手段,以及她对人生的关怀。心灵美是此文美的基因,艺术美是作者的能力。

何谓浮生?芸芸众生,各有各的幸福和不幸。托尔斯泰在《安娜·卡列尼娜》小说里说过类似的话。

浮生之光,是生命的光辉,是生活的斑斓,是作者的感悟,也可以是读者的心灵感应。

你是我人生最美的传奇
蓝心物语

清末民初,外婆出生在鲁南的一个小镇上,其父是个讲诚信的商人。外婆在家最小,上有三个哥哥和两个姐姐,外婆从小聪明伶俐,深受太外公喜爱。在外婆七岁时候太外公突然病逝,家境也跟随着日渐衰败,到了外婆该识字的年龄,家里人再也没心思请私塾先生,所以很遗憾外婆终生不识字。但外婆天资特别聪慧,虽然不识字,不论什么事情,只要外婆听过的她一定会记得很清楚,她有过耳不忘的记忆力,我一直感觉外婆的一

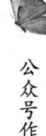

生就是个传奇。除了外婆，到现在我也一直没遇到过记忆力这么强的人。

　　转眼已过十二载，十九岁的外婆出落得端庄美丽。在一次浮来山庙会上，与友前去定林寺祭祀的外曾祖父恰巧在那儿遇见了相貌出众的外婆，于是就托人去为外公提亲。外公家是做买卖粮油生意的，家境比较殷实，太外婆就替外婆答应下了这门亲事，所以外婆就成了我的外婆。外公排行老四，所以外婆便成了四嫂、四婶。刚开始一家人都住在一起，家里人口很多，新娶的媳妇难免会受到婆、嫂的一些不太公正的待遇。比如，洗衣做饭之类的家务活分给外婆的会比较多一些，每天起得比别人早睡得比别人晚，轮到她吃饭时只剩下些残羹冷炙。这些外婆都毫无怨言，每天勤勤恳恳地把家收拾得井井有条，外曾祖母看在眼里，不动声色。

　　过了几年，外曾祖母决定把家让外婆掌管，当然只是掌管家内日常花销，以及亲戚来往之事，不管外面的生意。外婆虽然不是长媳妇，但当外曾祖母让她管家，全家上下没有一个不服气的。后来外曾祖父去世，没人执掌大局，家庭矛盾日渐增多，于是外曾祖母决定分家，由家族有威望的几位长者监督把家产四分，每房一份。按照外曾祖母的意愿，外婆外公一家跟年迈的外曾祖母住东院，其他几房都各自西院、北院、南院，分院单过。就这样一个大院被分成了四个小家。

　　外公很尊重外婆，他们相敬如宾，一辈子没吵过架，外婆的意见一般他都听，外婆跟外公一共生了八个子女，平淡的生活也算过得殷实。天有不测风云，有一天外公突然肚疼难忍，去请的先生还没到，外公就不行了。外公过世的时候母亲只有四岁，坚强的外婆没有改嫁，一个人拉扯八个孩子，照顾着婆婆，还要打理油坊生意。生活的重担压在了外婆瘦弱的肩上，她的腰一天比一天弯得厉害，其辛苦可想而知，可坚强的外婆从没叫苦，就这样硬是把八个孩子们拉扯大了。外婆不识字，但是只要是外婆经手的账目，一件也不会错。多少油，多少花生米，多少钱，什么时候的账目，都会记得清清楚楚，这令很多人佩服，大家都说外婆是个奇人。外婆一共八个孩子，每个孩子都有几个孩子，外婆的孙子，外孙二十八个，每个人的生辰八字，外婆都记得清清楚楚，只要是哪个母亲忘记了某个孩子的生辰八字就去问外婆，外婆会很准确地说出他的生辰八字，一次也没有错过。外婆一生从没有健忘过，直到外婆九十多岁我们再问起每个人的生辰，外婆还是记得非常清楚，直到她去世脑筋也没有糊涂过，这令我们佩服不已。

外婆虽然是个女人，她有过人的胆识和智慧。抗战时期，很多八路军伤员需要养伤，一般人家不敢把伤员接到家里来，外婆总是毫不犹豫地把最重的伤员接到自己家里来，有时候一藏藏两三个，她还把家里好吃的东西尽量节省下来给伤员吃。有一次有位女伤员受了伤，外婆把她接到家里养伤，刚过了几天，鬼子的大扫荡就开始了，他们挨家挨户地搜八路军伤员。实在没有地方可藏了，因为地窖里还藏了一个比较重的伤员，外婆就把那个女伤员扶起来，穿上我大姨的旧衣服，头上包一条旧毛巾，这样就盖住了她的齐耳短发，然后在她脸上抹上些草木灰，让她坐在灶前烧火做饭的样子。伤员刚坐下鬼子就进了院子，这时外婆一看那位女伤员穿一双支前老布鞋，而且还是大脚，那个时候村里的姑娘大都是裹脚的，机智的外婆立刻抱了一抱柴草一下扔到那双脚上，一边说："死丫头，烧了这半天还没开锅，多加点柴草，快点烧，要你这样全家人还吃上饭了吗？还不都得饿死呀！"来人没看出异常就走了，外婆的机智救下了一个伤员。新中国成立以后，有个干部跟那位女伤员专程去外婆家道谢，原来那位女伤员是那位八路军干部的家属。临别时，那位干部要带三舅去部队，外婆没同意，说救人是本分，受人恩惠和照顾就过意不去了。

外婆遇事拿得起放得下，十年动乱时期，由于家境富裕，遭遇到被抄家，所有家产一扫而空，就连藏在夹壁墙里的钱物也被破墙而取，院子也被征用作工作组工作的地方。其实那些钱物真不是靠剥削得来的，是外婆跟舅舅们辛辛苦苦赚来的，再就是靠外婆勤俭持家节省来的。可有谁会听解释？任凭你再能吃苦再能干，在那个荒唐的年代里有财产便是证据，全家人都傻眼了，没有钱物可怎么活？曾外祖母就是那时候忧郁去世的，全家人顿时感觉暗无天日，哭作一团。外婆这时候说说话了，把眼泪都擦干了，我们没做昧良心的事情，谁也不会把我们怎么样的，天压不死人，钱没了

我们不是都还长着一双手吗？以后都规规矩矩地干活，人家怎么过我们就怎么过。外婆没倒下，家也就没散，就这样一家人好歹挨过了那段无光的岁月，这都是因为有外婆在。

外婆生我母亲的时候已经四十五岁了，母亲是她最小的女儿，也是她最疼爱的孩子。但是外婆对我母亲也有固执得不近人情的时候，那就是答应下了我母亲和我父亲的婚事。母亲刚开始不同意，外婆却做主定下了亲事。外婆固执地定下这门亲事的理由大致有三个方面：一个理由是祖父的家境比较富裕；另一个理由就是父亲读了几年书，算是个读书人；第三个理由是祖父人品不错，在附近也很有威望。外婆对这门亲事比较满意，三姑奶奶上门提亲的时候，外婆不管母亲是否同意就答应了下来，事后母亲哭闹了几次，外婆丝毫不改变主意，只好作罢。直到现在，母亲还经常说，要不是你外婆硬做主张，我才不跟你父亲结婚呢，我们总是打趣地说，那是外婆慧眼呢。由于外婆生母亲的时候四十五岁了，所以我有记忆力的时候，外婆已经年近七十，历经过很多坎坷和劳累，那时候的外婆头发花白，满脸皱纹，腰弯背驼得厉害，走路总离不开拐杖。听说外婆年轻的时候很高，但我见到外婆的时候，外婆的腰已经很弯了，所以一直感觉外婆不是很高。小的时候不懂事，一直以为所有的外婆都是一个年龄很大，且弯腰驼背拄着拐杖的老太太。

外婆对我和妹妹很是疼爱，可以说在所有的后辈中，外婆最喜欢我们两个，这并不是因为我们两个有多么可爱，最大的原因是因为我们两个喜欢听外婆讲书。外婆喜欢听书，也喜欢讲书，听母亲讲不管有多么忙，只要戏场子有说书的外婆就会尽快忙完所有的手头活晚上去听书。我和妹妹喜欢听外婆讲书，其他的表哥表姐妹都不怎么喜欢听，他们听一会往往就跑一边打闹着玩去了。每当外婆讲书的时候，最后往往只剩下我和妹妹坐在那儿听。外婆有过耳不忘的记忆力，她听过七十多部书，什么《杨家将》《水浒传》《隋唐演义》《三国演义》《西厢记》《红楼梦》等书籍，还有像冯梦龙的作品《杜十娘怒沉百宝箱》《卖油郎独占花魁》等。至今还记得外婆给我们讲《薛礼征东》《樊梨花征西》《穆桂英大破天门阵》《牡丹亭》《林黛玉进贾府》《梁山伯与祝英台》等作品的情景。外婆讲书时候跟平时比较是另一个状态，她会尽量坐直，神情沉稳而大气，外婆讲书的语气跟刘兰芳有几分像。凡是外婆听过两遍的书她都能原汁原味地讲出来，听外婆讲书那叫一个精彩，花木兰、穆桂英、樊梨花、薛丁山、杨六郎、林黛玉、贾宝玉、梁山伯、祝英台等一个个人物都会栩栩如生地展现在你的面前。听外婆讲书那叫一个过瘾，想听几章听几章，想听几回听几回。一部书外婆总是讲比较精彩的那几回，因为外婆讲述动听，我跟妹妹老是围着外婆转。小时候我跟妹妹总喜欢跟外婆睡，晚上我们可以听外婆讲书，有时候听着听着就睡着了，依稀感觉到外婆为我们掖被子，然后她一个人再坚持讲一会才睡，也许外婆是通过讲书来排解夜的漫长吧。我跟妹妹到现在聊起来还在为外婆的超强记忆力感到惊奇不已，用外婆自己的话评价她自己，"如果她识字，要是在赶考的年代，她不中个状元那也中个探花"。到了我们上学了，我们自己能看书了，很多故事我们都了解了，每逢假期去外婆家，外婆还是给我跟妹妹讲书。有时候我们早就看过那些书了，故事的情节早已知晓，可是看外婆那么想讲给我们听，我跟妹妹就会坐在外婆面前认真地听下去。

每个假期我跟妹妹都要去外婆家住一段时间，其他表哥、表姐妹也去，但是外婆好像对我们两个更是喜爱，有什么好吃的东西，先给我们两个吃。外婆有一个糖罐子，里面总会有半罐白糖，红糖之类的，每次去外婆家馋嘴的表哥总是喊着要吃糖，外婆总是说让你两个妹妹先吃。外婆说话很有分量，尽管表哥不乐意，也要乖乖地先给我们两个。有一次表姐问二姨，外婆为什么喜欢妹妹，二姨说因为妹妹们小呀，其实外婆喜欢我们两个，主要是因为我们两个喜欢听她说书。外婆不识字，可她一直想让我们多读书。我们每次去外婆家外婆总会给我跟妹妹五元或十元零花钱，说我们两个喜欢看书，就用那零用钱买几本自己喜欢看的书，除了过年，外婆不曾给其他表哥表姐零花钱的。

外婆做饭很好吃，小时候的我很挑食，但是外婆做的饭我很喜欢吃，每顿饭都吃得津津有味。那个年代不像现在条件好，可每次去外婆

家,外婆总能给我们做出好多好吃的。像排骨糯米饭、荷叶蒸鸡、干炸白鲢鱼、油焖茄子、豆腐锅贴儿、手擀面、红枣糕、桂花糕等等,都是外婆非常拿手的美食,吃起来那叫一个香!我最喜欢外婆做的一种红薯凉粉,在秋天收红薯的时候外婆把新鲜红薯用石碾子碾碎,经过一次次的过滤,最后得到淀粉。等到了炎热夏季,外婆就会用红薯淀粉做出晶莹剔透的凉粉来,加上酱油、麻油、香醋、蒜泥、香菜等十几样作料,最后再码上一些黄瓜丝,吃起来那叫一个美!直到现在还时常回味起外婆饭菜的香味道。

一九九一年冬天,外婆快要过九十五岁生日了,她却没能等到那一天,外婆安静地去了。寒风呜咽,漫天雪花,我那外婆,我那亲亲的外婆,她被埋葬在那堆冰冷的黄土下啊,我再也看不到她了!我忍不住泪如雨下。外婆,我亲亲的外婆,您再给我讲个《花木兰替父从军》的故事吧,我一定认真地听。外婆,我亲亲的外婆,让我再给您捶捶背吧,我一定格外小心,不把您捶疼了。外婆,我亲亲的外婆,此生一别天涯永隔!想到这,我忍不住又一次泪如雨下。

外婆离开我们二十多年了,直到现在我还是非常想念她。提起外婆,我跟妹妹用"传奇"来形容她老人家。何其有幸,此生您是我的外婆!外婆,您是我人生中最美的传奇!

母 亲
叶帆在线

九月的秋雨是如诉的诗行,拨弄心里的琴弦,把思恋的情思洒满了河流、山川。一丝一缕都是疼痛,每一段回忆都是抽丝剥茧。

落叶,寂静得泛黄。

明月,躲进残缺的云层,把母亲的形象抽象成墓冢。

一只飞鸟在林间跳跃,从这棵树到那棵树,距离很近,却隔了万重山水和生死茫茫。

我明明听见儿时的声音和感受青年的彷徨。那时有一双大手抚慰我的恬淡和苍凉。我明明感受到有一种静美，那是欢乐和回家的方向。

那时候我想象你的怀抱是温暖的港湾，我可以倾卸一生的重荷与疲惫。那时候我想象你是一盏明灯，为我指明和点亮着人生的方向。你质朴得宛如一棵老树，数十年如一日恪守家园的芬芳。

我对你没有那么多的赞美，也没有那么多的辞藻来修饰装扮你。你就是你，融入着我的生命，淡化在我的人生每一段旅途。你似平静的歌谣，有最厚实生命泥土的味道。你是最平淡和和蔼的音容，伴随我生命一程又一程，跨越万千河流大江。

我累时想着家里总有一盏灯为我亮着。我徘徊失意时，总想到身后有一双手为我抚慰风尘。你是如此的平凡，平凡得我为你写不出任何的诗句。你是如此地让我牵肠挂肚，在你被病痛折磨的无数个日子里，看到你憔悴和单薄的身影，我都泪如雨滴。

你的身子在一天天变轻，你有生的日子在一天天缩减。我明明看见你的痛苦却不能分担。你混浊的眼神里，我读出了复杂的对家的渴望。读出了那份对生命的不舍与留恋。

我多想挽回你有生的日子，多些，再多些。我多想让时光停留，让你健康，健康，再健康。我却是如此的无力。生命有多么脆弱，超出我们的想象。你终于还是在一个平静的日子安然离去。

生命一季，草木一秋，母亲，如果有来生，我希望你还做我的母亲。愿天堂里您再也没有伤痛。

秋色无言
叶帆在线

静静地独坐雨岸咖啡一隅，窗外树木葱茏，几许阳光透过树梢，慵懒

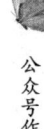

地照射窗台。绿萝贪婪地吸塑着阳光。像此刻的心情，一切静好。红尘纷繁，风来雨去，好久没有这么安静了。

一曲曲音乐声里，在一杯清茶里把往事打坐。记忆合着音乐的节拍，向着远方漫溯。

记得也是一个秋天，我们在一家咖啡厅里相逢。我们静静地注视彼此的目光，像是结识千年。你的目光里有一种动人的深邃和妩媚，我仿佛看见了一朵盛开的睡莲，在时空的深远里无比芬芳。你从远方而来，满带清芳的步履，款款如风，飘逸如诗。

你从容并生动，我们在一杯绿茶里畅谈往事。聊一些生活中的趣闻乐见。你，有时安静，有时乐谈。你的知识面广阔，专业的话题循循善诱，随意的话题如沐春风。你聊起身世，聊起奋斗，聊到文学的创作……那一刻的你是一种流动的美。骨子里洋溢着一种淡雅的清芳。对于生活，你充满着善意。对于人生，你满怀睿智。对于生命，你保持着一份敬畏。

我们不知道什么时候相识的了。一起都是那么梵音缭绕，一切都是那么水到渠成。人与人间相遇就是那么的美好，不会多一秒，也不会少一秒。也许人生就是这样，总有一份从容不会错失时光，总有一份相识会不经意间到来。人生，看过山看过水，未必看过的都是风景。人世间最美的风景是遇到过的人，是一生浩荡的心意和情谊。我唱着沙哑的歌谣，路过旷远和驿站，那时骨子里有着一种张扬的狂放的英雄主义情结。

路，走得多了，自己也慢慢学会了沉淀。有些事不是努力就能所至，有些情不是所遇就会圆满。我把自己置于开阔的天地与风中，去感受生命的那份开阔与厚实。因为我知道向前，才会有所终。疲惫地奔跑远远大于原地的徘徊和停止不前。

风扬起你秀发的那一刻一直在我脑海里定格。那是一种自然情态和抒情意识形态的美。此去经年，那样的美一直根植于我脑海的最深处。

落叶纷纷扬下，一些不知名的小花还在旺盛地生长。我在想它们不是展示最后一季花期吧，它们一定在预约生命的下一个轮回。

又见东湖

邓朝平

东湖村,青黛之间令人陶醉的美丽村庄,坐落在崇山峻岭之中,溪谷幽深的洞天福地里。35年前我在秀美的溪南小镇工作和生活过一段时间,那时候曾经游历过东湖山,但未曾留下任何痕迹,始终是心底的一个遗憾。一直以来就神往着故土重游,却没有找寻到机会,如此静谧的瑶池仙境,今天得以称心遂意,也算不枉此行。

喧嚣的都市生活,让归田园居的念想油然而生。踏上东湖古村落,村内那古道老厝,老树石桥,青石板路,一片古韵古意,让我的思潮喷涌,思绪飘飘,仿佛回到历史的天空,回到了阅读历史的现场:我看见了从前的月色、斑驳的屋墙、逝去的岁月……

东湖村,位于漳平市东北部溪南镇感化溪畔的一处幽静秀美的山谷中。整个村落依自然山势而建,一座座沧桑古朴的老屋,层层叠叠,错落有致。遗存的老屋因其保持良好的明清时期的建筑风格,彰显个性,颇有闽南风情,与现代工艺设计理念的迥异,它的毓秀让人们吟诵了多年。

随行的文友张益宏恰好是东湖村人,我一直跟随他的脚步,行走在这乡村路上,慢悠悠地边走边看。细探东湖村古民居建筑的风采:敬佩它的工艺精湛,窗花斗拱精致,雕梁画栋,飞檐翘角,泥塑彩绘,古色古香。"余庆堂"和"仁兴堂"保存有大量壁画,"余庆堂"书法壁画最为精美、"仁兴堂"雕花最具特色。如今,这些"厚隆堂""福隆堂""顾祖堂""仰高堂"等古民居均被列入重点文物保护对象。东湖村不仅仅建筑独芳于世,其尊崇先贤古训,重文重教的氛围相当浓厚。在兄弟同科楼内,其厅堂留下的"兄弟同科"的牌匾,佐证了"兄弟互济翰墨香,学舟唱晚韵绕梁。一朝同晋贡元日,生前身后美名传"。东湖行,感叹这里真是"青山环抱千鸟唱,绿水长流百花香。人杰地灵多才俊,勤耕奋读民安康。雕梁壁画大宅院,

沧桑不掩轩宇昂。今理旧颜整新貌，风采依然美名扬"。

东湖村，一直徘徊着巧夺天工的古老韵味，萦绕着淡淡的古早韵味。多少文人雅士总爱寻着那淡淡的幽香，走过飘雨的江畔，走近大山深处，一亲它的芳泽。古韵东湖，历史悠久，人文荟萃，抢眼的明清古建筑让人印象深刻，几百年来，村民们筚路蓝缕，接力耕山开地成富庶的风水宝地。任谁不是？走过千遍也不厌倦，读它万般也不烦忧。

东湖村中有一条小涧流，得益于森林植被的保护作用，小涧终日流水涓涓，涧流两边的古老宅院散发着古朴的气质，人们的生活安宁祥和。

村中的涧流自寨尾的密林深处奔腾而下，贯穿整个村落，涧水缓流，涧堤修固，景致错落有序，许许多多的飞瀑撞击岩石形成的流泉相映成趣。古朴的建筑，秀美的景观，格外的通透静美。

东湖村盛产东湖米粉，其筋道爽滑的品质名声在外，堪称一绝，十里八乡赞誉有加。村民们采用高山优质早稻米和深山老林的天然山泉水，通过浸泡、淘洗、打浆、蒸煮、压粉、晾晒等多道工序制成。制成的米粉具有米香浓郁、韧劲弹牙、久煮不烂的特点，是老少皆宜的健康食品，更是馈赠亲友的佳品。犹记得20世纪80年代初期，在溪南小镇工作和生活的点点滴滴。那时候，刚刚改革开放，东风还未吹绿感化溪畔。商贸与流通渠道独属供销社垄断，市场主体结构单一，物质相对还是比较稀缺。小镇，在当时还属边远山区，二斤大豆外加一斤五花肉焖煮一锅，是我五天的标准配菜。而最美味的生活改善，该当是烹煮东湖米粉，于我而言，位列饕餮盛宴了。东湖村的米粉质地柔韧，富有弹性，水煮不糊汤，干炒不易断，配以各种菜码或汤料进行汤煮或干炒，爽滑入味，是当地居民喜爱的食品。记忆中，我用一勺猪油，两根小葱，三两肥精相间的猪肉，四五个小芋子，六七朵鲜香菇，精心烹煮一锅香喷喷的汤粉，吃得的肚皮滚圆，仍然咂巴着小嘴，意犹未尽，至今仍然回味无穷。

走进东湖村，会被眼前的风光所吸引：山明水秀，碧空如洗。屋舍俨然，绿树环绕。田连阡陌，莺啼燕语……

没错，跟着感觉走，你会发现，东湖村原生态植被保护完好，景色秀丽，有参天的古树、梯田、瀑布等自然美景，村居环境清幽、民风淳朴，宜山宜水宜居。

东湖村 2015 年入围"闽西十大最美古村落"之一，加之交通便利，更加引人注目。驻村第一书记马克虎告诉我，东湖村的钟灵毓秀有别于他处，虽然没有连城培田古民居的大气风格，却有小家碧玉的隽永优雅，这里的古民居若深谷幽兰，弥漫着挥之不去的古韵清音。村两委班子也颇有远见卓识，放眼未来，正在集合力量，工巧设计，挖掘潜力，未来准备将东湖村打造成旅游休闲的度假胜地。是啊，未来可期，我们有理由相信：东湖将迎来新的发展机遇。

三面环山一面临水的东湖山，古风古韵。现存于世的 20 多座或明代或清代的老宅经过时光的沉淀，墙体泛出斑驳之色，整个村子依山就势，错落有致，蔚为壮观。穿行其间，历史的印迹恍惚给人时空穿越的错觉。漫游于村间曲曲弯弯的古石道，闻见双华李、枇杷等瓜果飘香。同行的文友官顶义老师趣说：东湖山古厝篱笆、石板石阶、小桥流水，已成大家心中的珍藏。

行走在这恬静安宁的山村，深呼山里天然氧气，静吟文友黄征辉先生的"宅家两月近癫狂，足之蹈之入山乡。漳平东湖涵古韵，花草竞妍尽春光"的诗句，备感怡然，那种远离城市喧嚣的宁静，返璞归真在空灵的内心深处得到抚慰。

难得的东湖行，心底一直有一个愿望，就是能够与当年有过交集的张义富、张玉泉父子以及张荣秀、张位中、张天授等老朋友会晤，以慰藉多年不见的执念。在与村委张主任的沟通中，了解到张义富、张天授二位当年叱咤风云，一度带领村民致富的带头人，已经驾鹤西游，魂飞天国。岁月流逝，精神不朽！他们可歌可泣的事迹，今天依然被人们传颂，印记在功德簿上。其他几位老朋友，终是因为时间的仓促，未能如愿见面。此愿，或许时可我待，期许不久的未来，了却心愿。

走进南洲书院

邓朝平

绵延的山脉,翠绿丛生,色彩斑斓,如孔雀开屏,在小村的侧畔轻轻舒展;因而,春天的来临,小村也如偎依着山岚的姑娘,在灿灿的阳光里,安暖着清浅的时光。

在溪流汇集,田畴梯布的一处小平原地带,一个娴静的小村庄,下林村内,静静地伫立着一座古色古香的"南洲书院"。带着厚重文化的探索,我走近书院,侧耳倾听,时空飘来天籁之音。"南拂文风,吹皱溪中千顷浪;洲传习尚,放飞里上万条龙。""九社春风,扶摇学子飞天梦;五图书卷,耕读立人壮志心。""书上风云,光映众人参学事;院中龙虎,气吞万象出贤才。"默默吟诵这每一阙楹联,我仿佛触摸到了历史的脉络,字里行间,无不书传南洲书院的轮回故事,只是所有的悲喜得失,都被禅静成了今天的坦然。

我们知道,书院,是东亚古代教育制度,有别于官学的教育系统,是唐宋至明清出现的一种独立的教育机构,是私人或官府所设的聚徒讲授、研究学问的场所。

存世的南洲书院,已历经了朝代更迭,几多的战乱烽火,以及大自然的风雨洗礼而屹立不倒,是闽西南漳平市现存的一座比较完好的古代书院。据《漳平县志》载:南洲书院在溪南镇下林村,创建于清道光二十二年(1842年),迄今已有179年历史。毫无疑问,南洲书院是漳平市宝贵的"文化遗产",它的雄伟绝奇,有近二百年精神文化的渗透渲染和人文景观的烘托,是漳平近现代史上精神文化的缩影。

南洲书院坐东朝西,占地面积2650平方米,中轴线自西而东依次排列为牌门(两边竖石旗杆共4座)、外坪、前堂、内坪、祭坛、正厅。两侧为厢房、边厅和辅厝。书院原有9厅99间,现存6厅42间。正厅歇山顶抬梁穿斗式土木结构。面阔5间，进深15米，左边厅竖1块清道光二十二年（1842年）立《南洲书院碑志》石刻，高164厘米，宽67厘米，部分已毁。如今的"南洲书院"，正厅、大门、坪等基本保存完整，厢房已由村民用砖瓦重新修缮，4座石旗杆只剩2座傲然挺立，屋檐间的壁画色彩鲜艳依然，《南洲书院碑志》石碑仍静静地竖立在左边厅下方。碑文清晰可辨，记载了书院修建的来历以及过程。南洲书院是当地崇文重教，文化兴农，耕读和谐的一个缩影和佐证。

　　随行的张益宏文友告诉我，据考证，南洲书院是感化里九社乡绅共建的，这种善举是漳平独有的，建设规模在漳平境内也是首屈一指，其采用乡贤捐助的学田来维持办学的做法也是不多见的。

　　南洲书院在千峰百嶂，依云水岸之中，卧于乡野之间，宁静悠然，宛若一幅雅致的水墨画，令人赏心悦目。现如今，院墙部分坍塌，其中一座旗杆歪斜将倾，周遭杂草丛生，立柱腐朽，墙体开裂斑驳，透析出岁月的沉重和沧桑。

　　公元前372年4月2日，是中国古代著名思想家、儒家代表人物之一的孟子诞辰。今天，梳理头绪，提笔写下南洲书院的前世今生，借以抒发一种情怀，表达自己的内心深处对孔孟儒学的敬畏之心。

　　为重续文脉，承继道统，期许市政建设将南洲书院的修葺纳入规划复建轨道。书院可结合现代人的需求，还书院讲学、研究、藏书等功能。"以文会友，以友辅仁"，让师友在幽静典雅的书院激发思想，成就人生，服务社会。承传"立德、立言、立功，士先立志：有猷、有为、有守，学必有师"的教育目标并继续发扬光大。

　　走马观花看南洲书院，远去的时光折射出感化里区域文明的源远流长。伫立书院的厅堂，阅读它的故事，聆听历史的呼唤，我在深深的思考这样一个问题：中国文化复兴和文化遗产保护与文化回归正道不仅仅是当地政府或相关部门应当专注的范畴。更应该是我们这一代人乃至于未来几代人，必需的担当和扛起的责任，并对华夏文明传承抱着敬畏之心，钟情于自己所属的民族文化，致力于民族文化的发掘与探索和保护。

我们这一代人，在文化上该当拥有一种平淡天真，就是不要做作，也不要刻意，率性为之。

拨开南洲书院的迷雾，寻找根系，对书院本源文化进行全面的梳理、挖掘、融汇的开创性工作；探索大山深处隶属于感化里地域的近现代那精深的人文精神，这也应该成为我们的文化使命。

悠悠番薯情
贺红英

寒冬犹抱琵琶半遮面的到来，县城街上又出现了几位熟悉的身影——卖烤番薯的大爷。他烤炉前围满了人，有人手里拿着香喷喷软塌塌金黄黄的烤番薯正吃着，虽烫得"哎哟哎哟"却一个劲地往嘴里送，这时我总免不了要去买一个解解馋，你们哪知道这曾是我的最爱啊！曾经关于番薯的往事一幕幕浮现眼前。

番薯好种易活，浑身是宝。种番薯是每年春季的重中之重的农事。把育好的番薯苗剪成一节节，插土里一般都能活。

我们那时七八岁左右，就被父母赶去干活，挖地插番薯藤那是经常做的事。插完藤苗，中间再除除草，翻翻藤就可以静候秋的收获。十月金秋，父母便会吩咐我们兄妹几个去挖番薯，这事虽苦但我最爱干。我是兄妹中最小的，所以往往能捞个轻快活——割番薯藤。番薯藤也是一宝，平时不愿打猪草就来地里割点番薯藤回去剁了给猪吃，最后的老藤割下晒干，在寒冬腊月，草枯叶落时，依然可以煮了做猪牛的口粮。割完藤，我就可以坐下来安心啃我的番薯了。刚挖出来的番薯很脆，浆汁很多，红薯带甜尤其好吃。中午或晚上收工每人挑一点回去那是肯定的，我用粪篓挑几个就气喘吁吁，真重！挑回家后，倒了一地的番薯，同时我们兄妹几个的手上也多了几个血泡，稚嫩的肩膀也由红到紫，但看到眼前小山似的番薯堆，成就感油然而生，这些苦算什么！

番薯吃的花样可多了！它是我们童年最奢侈的零食了。放学回家饿了，唯有它填肚子，生吃一个甜甜脆脆的。每天做饭时，放几个番薯在灶火里煨，不久香喷喷的番薯就可以吃了，虽然吃得嘴、手一片黑，丝毫不影响我对煨番薯的情有独钟。如果大人心情好，我们小孩还可以自己油煎生薯片吃，当然能吃到煎薯片的机会不多，费油！

大人们在收获番薯后总会做干薯片，年前几天过过油，就成了春节里的一道荤菜。当家的女人们品尝后总会议论哪家的薯片煎得好、煎得黄、不吃油。被说好的那当家的就成就感十足，满脸堆笑，一个劲地招呼大家多吃点。我想这是对勤劳智慧的农家女人最好的嘉奖。

番薯不仅是我们孩子的零食，更是中国人民的一大功臣。

以前我家人口众多，口粮不够，会持家的母亲把番薯和着米粒儿煮稀饭，煮出来的稀饭虽稀，但和着番薯，又香又甜。一大锅一会就被我们兄妹几人喝得干干净净！现在回忆那时的日子，因有番薯而分外甜美！

番薯不仅丰富了我们的舌尖，更给我带来了一个难忘的童年。

我们80后的农村娃，白天天地宽广我们大有可玩，但到了晚上尤其是冬天的晚上就很无聊了。那时电视机还没普及，更别说手机电脑了，窝在家里烤火我们小孩子哪能坐得住？

我们兄妹几个和邻居小孩，在房前屋后玩起了篝火晚会，家前后都是桐树，冬天来了，地上铺满了枯黄的桐树叶，像毛毯一样可坐可躺，可打滚。我们清出一块空地，找来一些干树枝生火，抱来一大堆桐叶，等火烧起来，我们围绕篝火唱歌跳舞做游戏猜谜语，这么美好快乐的时光怎能无吃的呢？番薯就是免费美味的夜宵！把番薯放入熊熊的大火中烤，玩累了或表演的节目到了尾声番薯也大部分烤熟了，飘出阵阵香味，我们就坐下来享用香喷喷的番薯，握着烫手的番薯，寒意被驱散尽，掰一片又软又香的番薯放入口中，简直就是口齿生津，接下来就是狼吞虎咽直到吃得肚子滚圆，我们相互嘲笑彼此的手黑嘴黑的狼狈样。夜也长了脚，不停地跑，把月亮带跑了，几个小星星也眨着眼睛，打着盹，天空像被子般盖了下来。我们还围着火堆，丝毫不顾夜深了，在父母的呼喊下我们才各回各家睡觉。

冬天的很多日子，我们都是这样快乐地过着，至今回想起来，最难忘就是篝火时香喷喷的烤番薯，和一起玩耍的小伙伴了。

番薯曾经的功能是填饱肚子，现在却成了一道养生食物，被誉为"粗粮王"，浑身是宝。番薯富含多种维生素、蛋白质、雌激素物质、赖氨酸、钾、食物粗纤维等营养物质。薯叶有很多用途，比如有提高免疫力，保护视力，延缓衰老，解毒等。

现在物质生活好了，这些原生态的乐趣却再也找不到了。我家以前一种种几分地都嫌不够，现在种两三块地的番薯基本都是用来喂牛。现在的孩子有游戏手机陪伴，谁会愿意在寒冷的夜晚烤番薯？有肯德基、佳佳基吃，谁还愿意吃番薯？

一代人有一代人的记忆，但这薯香味却永久封存在我这个来自农村的80后的记忆中，已过而立之年的我，这种味道帮助我在物欲横流，人心浮躁的社会找回童心，永葆初心。挖过番薯，啃过番薯还有什么苦吃不得、什么坎迈不过？番薯也是让人最敬畏的植物，给予番薯一寸土地哪怕它贫瘠，它定倾其所有去回报。做番薯样的人挺好，实在，平凡！

回乡杂记
十年砍柴兄

在这样的季节里，空气是冷的，水是冷的，心似乎也因为寒冷而变得僵硬，毫无温暖可言。每天穿衣起床都要像个勇士一样对自己说坚强，都要赖在床上作一番思想斗争才能下定决心。在这样的时节里，我是很不喜欢走在外面去体验那嗖嗖迎面而来的寒风的，因此，只能限足于自己的房间里，做着该做或是不该做的事，有意义或无意义的事。

随手拿起静静躺在一旁的手机，用不利索的手指划开锁屏，无聊地翻看手机。无意间发现那年的今日自己曾经发表过的一条说说下满是热乎乎的评论，看着这些充满暖意的文字，内心似乎也变得温暖了。现在的我终于能体会到先前一位网友所写的话"朋友是有温度的,在相互关心,相互依靠中能找到温暖。"真的十分感谢上天能让我拥有这么一群朋友,在如此寒冷的冬天里能透过莹莹的屏幕,通过这样诚挚而真切的文字感受他们所给予我的温暖。

说实话,我不是很喜欢冬天,江南的杨柳纤纤姹紫嫣红在遇到寒冷的朔风之后,也只能是黯然神伤。虽然在南方,雪是很少下的,可冬意却丝毫不减,寒风不退。清晨起来,可以看到沾满水珠的窗户,透过它,可以看到那一抹淡绿被困在硬邦邦、刺棱棱的冰霜牢笼里,树木脱去了绿装,只剩下干瘪的枝条直愣愣地指向那铅灰色的天空,云团也没了从前的柔软。

拿陂村只是319国道边的一个村落,地处平原,从东向西地呈斜长分布。一条小溪流将拿陂村村前的农田一分为二,由南向东,直至注入不远的禾水河。村里的男人们传承了老祖宗留下来的粗犷、热情、善良而又豁达的血统,女人们同样拥有着勤劳善良,贤淑的本色。他们在这里一辈辈地世代繁衍生息下来。

天刚放亮,太阳还未露头,东方只露出一片鱼肚白,月影依然挂在空中。偶有邻家的大公鸡隔三岔五地啼上几声清脆的欢鸣,一点点地打破乡村清晨的这份宁静与安详。

从院子出来,远远地看见二伯叼着烟,在自家门前来回走动,他深邃的眸子并没有在意眼前令人陶醉的巷子,而是专注地目视远方,双目里似乎充盈着一种对久远的回忆与眷恋。重重地吸上一口烟,一股细小的烟雾从他的脸前缓缓地升起,像是一条彩带慢悠悠地消散在晨昏里,瞬间遮掩了被沧桑岁月洗礼过但依然坚毅而又亲切的脸。

二伯眉眼低垂,一直与命运抗争着、生活着,虽然很安静,可是二伯的内心似乎在渴望着什么。或许是早年生活的重担,二伯看起来似乎永远一副逆来顺受的模样,但我知道二伯是个不戚戚于贫贱的人,因为只要一笑,整个人便清风明日般硬朗爽快,似乎生活不曾给他带来一丝阴霾。

四处都是充满诗情画意的图画,随意勾勒出的每一缕线条都是那么的

赏心悦目，那么的充满灵魂，充满诱惑力。仿佛已走进这画里，热血沸腾般地在画里尽情地抒写自己的情感。

鸡鸣狗吠，孩提嬉闹的声音便紧跟着响在村子的上空。伴随着乡民忙碌的声音混杂在一起，在夕阳下，烘托出一派既祥和又热闹的清晨时分的拿陂村。这阵式就像是琴瑟和鸣般，恬静、慵懒、淡然、岁月静好。悠悠深深地感觉，就像从冬日的冷清里忽然渗透出来的一缕炊烟，人间活了，暖了……

水墨乡愁

许晓棠

西　　塘

水乡，古镇，小桥流水人家。

西塘，穿过唐风宋月，从千年前悠悠地走来。岁月，风刀与霜剑，把黑白的颜色雕琢出古老的韵味。

谁在历史中沉沦，谁又在幽幽巷陌里回眸？诗人的情怀，赶不上云淡风轻的脚步，只好听一声欸乃，一棹远去。

甪　　直

弯弯的石拱桥，杨柳在晨风中慵懒的照影，甪直从沉睡中醒来，浣衣的姑娘，汲水的阿姐，在吴侬软语中眼眉如水。

古镇，千年的风掠过，悠长悠长的韵味。

一朵睡莲盛开了绝世的风情。白墙黛瓦的人家，莲花般洁净的眼眸，望过流水千年，等待一个古老的传说，穿越时空的门。

同　里

　　一幅水墨画卷，缓缓地铺开了江南水乡的神韵。水乡的容颜，最柔和的色彩和最温润的气息，就这样扑面而来。

　　你匆匆的脚步，叩响青石板的回韵，一声又一声，在同里小弄回旋。

　　马头墙与乌篷船，系着水乡最温柔的情怀。可否，也系住你的目光？从此，做个撑船的女子，一叶轻舟，一曲乡音，一世江南。

周　庄

　　老屋，残墙旧壁，岁月的影子被时间刻得斑斑驳驳。

　　乡愁，就在老屋的墙缝里，从树叶里漏了下来，让阳光逼得褪去了颜色。

　　一溪悠悠绿水，从老屋流过，带着乡愁流过双桥。眉间，花开花落，白了鬓角青丝，淡了眼中泪。

　　家的方向，流水的源头，我想荡一只小舟，溯流而上，寻找远去的乡愁。然后，和老屋一起，煮一壶酒，共话烟雨斜阳。

乌　镇

　　一艘乌篷小船，撑开了水乡的清晨。吱呀的开门声，唤起梦中的孩子。

　　蓝印花布，晃动着忙碌的身影，一晃便是千年了。淡淡的话语中，眉梢花已落，谁把乡愁遗落在了梦中？

　　炊烟渐渐地升起，姑嫂饼，散发出乡愁的味道。梦里家山，濡湿了枕上的青丝。

　　枕水而居的人家，在回眸中渐远，渐近，又渐远。乡愁，在梦中渐渐苏醒。

踏上东湖石阶

邱振智

早闻东湖村美名，缘自20世纪80年代东湖造纸厂，后来知道东湖米粉也很有名。数年前又在报刊网络见到许多画家的东湖写生作品，原来东湖还是有名的古村落。它早成了福建省美协山水画的写生基地；中央美院院长范迪安曾率20多位著名画家到东湖采风创作。仲春时节，我们造访了东湖村——它在漳平市溪南镇。踏上古村落石阶，令人有不同寻常的感受。

从村口桥进入东湖村，水泥路逶迤而上，约1.5千米，忽听溪流哗哗巨响。先到一步的朋友已在路旁的桥亭上走动。我们即在前边空地上下车。转身回看，原来这儿三股溪流汇合，一股较缓，另两股飞瀑而下，水声轰鸣。三股溪流实有九处源头，故此处名九母仙潭。桥亭建于潭上，便览胜景。溪流汇入感化溪，而感化溪是九龙江三大支流之一。

我们从公路右侧飞瀑旁的陡峭山路向上走。这一米来宽的路用石头铺砌，不平整，却结实。穿行在树林间，只见树干纤细笔直，耸入天空。佳木芳草不论高矮，全换上了绿色新装。雨后潮湿，枯叶散落一地，极其幽静。走了二百米，豁然开朗，到了山腰开阔处。驻足右望，对面一座黄土古屋便赫然入目了。

对面这座古屋往山谷里一溜有四五座，构成古村落，这里叫后垅头。我们踩着青石铺就的小路向第二座古民居走去。夹路青草，路旁李子树、山蕉，田野上的油菜花（花已谢了），整片绿油油的，淡黄色的竹篱，灰暗的青石路，青砖灰瓦、墙面黄白斑驳的古屋，还有那残垣，悄无声息的溪水，它们历经四百年风霜雨雪，早已融为一体了，似乎天生就是一幅和谐的山水画。

青石路上用了许多狭长平整的浅灰色石板，这在周边地方实不多见。路尽头跨溪，由两块狭长厚重的石板横放在小溪之上作桥，简单又结实。

从田边上去古民居的每一级台阶大多是用一整块长条形石板铺砌。踏上长长的石阶，令人惊叹这么沉重的石材搬运之不易。更让人称奇的是沿台阶而下的导水石槽。用长条石板凿成水槽连接起来，导引流水，防止渗水影响高台石基稳固，至今这些石槽依然如新。在解决房子流水通畅方面的确显示了东湖先民的智慧。古民居大门前的三级台阶用很厚的大石板叠放起来，一级一块，逐级层叠，第三级叠三层。古民居前方近乎垂直的高台石基岿然挺立。建筑是凝固的音乐，也是无言的诗。石路、石阶、石基的刚劲与周围花草的柔美交织，叩击着游客的心弦。

我们参观了福隆堂、仰高堂等古民居，只有一处看见两位男女老人居住，四周寂然。其他人迁到交通便利的别处山坳居住了。这些古民居融合闽南民居建筑样式与闽西建筑夯土墙的特点，房间用一堵木板墙相隔，形成土木结合的闽中风格：工艺精湛，飞檐翘角，雕梁画栋，窗花加彩，古朴淡雅。据介绍，村中居民基本上姓张。元泰定元年（1324年）从德化迁来溪南官坑，后于四百年前明清更迭时避战乱迁至东湖。早时居住在更高的山上，社会稳定之后再迁到这较低处。从古民居规模和石板材的大量使用看，主人家境应非常殷实。这些石板材来自漳州、泉州一带。在崎岖的山路上靠双肩人工搬运是怎样艰难的事！脚踏在这数百年沐风栉雨的石阶，我仿佛听见当年民工喊着号子，在调整行进的节奏，每前进一步都很不容易，而路途还是那么遥远。

东湖古村落令人倾倒，画家们认为它堪比唐代大诗人王维隐居的辋川胜景。王维诗云："独坐幽篁里，弹琴复长啸。深林人不知，明月来相照。"此种境界最令人低回。遥想数百年前的先民们，劳作一天之后在空坪中东家长西家短的聊天，或坐在清凉台阶上欣赏山谷的月光，或聆听"谁家玉笛暗飞声"，劳作后的休闲是多么惬意！

漳平感化里向来崇文重教，底蕴深厚。而"东湖十家内"号称感化里三大书香门第之一。古时候人才辈出，考中进士、举人、秀才的人为数众多，留下不少佳话。也存有象征荣耀的石旗杆。"耕读传家久，诗书继世长"。礼教熏陶，圣哲教化，孝悌为本，克勤克俭。半耕半读的生活方式，

不仅是一种情怀，更是一种文化和精神的追求。它磨砺着东湖人坚韧的性格，直至当代仍涌现出许多杰出人物。成功者树立起榜样，激荡着东湖人奋发"耕读"的风气。2015年10月，秀外慧中的东湖获评"闽西最美古村落"，推荐词说"一座座民居像莲花一样绽放。肇基五百年，书香绕屋檐，石槽来引水，祖德传万年"。

踏上东湖石阶，锦绣山水目不暇接；穿越历史时空，厚重内涵耐人寻味。